AF660356

कोंकणी
की
लोकप्रिय कहानियाँ

कोंकणी
की
लोकप्रिय कहानियाँ

संपादक

ज्योती कुंकळकार

प्रभात प्रकाशन

प्रकाशक • **प्रभात प्रकाशन प्रा. लि.**
4/19 आसफ अली रोड,
नई दिल्ली–110002
सर्वाधिकार • सुरक्षित
संस्करण • प्रथम, 2022
मूल्य • चार सौ रुपए
मुद्रक • आर–टेक ऑफसेट प्रिंटर्स, दिल्ली

KONKANI KI LOKPRIYA KAHANIYAN

Ed. Jyoti Kunkoliekar ₹ 400.00

Published by Prabhat Prakashan Pvt. Ltd., 4/19 Asaf Ali Road, New Delhi-2

e-mail: prabhatbooks@gmail.com ISBN 978-93-90923-13-7

भूमिका

कोंकणी की लोकप्रिय कहानियाँ जब हिंदी क्षेत्र में पहुँचीं तब वे साहित्य राष्ट्रीय प्रवाह में जा पहुँचीं। केवल साहित्य से नहीं, संपूर्ण कोंकणी संस्कृति, कोंकणी लोगों का रहन-सहन, खाना-पीना, उनका लोक साहित्य, उनका इतिहास आदि से भारत के लोग परिचित हो गए। इस कथा-संग्रह में हमने पंद्रह कोंकणी कहानियों का समावेश किया है। भारतीय भाषाओं के साथ शामिल होने का अधिकृत सम्मान कोंकणी को सन् 1975 में प्राप्त हुआ, जब कोंकणी को साहित्य अकादमी मान्यता प्राप्त हुई। कोंकणी कथा लिखनेवाले लगभग 50 से ज्यादा लेखक हैं, लेकिन इस कथा संग्रह में सिर्फ पंद्रह कथाएँ हैं। वास्तव में, कोंकणी की प्रतिनिधिक कहानियों को इस संग्रह में स्थान देने का प्रयत्न किया गया है।

कथाकार चंद्रकांत केणी का कथा क्षेत्र में एक अलग ही स्थान है। उन्होंने आज तक सैकड़ों कथाएँ लिखीं। छोटी चटपटी कहानी लिखने में उनका कोई प्रतिस्पर्धी नहीं। पूरा भारत घूमने और बहुत किताबें पढ़ने के कारण अनुभव से समृद्ध क्षमता उनके पास थी। चंद्रकांत केणी को आधुनिक कोंकणी कथा का बुनियादी रचनाकार माना जा सकता है।

ऑलिव्हीन गॉमीश की गोवा के ईसाई जीवन का वर्णन करनेवाली उनकी कथाएँ, समाज में आए बदलाव और बदले हुए जीवन मूल्यों में जान-बूझकर दखल देती हैं।

सरस्वती सम्मान पुरस्कार से सम्मानित श्री महावकेश्वर सैलन कोंकणी

के सर्वश्रेष्ठ लेखकों में से एक हैं, इस पुस्तक में उनकी लक्षणीय कहानी 'घुटन' वैधव्य से हताहत आधुनिक शिक्षित युवा स्त्री की विकलता एवं विफलता का अत्यंत प्रभावी ढंग से उद्घाटन करती है।

पुंडलीक नायक, नाटककार, कथाकार से जन सामान्य के जीवन की युगों-युगों की व्यथाएँ, सुख-दुःख और वेदनागू कथा के माध्यम से गोवा की मिट्टी की गंध लेकर आनेवाले प्रतिभावान लेखक हैं। आदर्शवादी की उनकी प्रतिभा उनके नाटकों में तो है ही, लेकिन कथाओं में स्त्रियों की प्रतिमा को और भी ऊँचाई पर ले जाता है। इस संग्रह में पुंडलीक नायक की 'अग्निदिव्य' दक्षिण-मध्य गोवा के फोंडा प्रांत के संदर्भ में उन सरल, ग्रामीण, गरीब, श्रद्धालुओं के सांस्कृतिक परिवेश को बखूबी प्रस्तुत करती है।

कोंकणी साहित्य में अगर पुरुष और स्त्री साहित्यकारों का विश्लेषण किया जाए, तो एक बात सामने आएगी कि स्त्रियों के साहित्य का प्रमाण कम है, लेकिन जो लेखिकाएँ लिखती हैं, उनके साहित्य का दरजा कतई कम नहीं। स्त्रियों का साहित्य भले ही संख्या में कम हो, मगर गुणवत्ता में किसी से भी कम नहीं है।

मीना काकोडकर की कथा में वातावरण निर्मिति बहुत ही सुयोग्य दिखाई देती है। भाषा वैशिष्ट्यपूर्ण, प्रवाही, प्रसन्न, हलकी-फुल्की भाषा शैली, मनुष्य के स्वभाव विशेष, छोटी-छोटी बातें चटपटे ढंग से पेश करना, यही मीनाजी की खासियत है। उनकी कथाएँ मार्मिक विनोद की झलक हैं। इस संग्रह में 'रेड चुरुंगन' कहानी उतनी ही संवेदनशीलता से उसकी अपत्य-प्रेम से वंचित प्रेमा मौसी की हृदय स्पर्शी मनोव्यथा को भी सक्षमता के शब्दांकित करती है।

गोवा मुक्ति के बाद अविरत रूप से लिखनेवाली कथा लेखिका है, शीला नायक। अपनी सूक्ष्म निरीक्षण-शक्ति से उसने अपने इर्द-गिर्द के विषय अपनी कथा में लिखे हैं। लगता है, मासूम शिशुओं का मानस शास्त्र इनको भली-भाँति ज्ञात है। माँ की भूमिका से, शिक्षकों की नजर से बच्चों का भाव विश्व लेखिका ने अपनी कथाओं में बड़े ही सफलतापूर्वक पेश किया है। उनकी कथाएँ भी स्त्री केंद्रित हैं। इस संग्रह में अपत्यहीन स्त्री का वंध्या या

बाँझ कहला कर होता घोर अपमान तथा अपमानित स्त्री की आत्मशक्ति को अवाक करनेवाला अनपेक्षित उद्घाटन असाधारण कलात्मकता के साथ उचित श्रेय 'मैं बाँझ नहीं हूँ' में है।

केरल राज्य से होते हुए भी गोवा के अपने बने मूलतः कोंकणी भाषी कहानीकार गोकुलदास प्रभू की कहानी 'कमल' समकालीन मानसिकता में आई आत्मकेंद्रित जीवन दृष्टि तथा ऐसे पराएपन की स्थिति में भी अपने प्राकृतिक प्रेम की निरपेक्ष भावना को सँजोए रखने की भावुक अभिव्यक्तियों का प्रयास करती है।

गोवा मुक्ति के बाद ही कोंकणी कथा साहित्य सच्चे अर्थों में बाहर आया। वह फूली-फली, देविदास कदम की 'वेलकम टू' समकालीन जीवन को पूरी तरह ग्रस्त करनेवाली उपभोगवादी मनोवृत्ति पर उँगली उठाती है। देविदास कदम ने अपना अलग ही स्थान बना लिया।

इस कालखंड में कथा के क्षेत्र में आई जयंती नायक। समाज के कुचले घटकों की भावनाओं को मुखरित करने का काम उनकी कथा करती है। जयंती की कथा का और एक अनोखापन है—ग्रामीण परिसर। उनके तीज, त्योहार, श्रद्धा, कुलाचार, समाज जीवन, प्रकृति के सान्निध्य का जीवन, उनकी परिवार व्यवस्था, लोक परंपरा, भाव-मोहल्ला, इन सारे घटकों का महत्त्वपूर्ण स्थान है। कोंकणी में नाटक जैसे साहित्य प्रकारों में महिला का योगदान कम है, लेकिन जयंती नायक कोंकणी में नाटक लिखनेवाली प्रथम स्त्री लेखिका हैं।

गजानन जोग नया आयाम देनेवालों में वे मूक प्रतिभावंत कथाकार हैं। इस संग्रह में गजानन जोग की कहानी 'आखरी महफिल' में गोवा के संगीत से जुड़ी सांस्कृतिक धरोहर की ओर ध्यान आकृष्ट होता है। साथ ही, यह कहानी व्यक्ति तथा समाज-मानस एवं पारस्पारिक संबंधों की ओर भी आलोचनात्मक दृष्टि डालती है।

जयमाला दणायत लेखिका मीनाजी और शीलाजी की समकालीन हैं। गोवा और गोवा के बाहर स्थायिक हुए गोवावासियों की मध्यवर्गीय जिंदगी

और छोटी–मोटी घटनाओं की जानकारी उनकी कथाओं में मिलती है। उनकी कथाओं की खासियत मूक जानवरों की भावना प्रदान करके उनमें से कथा का निर्माण करना है। यह आकर्षक तंत्र उनके लेखन की प्रमुख विशेषता है। जयमाला दणायत मध्यमवर्गीय जिंदगी को झकझोर डालनेवाली लेखिका हैं।

माया खरंगटे की कथा आधुनिक स्त्री की मानसिकता पर ध्यान आकृष्ट करने में सफल रही है। इनकी कथा विश्व स्त्री केंद्रित होकर भी स्त्रीवाद का अंध उद्घोष नहीं करती। ये कहानियाँ समाज की उन विदुषियों के मर्म को उद्घाटित करने का प्रयास है, जो मुक्ति तथा सफलता की प्यास के आगे स्वाभाविक मानवी संबंध, पारिवारिक प्रेम एवं निरपेक्ष अपनेपन की भावना को समझ नहीं पातीं।

आधुनिक कोंकणी कहानी के नूतनतम पर्व के कुछ प्रतिनिधि हैं, वसंत भगवंत सावंत। कोंकणी कथा को नया आयाम देनेवालों में वे प्रमुख कथाकार हैं। उन्होंने दीर्घ कथाएँ लिखी हैं। कहानी में ग्रामीण जीवन का वास्तविक रूप पेश हुआ है। पुरुष साहित्यिकों ने नारी पर लिखी कथाएँ और स्त्री साहित्यकारों ने पुरुष पर लिखी कथाएँ, हम चाहे किसी भी भाषा की कथा पढ़ें, संघर्ष तो संघर्ष ही होता है, दुःख तो दुःख ही होता है, चाहे वह पुरुष का हो या स्त्री का। लेखक की संवेदनाएँ जब तीव्रतर हो जाती हैं, तब दूसरों के अनुभव को निचोड़ लेने की क्षमता उसमें होनी चाहिए।

प्रकाश पर्येकार की कहानी प्रकृति से लोक संस्कृति से संपन्न है। ग्रामीण, गरीब, जन सामान्य के जीवन को नई दिशा, नया मोड़ देने की कोशिश करते हैं। कोंकणी कथा को नया आयाम देनेवालों में वे एक प्रमुख कथाकार हैं।

ज्योती कुंकळकार लेखिका का अनुभव विश्व और अभिव्यक्ति कोंकणी की पहलेवाली और समकालीन कथा लेखिकाओं से विभिन्न है। मध्यवर्गीय जीवनियों की नजरअंदाज हुई अनुभूतियों को वह कथा रूप देती हैं और उनकी नजर औरों से अलग है। ज्योती की कथाएँ विजय महिलाओं के संघर्ष की हैं। फिर भी, उन कथाओं को स्त्रीवादी अथवा फैमिनिस्ट नहीं कहा जा

सकता। मानवतावादी दृष्टिकोण रखकर ये कथाएँ रची गई हैं।

बीसवीं सदी के आठवें दशक को कोंकणी कथा के इतिहास का 'सुवर्णकाल' माना जा सकता है। इस जमाने में पिछली पुश्त के चंद्रकांत केणी से लेकर अरुण सिंगबाल तक के लेखकों ने दर्जेदार कथाएँ बड़ी तादाद में लिखी हैं, मगर इधर एक बात का जिक्र होना जरूरी है कि कोंकणी आत्मा को जगाने का काम शणै गोंयबाब नामक महात्मा ने किया। कोंकणी में जो कुछ नहीं है, वह सब कुछ निर्माण करने के संकल्प से शणै गोंयबाब ने अपनी कलम और जिंदगी घिस दी। करीबन सत्तर साल पहले उनकी लिखी 'म्हजी बा खंय गेली ?' नामक यह कथा आधुनिक कोंकणी कथा का मूल स्रोत मानी जा सकती है।

हमारे अनुवादक भी, जिन्होंने कष्ट उठाकर कोंकणी कहानियों का अनुवाद हिंदी में किया, उनको दिल से धन्यवाद कहती हूँ!

धन्यवाद

—ज्योती कुंकळकार
मोबाइल : 9822161853

अनुक्रम

अहिल्या

—चंद्रकांत केणी, अनु. : आशा गहलोत

"नाम ?" उसने पूछा।

"अहिल्या," उसने जवाब दिया।

"सुना हुआ लगता है।"

जवाब में वह केवल मुसकराई, थोड़ा सा शरमाई। अँगूठे से जमीन कुरेदने का प्रयास करने लगी।

"'अहिल्या' शब्द का अर्थ क्या है ?" अपनी टटोलती नजरों से उसे निरखने के बाद उसने पूछा।

"पता नहीं।"

"नाम तो पता चल गया, अब बताओ उम्र क्या है तुम्हारी ?"

लज्जा से उसके गाल आरक्त हो उठे। निचला होंठ दाँतों तले दबाते हुए वह बुद्‌बुदाई—"तीस"।

"तीस कोई कम उम्र नहीं है। अगर शादी हो जाती तो अब तक बच्चों की माँ बन चुकी होती।" उसने कहा।

उसकी यह बात उसे बिल्कुल नहीं सुहाई। कोई और प्रसंग होता तो वह उसे टका-सा जवाब देती। शरीर को चिपकनेवाली उसकी ललचाई आँखें नोच लेती, पर आज वह लाचार थी, रविवार-पैंठ में बेचने लाई गई भेड़ की तरह, जहाँ उसका भविष्य तय होता है···खरीदनेवाला उसे मारेगा या पालेगा ?

"शिक्षा ?" अचानक धमाके की तरह आए प्रश्न से उसकी विचार-शृंखला टूट गई।

"दसवीं क्लास।"

"दसवीं पास?"

"नहीं, दसवीं में थी तब पढ़ाई छूट गई।"

"क्यों?"

"माँ गुजर गई।" माँ की याद में उसकी आँखें भर आईं। लगा कि आज अगर माँ होती तो यह नौबत नहीं आती।

"जो गई, सो गई। अब तुम क्यों रो रही हो?" उसने मजाक उड़ाया। मन-ही-मन वह क्रोध से तिलमिला उठी, पर उसने अपने क्रोध पर काबू किया।

"क्या सचमुच तुम्हें अपने नाम का अर्थ नहीं मालूम? अब मेरा नाम पुरुषोत्तम यानी 'पुरुषों में उत्तम', 'अच्छों में अच्छा पुरुष', समझी?" उसने कहा।

उसने सिर्फ सिर हिलाया, पर मन-ही-मन हँस पड़ी। सोचा कि 'अच्छों में अच्छा पुरुष ऐसा होता है तो फिर बुरा पुरुष कैसा होगा?' बातचीत काफी देर तक चली। शेर के शिकंजे में फँसी बकरी की तरह उसकी दशा हो गई थी। 'कब छुटकारा पा सकूँगी', वह सोचने लगी। वैसे तो वह काफी ढीठ है। पिछले तीस साल उसने दुनिया देखी है। ऐसे पुरुषों के साथ कैसे पेश आना चाहिए, उसे भलीभाँति पता है। वह खब्बो! पुरुषों के गाल पर लगाए तमाचे का असर क्या होता है, इसका अनुभव वह बहुत बार ले चुकी है, पर आज वह बेबस थी। वह उसके घर आया था। खुद उसकी मौसी ने ही उसे शेर की गुफा में धकेल दिया था।

हाथ में चाय के कप और नाश्ते की प्लेट रखी ट्रे। यों तो नर्वस होने की उसे आदत नहीं है, पर कप-से-कप टकराकर जब आवाज होने लगी, तब उसे पता चला कि उसके हाथ काँप रहे हैं। कँपकँपी को रोकने के प्रयास में उसके हाथ कुछ अधिक ही काँप उठे।

तिपाई पर ट्रे रखी और आदत के अनुसार पीछे का पल्लू आगे लेकर उसने मुँह पोंछा, पर खुद उसे ही वह भद्दा लगा। उसने पल्लू से लटक रहे

धागे को तोड़ दिया और पल्लू ठीक करने की कोशिश में थोड़ा आगे खींच लिया। तब तक उसने गरदन ऊपर उठाकर उसे देखा नहीं था। जब सिर ऊपर उठाया, तब पाया कि उल्लू की जैसी दो आँखें उसे घूर रही हैं। उन घूरती आँखों को देखकर उसके मन में टीस उठी।

नीले रंग का सूट और लाल रंग की टाई। सफेद रंग की शर्ट के सिर्फ कॉलर ही बाहर दिख रहे थे। बाल काले थे, लेकिन वे डाई किए हुए हैं, इस बात को वह मन-ही-मन जानती थी। इन दिनों वह जब भी आईने के सामने बाल सँवारने खड़ी हो जाती, तो एकाध चंदेरी तार उसके सिर में भी चमक उठता नजर आता। वह कम-से-कम पचास-पचपन का तो होगा ही।

घूरते-घूरते वह हँस पड़ा। टूथपेस्ट के विज्ञापन में चमकनेवाले दाँतों की तरह उसके दाँत चमक उठे। उसने मन-ही-मन सोचा कि दाँत भी नकली होंगे।

पर एक बात सच है, वह जवान दिख रहा था। उल्लू की तरह आँखोंवाला होकर भी उसमें विशेष मर्दानगी थी। मौसी का पसंद किया हुआ दूल्हा।

'दूल्हा' शब्द ही अब मानो अपना अर्थ खो बैठा है। फिर भी, जो सेहरा बाँधकर वेदी पर चढ़ता है, वह 'दूल्हा' ही कहलाता है। उसने मुझे पसंद किया तो मेरा भी उद्धार होगा। मौसी और पिता भी चैन की साँस लेंगे। वह जानती है कि वह उनके लिए अब बोझ बन गई है। भगवान् ने भले ही उसे सुंदर रूप नहीं दिया, पर भरा-पूरा शरीर दिया है। छोटी उम्र में ही देखनेवालों की नजरों में उसका कद भर जाता था। पर-पुरुषों की भूखी नजरें उसके शरीर को बींध देती थीं।

उसने सोचा कि किसी का घर सँभालने में ही अब उसके जीवन की सार्थकता है। मन तो पहले से ही मर गया है, इसलिए भावनाओं का सवाल ही नहीं उठता। किसी ने कभी उसकी पसंद-नापसंद की परवाह ही नहीं की, पर अब पुरुषोत्तम को देखने के बाद उसे उसमें कोई बुराई नजर नहीं आई। आँखें मूँदकर उसने भगवान् से माँगा कि वह उसे पसंद करे।

आरंभ में चुप्पी को तोड़ते हुए, जब उसने पूछताछ शुरू की, तब उसमें

क्रोध उबलने लगा था। फिर भी, ठंडे दिमाग से सबकुछ सहकर उसने मन-ही-मन कहा कि एक बार तुम्हारी बीवी बनूँ तो फिर तुम्हें सिखाऊँगी।

पूछताछ पूरी हुई और उसने एक विलक्षण सवाल किया—"अगर मैंने तुम्हें पसंद किया तो तुम्हें खुशी होगी?"

इतनी ढीठ होने के बावजूद वह शरमाई। नजरें झुकाकर उसने 'हाँ' में गरदन हिलाई, पर उसके हाथ आगे करते ही वह पीछे हट गई।

"तुम्हें पता है न? मेरी पहली पत्नी मर गई है। मैं तुम्हें अँधेरे में नहीं रखना चाहता। तुम्हारे पिताजी ने अगर तुम्हें नहीं बताया हो तो मैं तुम्हें बता देता हूँ। मेरी दूसरी पत्नी बनकर तुम आना चाहोगी न? दो वक्त का खाना और इज्जत का जीना मैं तुम्हें दे दूँगा। मेरी कोई औलाद नहीं है, यह कमी तुम पूरी करोगी, यही मेरी तुमसे अपेक्षा है। इस उम्र में किसी वासनापूर्ति के लिए नहीं, पर वंश बढ़ाने की भावना से ही मैं शादी के लिए तैयार हुआ हूँ।"

वह उसकी प्रतिक्रिया जानना चाहता था, पर उसका चेहरा पहले की तरह ही निर्विकार था। क्षण भर कोई कुछ नहीं बोला, तब उसने नजरें उठाकर उसकी ओर देखा। वह उसे देख रहा था। नजरों से नजरें मिल गईं और उसके चेहरे पर मुसकान खिल उठी।

उसकी मुसकान में मानो उसे अपना जवाब मिल गया था। वह उठकर अंदर जाने लगी। उसे पता था कि बंद दरवाजे के भीतर मौसी और पिताजी दीवार से कान लगाकर सबकुछ सुन रहे होंगे। उसे 'देखने आएँगे' इसीलिए पिताजी ने मौसी को बुला लिया है। शादी तय हो गई तो मौसी खुश होगी, बहन के ऋण से मुक्त होने का समाधान उसे प्राप्त होगा। कल रातभर उसने अहिल्या को यही समझाने का प्रयास किया था।

"शादी के बिना जिंदगी अर्थहीन होती है और समाज की बुरी नजरें शादी होने तक सताती हैं। तुम्हारे पिताजी की भी उम्र हो चुकी है। मैं भी मर जाऊँ तो तुम कुँवारी रहकर अकेली क्या करोगी?"

मौसी का कहना उसे सही लग रहा था। वैसे भी उसकी जिंदगी का अब कोई विशेष अर्थ नहीं रहा था।

छोटी उम्र में ही उसे प्यार हो गया। सारा सुख भोग लिया। अब उसे किसी भी सुख की अपेक्षा नहीं थी। अब शादी के लिए 'हाँ' कहने में उसका कोई नुकसान नहीं था।

वह दरवाजे की ओर मुड़ गई तो उसने आवाज लगाई, "अहिल्या, अब एक अंतिम सवाल। अपने बारे में मैंने तुम्हें बताया, पर तुम इतने साल कुँवारी कैसे रही, यह तुमने नहीं बताया?"

यह प्रश्न उसके लिए अनपेक्षित था। सच बताने का डर उसे नहीं था, पर उसने इतना ही कहा, "मेरा नसीब, और क्या बताऊँ?"

कमरे का दरवाजा खोलकर वह बाहर निकली। उससे बिना कुछ पूछे ही पिताजी कमरे में चले गए, शादी का मुहूरत तय करने।

कहानी का पूरा मजमून मैंने पढ़ डाला और इसे लेकर आई लेखिका से मैंने पूछा, "यह कथा पूरी हो गई या और लिखना बाकी है?"

"आगे कैसे लिखूँ, यह मेरी समझ में नहीं आ रहा है, इसीलिए आपके पास लेकर आई हूँ।" उसने कहा।

मेरे सामने लगभग पचास वर्ष की एक स्त्री बैठी थी, जो यह कहानी लेकर आई थी। सामान्य तौर पर कहानी लेकर आनेवाले लेखकों से मैं कहता हूँ कि 'कहानी पढ़कर फिर बताता हूँ।' पर यह औरत बिल्कुल हिलने का नाम नहीं ले रही थी। 'कहानी पढ़कर देखिए' यह जिद उसने ठानी। तब मैंने वह कहानी पढ़ ही डाली।

"कहानी अच्छी है, पर उसे मैं कैसे पूरी करूँगी? तुम्हारे दिमाग में जो कुछ भी है, वह लिख डालो, फिर देखेंगे," मैंने कहा।

"वही मेरी समझ में नहीं आ रहा कि मैं कैसे लिखूँ?"

"तुम कहना क्या चाहती हो?"

"मुझे पूरी कहानी बतानी है।"

अब तक मैंने उससे उसका नाम, गाँव या पता कुछ नहीं पूछा था, पर मैंने अनुमान लगाया कि 'यह उसी की आत्मकथा होगी।' मैंने पूछा, "तुम्हारा नाम क्या है?"

"कहानी में जो लिखा है, वही...अहिल्या।"

मैंने अचरज से उसके चेहरे की ओर देखा। वहाँ कोई भाव उदित नहीं हुए थे।

"अर्थात् यह तुम्हारी ही कहानी है?" मैंने पूछा।

"हाँ।"

"फिर आगे लिखने में क्या बाधा है? जो कुछ भी हुआ है, सब लिख डालो," मैंने सुझाया, "तुम्हारी उस पुरुषोत्तम से शादी हुई न?"

पल्लू की आड़ में छिपे मंगलसूत्र को दिखाते हुए उसने कहा, "यह उसी ने मेरे गले में बाँधा है। माथे पर कुमकुम पिछले सत्रह वर्षों से उसी के नाम से लगा रही हूँ, पर अब एक अजीब स्थिति पैदा हो गई है। उसने मुझे त्याग दिया है।"

मैंने कहा, "घरेलू झगड़े कहानियों में क्यों ला रही हो? किसी हितचिंतक को बताकर झगड़ा मिटा दो।"

"मुझे इन झगड़ों की चिंता नहीं है, पर मुझे यह सब लिखना है। हालाँकि मैं लेखिका नहीं हूँ। मुझसे यह सब नहीं होगा, इसीलिए आपसे कह रही हूँ कि आप लिखिए।"

"यह सब लिख दिया तो तुम्हारे पति की प्रतिक्रिया क्या होगी?"

"जो हुआ है, उससे भयावह और क्या होगा? वह बेहद शक्की आदमी है, परंतु उसकी प्रतिक्रिया कुछ भी हो, मैं कह रही हूँ, आप लिखिए।"

"सत्रह साल तुमने उसके साथ गृहस्थी चलाई, है न?"

"हाँ, तब तो वह अधेड़ था, अब बूढ़ा हो गया है, लेकिन अब उसपर बुढ़ापे में मानो जवानी सवार हो गई है। मुझपर शक करता है और खुद तीसरी बीवी लाने के सपने देखता है।"

अहिल्या ने शादी के बाद भी कभी अपने नाम का अर्थ जानने की कोशिश नहीं की थी। उसे ऐसी जरूरत ही नहीं पड़ी। उसके लिए नाम केवल पुकारे जाने का साधन मात्र था। उसने इस बात पर कभी विचार ही नहीं किया था कि नाम का भी कोई अर्थ हो सकता है। और माँ-बाप ने भी उसका

नाम अर्थ समझकर रखा होगा, ऐसा उसे कभी लगा नहीं।

"मेरा नाम, अहिल्या," उसने बात आरंभ की। तब मैंने उससे पूछा, "अब तो 'अहिल्या' शब्द का अर्थ तुम्हें पता चल गया होगा?"

वह मुसकराई। उसने कहा, "मेरे पति ने मुझे बताया। वह बार-बार मुझे अहिल्या के बारे में बताता है और कहता है कि तुम भी अहिल्या के समान हो,...पर वह किस्सा बाद में सुनाती हूँ, उसके पहले मेरी शादी के पूर्व की खबर सुनिए।"

तब गोवा की आजादी का संघर्ष अपने अंतिम चरण में था। अंत्रुज प्रदेश के एक गाँव में अहिल्या का जन्म हुआ। वह आठवीं कक्षा में थी, तब उसे एक शिक्षक पढ़ाने आया। वह अठारह-उन्नीस साल का नवयुवक था। वह शिक्षक कुछ अलग ही प्रकार का था। बच्चों को कहानियाँ सुनाता, कवायदें सिखाता, प्रभातफेरियाँ निकालता और ध्वजवंदन के कार्यक्रम करता। स्कूल के बाद उसकी ये कारवाइयाँ चलती रहीं।

पुर्तगालियों के राज्य में ही सही, मगर एक ओर बसे इस गाँव की ओर किसी का कभी ध्यान नहीं जाता था। और शिक्षक अपने पेशे से अलग कुछ करेगा, ऐसा गाँव के लोगों को भी कभी नहीं लगा।

उस शिक्षक का नाम अहिल्या ने मुझे बताया, पर वह प्रकाशित न करने की उसने मुझे कसम भी दिलाई। स्कूल में उसे बच्चे 'भाईसर' कहते और गाँव के लोग भी उसे 'भाई' ही कहते।

भाई स्वतंत्रता आंदोलन में भाग लेनेवाला एक नवयुवक था। अपनी ओर से वह लोगों के मन में देशभक्ति जाग्रत् करने का काम करता था और गुजारे के लिए शिक्षक की नौकरी करता था।

अहिल्या के घर के पीछे नारियल का एक गोदामनुमा कमरा था। वहीं पर वह रहता और खुद ही खाना बनाकर खाता था। उन दिनों घर में अहिल्या की बड़ी बहन भी थी। वह अकसर अहिल्या के हाथों ही भाई के लिए खाना भिजवाती।

"स्कूल छूटते ही मैं पढ़ने के लिए भाई के यहाँ जाती। वह मुझे पढ़ाता

था और होमवर्क के बाद गांधी, नेहरू, सुभाष, सावरकर की कहानियाँ सुनाता।"

शिक्षक और शिष्या का रिश्ता ही कुछ अलग होता है। अहिल्या युवावस्था में कदम रख रही थी। फिर भी, भाई के घर जाती और उसके साथ पहाड़ी पर जाकर कवायदें करती, लेकिन इस बात को अहिल्या के पिताजी ने कभी गंभीरता से नहीं लिया।

"पर मैं पूर्णतया भाईमय हो गई थी। उसका सहवास मुझे बेहद प्रिय लगता था। हम एक-दूसरे के बहुत करीब आ गए थे। उसने मुझसे वादा किया था कि मेरे एस.एस.सी. पास होते ही हम दोनों शादी कर लेंगे।"

जब अहिल्या दसवीं में थी, तब दो विपरीत घटनाएँ एक ही साथ घटीं। उसकी बड़ी बहन ब्याहकर ससुराल गई और केवल दो दिन की बीमारी से माँ की मृत्यु हो गई। अंतिम संस्कार की तैयारियाँ चल रही थीं और तभी अचानक पुलिस की जीप उनके दरवाजे पर आकर खड़ी हो गई। अहिल्या की माँ के अंतिम संस्कार में आए गाँव के लोग अचानक आई पुलिस को देखकर भयभीत हो उठे। उन दिनों पुलिस के नाममात्र से लोग डर जाते थे। स्वतंत्रता आदोलन से किसी का संबंध होने के शक मात्र से उसे पालमत्री (बेंत की छड़ियों) से मारा जाता। बदन से खून बहने लगता था, बहुतेरों को जान से भी मार दिया जाता था।

उस दिन पुलिस भाई को पकड़ने आई थी। किसी ने भाई की ओर इशारा किया और पुलिस ने उसे हथकड़ी पहना दी। फिर उसके घर की तलाशी लेकर बहुत सारे कागज और पुस्तकें जब्त कर ली गईं और भाई को लेकर जीप चली गई।

सारा गाँव हमारे आँगन में मौजूद था, पर एक ने भी पुलिस को नहीं रोका और न ही किसी ने हमदर्दी जताई। जीप के निकलने पर ही उन्होंने अहिल्या की माँ की अर्थी उठाई।

इस घटना का वर्णन कर अहिल्या हँस दी। मुझे उसकी हँसी विचित्र लगी। यह औरत पागल तो नहीं है न, ऐसा मुझे संदेह हुआ। मेरे मन की बात

शायद उसकी समझ में आ गई और उसने कहा, "जिंदगी में मैंने इतने तनाव सहे हैं कि मेरे सारे आँसू ही सूख गए हैं। आपको यकीन नहीं होगा कि मुझे कभी रोना आता ही नहीं। गंभीर समय पर भी मुझे ऐसी सूखी हँसी आती है। मैं मजाक नहीं कर रही हूँ।"

मैंने उसकी ओर गौर से देखा। लगा कि वह सच बोल रही है। मुझे उसपर तरस आया और मैंने उससे पूछा, "यह कब की बात होगी?"

"1956-57 की बात होगी", अहिल्या ने जवाब दिया, "मैं तब 16-17 साल की रही हूँगी। उसके बाद मेरा स्कूल बंद हो गया। घर सँभालने की जिम्मेदारी मुझ पर आ गई। हर दिन बड़ी आशा लेकर मैं भाई का इंतजार करती थी कि वह आएगा। पर वह कभी लौटा ही नहीं।"

स्कूल के आवास में पुर्तगाली झंडा उतारकर भारतीय झंडा फहराने का आरोप भाई पर लगाया गया था। किसी ने शिकायत की थी और भाई गिरफ्तार हो गया था।

गाँव के लोगों ने कुछ दिन भाई को याद किया। फिर वे उसे भूल गए। स्कूल के व्यवस्थापकों ने भी सरकार से दुश्मनी क्यों मोल लें, ऐसा सोचकर एक 'पुर्तगाल-द्रोही' शिक्षक को नौकरी से निकाल दिया था। अहिल्या अब जवान हो गई थी। वास्तव में हुआ क्या है, यह उसे अच्छी तरह से पता था। जिस आईने में वह अपना रूप निहारती थी, वही मानो चूर-चूर हो गया था। न वह खुलकर रो सकती थी और न ही अपना मन किसी के सामने खोलकर रख सकती थी।

पर कुछ ही दिनों में उसे पता चला कि वह माँ बननेवाली है। किसे बताएगी? मौसी के यहाँ जाकर उसे ही सबकुछ बता दिया।

उसी रात मौसी उसे लेकर वापस घर आई। उसने पिताजी से बात की।

"ऐसा नहीं लगता कि वह जीते-जी वापस लौटेगा और लौट भी आया तो पुलिस उसे चैन से जीने नहीं देगी। उसका खयाल ही दिमाग से निकाल देना बेहतर होगा। अहिल्या के भविष्य की सोचते हुए लगता है, उसे गोवा से बाहर ले जाकर उसका गर्भपात कराना ही ठीक होगा।" पिताजी ने निश्चय किया।

अहिल्या पर मानो गाज गिर गई थी। उसे लगा कि पाँव तले धरती खिसक रही है, पर एक गलती करने के बाद अब विरोध करने का साहस उसमें नहीं था।

वह गोवा से बाहर होकर आई और पूरी तरह से बदल गई। माँ की मृत्यु के बाद घर का उत्तरदायित्व उसी के ऊपर आ गया था, पर इस आघात से मानो वह एकदम से वयस्क हो गई। उसका बचपना ही खत्म हो गया। गाँव के लोग भला-बुरा कहते। उनका एक-एक शब्द दिल पर गहरा घाव कर देता, पर उनको उलटा जवाब देने का मनोबल उसमें नहीं था।

भविष्य का चित्र एकदम अस्पष्ट था। मौसी उसे समझाती थी। कहती थी—"शादी के लिए तैयार हो जाओ।" पर वह इसके लिए तैयार नहीं होती थी, मानो जिंदगी के प्रति उदासीन हो गई हो।

इसी दौरान गोवा स्वतंत्र हो गया। उसे लग रहा था कि अब तो भाई आएगा। उसके पिताजी ने बहुत लोगों से पूछताछ की। पुलिस भीड़ के बीच में से उसे पकड़कर ले गई थी, पर आगे उसका क्या हुआ, किसी को पता नहीं चला। कोई कहता, उसे अफ्रीका भेज दिया है तो कोई कहता, उसे मार डाला है।

"स्वतंत्रता सेनानियों का तो मान-सम्मान होता है, पर मेरे नायक का तो कुछ पता ही नहीं चला," अहिल्या मन-ही-मन क्रोध से उफन रही थी। उसने निश्चय किया, अब शादी नहीं करनी है।

अपनी पूर्व जिंदगी की कहानी बताते-बताते अहिल्या पसीने से तर-ब-तर हो गई, पर बोलते-बोलते उसकी भाषा काफी धारदार बन गई थी और शब्दों में तल्खी महसूस हो रही थी।

"यह है मेरी पूर्व जिंदगी। इसी पृष्ठभूमि पर मात्र पिताजी और मौसी को अच्छा लगे, इसीलिए मैं शादी के लिए राजी हो गई बिना किसी सुख की अपेक्षा किए। इस जन्म में मेरे हिस्से सुख लिखना शायद भगवान् भूल गया था। फिर मैंने सोचा कि जो इतनी उमंग के साथ मुझसे ब्याह करने आया है,

उसे सुख नहीं दे पाई तो कम-से-कम दुःख तो नहीं दूँगी। पर जो हुआ सो एकदम विपरीत।"

"उससे तुम्हें क्या शिकायत है ? वह तलाक क्यों लेना चाहता है ?"

"उसे संतान चाहिए अपना वंश चलाने के लिए। अपनी और मेरी उम्र का उसे बिल्कुल खयाल नहीं है। सारा समय मुझे कोसते हुए 'बाँझ' कहता है। मुझसे अब यह सब सहा नहीं जाता।"

"क्या वह सचमुच एक और शादी करना चाहता है ?"

"ऐसा वो कहता है। अब औरतें भी काफी सस्ती हो गई हैं और कुँवारी लड़कियों की संख्या भी कम नहीं है। क्या मैंने नहीं की उससे शादी ? कुँवारी अधेड़ लड़कियों को लगता है कि सुहागन बनकर मरें। इसके लिए कोई भी पुरुष चलता है। इसीलिए कहती हूँ, गलती उसकी नहीं है।"

"पर संतान ही चाहिए तो रिश्ते में से एकाध बच्चा वह गोद क्यों नहीं ले लेता ?" मैंने पूछा।

"उसे अपने ही खून की संतान चाहिए। सिर्फ बच्चा पाने से वह संतुष्ट नहीं होगा। अपनी पहली पत्नी को भी उसने ऐसे ही सताया होगा, इसलिए बिस्तर पकड़कर वह मर गई। अब मेरे पीछे पड़ा है, पर मैं उसकी एक नहीं सुनती। उलटा बोलती हूँ, इसलिए आए दिन हमारे घर लड़ाई-झगड़े होते रहते हैं। वह मेरी हँसी उड़ाता है, मुझे नीचा दिखाता है, मुझपर बेकार के इलजाम लगाता है, शक करता है।"

"शक ? कैसा शक ?" मैंने पूछा।

"वह मेरे नाम की आलोचना करने लगा। ग्रंथालय से पुस्तकें लेकर आया। एक शब्दकोश भी लाया। उसमें उसने पढ़ा—अहिल्या यानी बंजर, ऊसर जमीन। शुरू-शुरू में उसी अर्थ से वह मुझे सताता था। कहने लगा कि मैं बाँझ हूँगी, यह मेरी माँ को पता था, इसीलिए उसने मेरा नाम 'अहिल्या' रखा। मेरा कलेजा फट जाता। लगता था कि 'भाई' से संबंध के बारे में बता दूँ, पर बुद्धि भावना पर हावी हो गई।

"पर राम ने अहिल्या का उद्धार किया, यह तुमने उसे नहीं बताया ?"

"मुझे कहाँ पता था? वह बात भी उसी ने मुझे बताई। एक कोश में लिखा था—अहिल्या गौतम ऋषि की पत्नी है। फिर वह गौतम ऋषि पर पुस्तक लाया। उसने मुझे पढ़कर सुनाया कि सारा दोष अहिल्या का ही था। बूढ़ा ऋषि अपनी पत्नी पर शक करता है और शाप देता है, तब वह शिला बन जाती है और फिर राम उसका उद्धार करता है। वह अपने आपको गौतम ऋषि समझता है और मुझपर शक करता है। दूसरे पुरुष के साथ जाना होता तो मैं यह सब सहती ही क्यों?"

अहिल्या के मन की कशमकश मेरी समझ में आई और मैंने कहा, "कथा का विषय सच में अच्छा है। तुम्हारी इजाजत हो तो मैं इसे लिख दूँगा।"

"यह केवल कहानी नहीं, सत्य घटना है। ऐसा नहीं कि गौतम ऋषि पहले जमाने में ही होते थे, आज भी हैं, पर आज इस बात का मुझे कोई गम नहीं है।"

मुझे लगा कि गौतम ऋषि की कथा इस अहिल्या पर ठीक लागू होती है। बुढ़ापे में विवाह करके वंश विस्तार बढ़ाने की चाह रखनेवाले गौतम ऋषि के पास था—तप से संचित पुण्य, पर बढ़ती उम्र के साथ देह भी थक गई है, इसका आकलन नहीं था। पुण्य से उनकी वाणी में मंत्रों की शक्ति तो आई थी, पर वार्धक्य पर मात करनेवाली कोई दवा उनके पास फिर भी नहीं थी। बढ़ती उम्र में केवल अपना वंश बढ़ाने की चाह से उन्होंने अहिल्या से विवाह किया। पुराणों में लिखा है एक दिन नदी पर से नहाकर आते वक्त उन्होंने देखा कि अहिल्या के साथ कोई दूसरा पुरुष है और उन्होंने उसे शाप दे दिया।

कथा याद आई, फिर भी मैंने अहिल्या को नहीं बताई। सिर्फ इतना ही कहा कि "गौतम ऋषि के पास संचित पुण्य था, इसीलिए उनका शाप लग गया।"

"मेरे पति के पास केवल पाप की राशियाँ हैं।" एकदम आवेश में आकर उसने कहा।

"फिलहाल तुम दोनों साथ रहते हो या नहीं?"

"मैंने उससे साफ कहा है, 'गले में मंगलसूत्र बाँध के मैं इस घर में आई हूँ। अब इस घर से मेरी अर्थी ही उठेगी।'"

"उसकी प्रतिक्रिया क्या रही?"

"गुस्से से आगबबूला होकर उसने कहा, 'खुद तो बाँझ है, मेरा वंश भी निर्वंश करने चली है, राक्षसी!' तब तो मुझसे रहा नहीं गया। फिर मैंने उससे कहा कि 'अगर सच बात का पता चले तो तुम पर आकाश टूट पड़ेगा।'"

मैं अहिल्या की ओर देखता रह गया। वह थरथर काँपने लगी थी, मानो शरीर में आत्मा का संचार हुआ हो। उस प्रसंग का वह वर्णन करने लगी। उसने अपने पति से कहा, "तुम मुझे पापी कहो, पर बाँझ नहीं।" पति ने कहा, "अब तुमने खुद ही कबूल कर लिया तो अच्छा ही हुआ। तुम व्यभिचारिणी हो। 'व्यभिचार' पाप ही है। अब अगर बाँझ को बाँझ कहा तो क्यों चुभता है?"

"मैं बाँझ नहीं हूँ। मैं बदनसीब हूँ। इसीलिए मेरा बच्चा नहीं बच पाया, पर तुम तो…"

इतने दिन केवल वाक्युद्ध होता था, लेकिन आज…अहिल्या की तीखी भाषा सुनकर पुरुषोत्तम ने उसके मुँह पर जोर से तमाचा लगाया कि वह तिलमिलाकर गिर पड़ी। वह बड़बड़ाने लगा—"तुम्हारे ये लक्षण मैं खूब जानता हूँ। तब उस मास्टर के साथ रंग उड़ाती रही और अब आने-जानेवालों के साथ आँख लड़ाती हो।"

"हो सकता है," उसने उपहास भरे स्वर में कहा, "पर मैं बाँझ नहीं हूँ। अगर पुरुष धर्म के अनुसार दो पत्नियाँ कर सकता है तो स्त्री का दूसरा पति होना अधर्म कैसे?"

अहिल्या की कहानी खत्म हो गई। इस पूरे तथ्य को वह संसार के सामने लाना चाहती थी। मैंने उसकी सारी कहानी लिखने का उसे वचन दे दिया।

"एक काम करना होगा," उसने कहा, "मेरा पति महाधूर्त है। कहानी

प्रकाशित होने से पहले उसे कुछ पता नहीं चलना चाहिए।"

"उसे कैसे पता चलेगा?" मैंने पूछा, "छापते वक्त मैं उसका नाम बदल दूँगा।"

"गौतम रखो," उसने कहा, "पर मेरा नाम अहिल्या ही रहने दो।"

चंद्रकांत केणी : कोंकणी साहित्य के आधुनिक कहानियों के रचनाकार कहे जानेवाले स्व. चंद्रकांत केणी का जन्म गोवा के कांसावले गाँव में हुआ। ये 'राष्ट्रमन' दैनिक के संपादक थे। उनके 'व्हंक पावणी' संग्रह को वर्ष 1980 में साहित्य अकादेमी पुरस्कार से सम्मानित किया है। लगभग उनकी 50 कथा-संग्रह-उपन्यास-लेख-संग्रह प्रकाशित कई राज्य पुरस्कारों सहित अनेक महत्त्वपूर्ण सम्मानों से अलंकृत।

□

भाव-विभोर

–ऑलिव्हीन गॉमिश, अनु. : रूपा च्यारी

शोभा नजरों से बहुत दूर थी, फिर भी मेरे दिल के गर्भागार में उसने अपनी दृढ़ जगह बनाई थी। उसके सिवा मैंने और किसी को मेरे करीब आने नहीं दिया। बहुत बार मन को लुभानेवाले क्षण मेरे जीवन में आ चुके थे, लेकिन अंदरूनी शक्ति ने उन्हें टालने के लिए मेरी बहुत सहायता की। इतने सालों से मन की अँधेरी गुफा में तेल के समान जलती मधुर स्मृति से मेरी उदासी में मुझे थोड़ा-सा प्रकाश नजर आ रहा था।

गोवा वापसी के बारे में अंतिम चिट्ठी मैंने उसे लिख डाली। उस चिट्ठी को लिखे बीस दिन हुए होंगे और पुर्तगाल से 'लुरियो' जहाज से मुझे निकले अब पंद्रह दिन तो बीते होंगे। इस चिट्ठी का जवाब नहीं मिला। क्यों? मैं इन्हीं विचारों में चक्कर खा रहा था।

लोरेंस मार्किश से आई.बी.आई. की 'कंपाला' 26 मई की सुबह मुरगाँव के बंदरगाह में प्रवेश कर रही थी। इतने लंबे अंतराल के बाद मैं गोवा का परिवर्तित रूप निहार रहा था। उस इंद्र-नील आसमान का सुंदर दृश्य तथा हरी-भरी वसुधा को देखकर मुझे मात्र प्रसन्नता ही नहीं हुई, बल्कि स्वर्ग-लोक का सादृश्य आभास हुआ।

लेकिन इस सुंदरता को भुला देनेवाली, दिल में हलचल पैदा करनेवाली एक स्मृति मेरे मन में पूर्ण रूप से फैलने का प्रयास कर रही थी। आखिर उसी की जीत हुई। शोभा की ही स्मृति। और किसकी हो सकती थी? मेरे माता-

पिता तो नहीं थे। गोवा आने का प्रमुख कारण था, शोभा। नहीं तो मैं पुर्तगाल में ही रहनेवाला था। सुंदर और अच्छे हुनर की लड़कियों से मेरी पहचान हो गई थी और वे मुझ पर फिदा भी थीं। लेकिन मैंने किसी की ओर कोई झुकाव नहीं दरशाया। फिर भी कभी-कभी इस प्रकार का माहौल उपस्थित हो जाता था। आज से पंद्रह साल पहले मैं गोवा छोड़कर गया था। इतने साल इंतजार कर, आखिर ऊबकर उसने शादी तो नहीं की? पिछले दो साल से उसकी चिट्ठी नहीं आई थी। किसलिए? क्या यही कारण तो नहीं है? मैं दुविधाग्रस्त हो गया, लेकिन···नहीं। यह सच नहीं हो सकता। मैंने स्वयं को समझाया। जहाज बंदरगाह के नजदीक आ गया और मैंने बंदरगाह पर खड़े-खड़े ही इर्द-गिर्द नजर घुमाई।

आह, वहाँ मेरी शोभा थी। हाँ···वही थी। नजर गड़ाकर बंदरगाह से मेरी राह देख रही थी। शोभा! हम दोनों की नजरें मिल जाने के पश्चात् न जाने किस अनजान भावना से दिल भर आया। उसकी आँखों में चमक थी। उसका रोम-रोम पुलकित हो रहा था। पहले तो उसे जरूर देखा था, लेकिन आज वह और सुंदर लग रही थी। सच कहा जाए तो दिखने में वह इतनी खूबसूरत थी नहीं, जितना उसका मधुर और प्रिय स्वभाव उसकी सुंदरता में वृद्धि कर रहा था। यह स्वभाव ही असली सुंदरता है, जिसकी जितनी स्तुति की जाए, उतनी कम है। और मैं उसकी इसी अंदरूनी सुंदरता को देख रहा था, जो उसके मुखमंडल पर बिखर गई थी।

प्रेमवश उत्कंठा से मैंने उसे बाँहों में भर लिया। सालों से अत्यंत नियंत्रित रखे हुए मन की उत्कंठा अब पूरी हो रही थी। उसके आलिंगन में अवरुद्ध प्यार का बहाव जैसे उमड़ पड़ा।

मैं प्रसन्नता को महसूस कर रहा था कि शोभा ने मेरा इंतजार किया, लेकिन फिर भी मुझे उसके साथ मन हलका करना था। उसकी बाँहों से अलग होकर मैंने पूछा।

"शोभा, यह क्या, तुमने शादी नहीं की?"

"हाय!" शोभा ने दीर्घ निश्वास छोड़ा। "एदवार्द, क्या कहा तुमने, क्या

कहा? तेरे सिवा किसी और से मैं शादी कर सकती थी? कभी नहीं। मैंने हरदम तुम्हारी राह देखी। आशा की किरण नहीं थी, फिर भी किसी पर मन नहीं आ रहा था। और आएगा भी कैसे? वह तो किसी एक पर ही आ सकता है। मेरा दिल तो तुम्हारे पास था।"

"तुम सच कह रही हो?" मैंने आश्चर्य से और दूसरी ओर आनंदित होकर पूछा, "मेरा दिल नहीं मानता है। तुम एक जवान लड़की हो। मुझ जैसे कैदी की खातिर, जिसे देश निष्कासन की सजा हो चुकी हो और वह भी इतने सालों के लिए, खुद मुझे जल्दी रिहाई मिलने की आशा नहीं थी।" शोभा की आँखों से आँसू टपक रहे थे। उसने मेरी ओर प्यार भरी नजरों से देखा और कुछ कहने का प्रयत्न किया।

"शादी करने के लिए मेरे भाइयों ने मुझ पर बहुत दबाव डाला। अच्छे घराने से रिश्ते आए। लेकिन मैं इनकार करती रही। तब जाकर उन्हें संदेह हुआ कि मैं तुम्हें चाहती हूँगी।"

"और फिर क्या किया उन्होंने?" मैंने धैर्य से, लेकिन कुछ हिचकिचाकर पूछा।

शोभा ने कहा, "वे कहते, 'एदवार्द को लगे आग! क्या वह स्वतंत्रता संग्राम में कूदकर हमारे घर को भी आग लगाने आया था? और तुम भी उसके साथ नाच रंग खेलना चाहती हो तो सुन, अब वह नहीं आनेवाला। वह वहीं रुक गया है।' वे मेरा उपहास करते थे। क्या वही सबसे अच्छा है?"

"अब यह सबकुछ भूल जाओ," मैंने कहा।

"चलो, अब हम घर चलेंगे।"

"अब मेरा कोई घर नहीं है," शोभा ने निराश होकर कहा। यह कहते वक्त उसकी चाहत भरी आँखों से आँसू भर आए। "मेरे भाइयों ने शादी की और मैं उस घर से, उस खिंचाखिंच से छुटकारा पाने के लिए मौसी के घर में रहती हूँ।"

"जैसा भी हो चलो, हम चलते हैं। मेरे घर चलते हैं। यह सब भूल जाओ।" मैंने उसे समझाया।

गरम पसीना आ रहा था। मुझे मिलने के लिए कोई नहीं आया था सिवाय शोभा के। जो मशहूर हो चुके थे, उनके लिए स्वागत, भाषण, सभा; लेकिन औरों के लिए कुछ नहीं। उनके त्याग को भूल गए थे। इस देश में मुझे किसी ने याद नहीं रखा था।

इन उलटे-सीधे विचारों को मन से निकालकर मैंने पिछली मधुर स्मृतियों को याद करने का प्रयास किया। वे दिन भी क्या दिन थे? मैं जवान था। इश्कोल नोर्माला का कोर्स करके मैं प्रोफेसर बनकर माशेल में पढ़ा रहा था। मेरी उम्र होगी कोई बाईस-तेईस साल। मैं किराए के कमरे में रहता था। वहाँ एक दिन कुएँ पर पानी भरनेवाली शोभा को मैंने देखा। मेरे कलेजे में तूफान मच गया। उसकी नशीली आँखों में मेरा मन सराबोर हो चुका था। उसके गठीले शरीर पर मेरी नजर टिकी हुई थी। उस दिन से रास्ते में आते-जाते मेरी उससे भेंट हो जाती और हम दोनों लज्जा का अनुभव करते थे। वह ज्यादा पढ़ी-लिखी नहीं थी, लेकिन व्यवहार से बहुत समझदार लगती थी।

कुछ दिन बीतने के बाद मेरी और उसकी दोस्ती और घनिष्ठ हो गई। मेरा ध्यान सिर्फ उसपर केंद्रित हो चुका था। दिन-रात मैं शोभा की मूर्ति पूजा करने में मग्न था और शोभा का भी वही हाल था। जहाँ मैं ठहरा था, वहाँ वह पानी भरने के लिए आती, खाना पहुँचाती। सिर्फ मेरे लिए वह स्वादिष्ट व्यंजन बनाकर लाती।

स्कूल की जब छुट्टी रहती थी, तब मैं काणकोण में मेरे अपने घर हो आता था। फिर भी घर में मेरा मन नहीं लगता था। सप्ताह में एक बार तो शोभा से मिले।

इसलिए मैं माशेल में जाया करता था। उस वक्त शोभा के उतावले स्वागत के बारे में क्या कहूँ? इस प्रकार हमारे वे दिन मधुर प्रतीत हो रहे थे। मैं तो स्वर्ग का आनंद ले रहा था।

लेकिन एक दिन जैसे चाबुक की फटकार से मैं आनंदवन से जाग उठा। मुझे कल्पना नहीं थी कि मेरी जन्मभूमि परकीय सत्ता के अधीन है। डॉ. राममनोहर लोहिया 18 जून, 1946 को गोवा में आकर स्वतंत्रता संग्राम की

ज्योति प्रज्वलित कर गए। उस ज्योति-प्रकाश ने मुझमें देशभक्ति को जगाया। मुझमें नई शक्ति का ऊर्जायन हुआ। जिंदगी की ओर देखने के लिए मुझे नई दृष्टि प्राप्त हुई थी।

यह खबर मैंने अपनी परमप्रिय शोभा को बताई। शोभा बहुत मायूस हो गई। परिणाम के बारे में उसे पता था। स्वतंत्रता संग्राम में भाग लेना, अर्थात् पुर्तगाली सत्ता से द्रोह करना। उसकी सजा भी बड़ी कठोर हो सकती थी। उस वक्त उसने मुझसे कहा था, "एदवार्द, इस तूफान में मुझे अकेली को छोड़कर तुम जाना चाहते हो? मेरे बारे में कुछ सोचा नहीं?"

उसका व्याकुल चेहरा देखकर मैं और धैर्य नहीं बाँध सका था। शोभा के भविष्य के बारे में मुझे परेशानी हो रही थी। मैंने उसे बाँहों में लिया और सांत्वना देने का प्रयत्न किया।

यह सब याद करते-करते, हम कुट्ठाळ फेरीबोट पर पहुँचे। जुवारी की लहरें खलबली मचा रही थीं। यातायात चल रहा था। फेरीबोट में लोगों की भीड़ थी। मेरी ओर देखकर और मेरा चिंताग्रस्त चेहरा भाँपकर शोभा मुझसे प्रश्न कर रही थी, लेकिन इन विचारों में मैं इतना डूब चुका था कि उसे प्रत्युत्तर करते वक्त मैं भ्रमित हो रहा था। शोभा ने मुझे सतर्क करते हुए कहा, "क्या सोच रहे हो? तेरी चिंताओं की मैं भागीदारी नहीं कर सकती, मैंने तेरे सुख-दुःख में साझेदारी करने का प्रयत्न किया और उसमें मैं कुछ हद तक सफल रही, ऐसा मैं समझती हूँ।" यह सुनकर मेरे कलेजे को ठंडक मिली। यह थी मेरी शोभा, और मैं उसी से छिपाकर उन बीती घटनाओं का हिसाब कर रहा था। मैंने उसे विश्वास दिलाया और उसके साथ स्मृति पत्रों को टटोलने लगा।

इस प्याररूपी सागर में हमारी नौका जब छोड़ी थी, तब तूफान मच गया था। जिसने मुझे शोभा से अलग किया था। भारतीय झंडा लहराकर पुर्तगाल के विरोध में कार्य किया, ऐसा आरोप लगाकर मुझे एक रात पुलिस ने नींद से जगाकर हिरासत में लिया था। चमड़ी निकलने तक मुझे पीटा था। कुछ समय के लिए मुझे वापस घर भेजा गया। अब शोभा से मेरी फिर भेंट हो रही थी,

लेकिन खुफिया पुलिस की नजर हर पल मुझ पर रहा करती थी।

कुछ अरसे के बाद मुझे फिर से गिरफ्तार किया गया। ज्यादा समय के लिए मेरा कार्य फिरंगी अधिकारी वर्ग सहन नहीं कर पाया। मुझे कैदी बनाया और पुर्तगाल की पेनिश जेल में भेजने का आदेश निकाला गया। तब शोभा की परवाह किए बिना मैंने प्यार-मोह को भूलकर उस कटु विषरूपी कुएँ में छलाँग लगाई। राष्ट्रभक्ति से भेंट हुई थी। प्यार इसके आगे कुछ नहीं था। शोभा के साथ मैंने अन्याय किया, लेकिन मेरे लिए और कोई पर्याय नहीं था।

मुझे पेनिश भेजा गया, तब शोभा मुझे नियमित रूप से चिट्‌ठी लिखती थी। उसके चेतना भरे शब्द प्यार के अमर काव्य का सृजन करते और मेरी निराश आत्मा नवजीवन प्राप्त कर लेती। वहाँ मुझे बहुत तकलीफ सहनी पड़ी, पंद्रह साल जेलखाने में।

उधर उस वक्त उतना कोहराम नहीं मचा हुआ था, जितना कि भारत में। कहीं बाहर-भीतर घूम सकते थे। एक पुर्तगाली साथी के साथ घूमकर नृत्य में निपुण हो चुका था। मेरे ऊपर उनको गुस्सा-द्वेष वगैरह नहीं था। अलग नजरिए से देखा जाए तो वे लोग अत्यंत अनुशासन प्रिय तथा दयालु थे। मात्र भारत में विलीन होने की चाह के पीछे हमारी क्या भूमिका है, यह उनकी समझ में नहीं आ रहा था। हमारी भलाई के लिए गोवा का अलग होना जरूरी है, ऐसा उनका मानना था। मेरा मत उनके विचारों से मेल नहीं खा रहा था।

शोभा अपनी प्यार भरी चिट्ठियों से मुझे सूचना दे रही थी। मेरे रिहा होने की कोई आशा नहीं थी। तब मैंने उसे खत लिखकर कहीं और शादी करने के लिए अपनी ओर से मुक्त किया, क्योंकि उसपर शादी करने के लिए बहुत दबाव आ रहे थे, लेकिन शोभा अपना निर्णय लेकर अडिग बैठी थी कि मेरे साथ ही शादी करेगी। उस शादी की खातिर गड्ढे में गिरने की तैयारी उसने दरशाई थी। तब इस लड़की का इतना बड़ा निर्धार देखकर मैं दंग रह गया। चहुँओर कितनी हलचल मची होगी और इसका यह त्याग। और पूछा जाए तो एकदम सच।

मैंने जेल से रिहा होने की खबर देते हुए उसे चिट्‌ठी लिखी और तब

उस वक्त उसकी संतोष दरशाती हुई एक चिट्ठी मुझे मिली, लेकिन जाने से पहले दो महीना पूर्व उसकी कुछ खबर नहीं मिली और मैं हैरान हो गया। मेरे माता-पिता के गुजर जाने की खबर उसी ने मुझे पहले दी थी। वह कभी-कभी उनकी पूछताछ किया करती थी, लेकिन चंद दुश्मनों के कारण अब के वह चिट्ठी नहीं लिख रही थी जिन्होंने मेरे बारे में अविश्वास का विषरूपी संदेह उसके मन में पैदा किया कि मैं एक फिरंगी स्त्री के साथ घूमता हूँ। और भी झूठी खबरें उस तक पहुँचाई थीं। यहाँ तक कि अब गोवा वापस आते वक्त उस फिरंगी स्त्री को लेकर मैं लौट रहा हूँ।

अब शोभा के संदेह सब गायब हो चुके थे। हम फिर से मिल गए थे। इतने सालों के बाद माशेल में जाने के बदले मैंने काणकोण की तरफ जाने के लिए टैक्सीवाले को आदेश दिया। हम हमारे घर जा रहे थे। आनेवाली जिंदगी हमारे सम्मुख थी। हमारा भविष्य हमारे हाथ में था और जैसा हम चाहते थे, वैसा उसे हम बना सकते थे।

और मेरी शोभा! जैसे पंछी अपना साथी ढूँढ़ने के बाद नीड़ के निर्माण की तैयारी करता है, उसी तरह शोभा भी कल्पना में तैयारी कर रही थी। मेरी बाँहों में सिसकियाँ भर रही थी। मिलन की प्यास सँजोकर रखे हुए शोभा ने मुझे जकड़ लिया और इतने सालों तक रोके हुए आँसुओं को मुक्त बहने दिया।

ऑलिन्हीन गॉमिश : स्व. ऑलिन्हीन गॉमिश का जन्म गोवा के सांतइस्तेस्तिव गाँव में हुआ। गोवा यूनिवर्सिटी में कोंकणी डिपार्टमेंट के हेड (H.O.D.) रहे। कई राष्ट्रीय और राज्य पुरस्कारों से सम्मानित थे।

□

घुटन

–महाबळेश्वर सैल, अनु. : शोभा वेरेंकर

वैशाली को अपने आप पर आश्चर्य होता था। यह किस तरह का मन लेकर मैं जनमी हूँ? अजीब···जग से निराला···मुझे जरा भी रोना क्यों नहीं आता? पति का शव देखकर सिर्फ एक बार वह चिल्लाई थी और कुछ क्षण तक चीख–चीखकर रोई थी। उसके बाद सबकुछ शांत और निस्तब्ध! आखिर मैं क्यों रो पड़ी? यह प्रश्न उसके लिए एक उलझन बनकर रह गया था। क्या सचमुच पति की मृत्यु के दुःख से मैं रो पड़ी या मृत्यु की अवस्था या कठोरता देखकर···यह उसकी समझ में नहीं आया। बाद में मृत्यु के दुःख के बारे में सोचकर उसने रोना चाहा, पर वह रो न सकी। वैसे तो मैं पत्थर दिल नहीं हूँ। फिर मुझे रोना क्यों नहीं आता? शादी के कुछ दिन पहले मैं हिमालय पर्वत पर गई थी। गिर्यारोहण के समय शिवाली नाम की एक लड़की बर्फीले तूफान में फँसकर ऊपर से गिरकर मर गई। तब मैं कितना रोई थी? आठ दिन तक मृत्यु की छाया मेरे मन–पटल से हटी नहीं थी।

वैसे वैशाली का पति उससे बुरी तरह पेश आता था अथवा उससे मार–पीट करता था या दूसरी स्त्री के मोह में फँसा था, ऐसा तो कुछ भी नहीं था। कभी–कभार शराब पीता था। शराब पीने पर जब वह और अधिक निर्बल बन जाता था, तब वैशाली की बाँहों में आकर अपने को थपथपाने को कहता था। शराब की बदबू ज्यादा असहनीय न हो तो वह भी उसे अपनी हथेली से थपथपाती थी, पर उसका शराब पीना या शराब की बदबू उसे कभी भी

पसंद नहीं थी। आज उसी शराब के नशे में गाड़ी चलाते समय किसी पुल की पगडंडी से गाड़ी टकरा दी और उसकी मृत्यु हो गई। वह जानती थी कि शराब पीने की लत उसे उसके डरपोक स्वभाव के कारण ही लगी थी, क्योंकि उसमें जीवन की समस्याओं का सामना करने की हिम्मत नहीं थी।

वह कितना बुद्धिमान इंजीनियर था, पर उसका मन एकदम कमजोर था। एक नामहीन अदृश्य डर उसके मन में बसा था, पर आज उसके न रोने का कारण यह नहीं था। वैसे तो वह अपने पति से प्यार करती थी। उसे उसकी जरूरत थी। फिर भी उसकी जुदाई से, उसकी याद में उसे रोना नहीं आ रहा था। उलटा, वह अपने आप को बंधनमुक्त और हलका महसूस करने लगी। उसने गुस्से से अपने आप से पूछा, यह मुझे क्या हो गया है? लाश के सामने ही उसके बदन पर से सब सौभाग्य-अलंकार उतारे गए। लाश को उठा ले जाने के बाद किसी ने उसका हाथ पकड़कर उसे अंदर के कमरे में लाकर बिठाया। शाम का समय था। कुछ समय के बाद शोक व्यक्त करने आए हुए पड़ोसी, रिश्तेदार, जान-पहचानवाले चले गए। उनका रोना-धोना, सोच-विचार, भर्राई आवाज में बोलना, सब रुक गया।

शाम के वक्त मँझले कमरे में सिर्फ एक ही दीया जल रहा था। पूरे घर में कोई बिजली जलाना ही भूल गया था या जान-बूझकर नहीं जलाई थी, पता नहीं। ससुर, देवर अमेय, बुआ अपनी-अपनी जगह पर चुपचाप बैठे थे। बीच-बीच में बुआ ईश्वर का नाम लेकर कराहती थी, मानो दुःख सहा न जा रहा हो। दरवाजे के पास नौकरानी शांति एक पैर पर खड़ी थी।

इस परिवार के दुःख में वह पूर्णतया शामिल है, यह उसका मुरझाया और चिंतित चेहरा बता रहा था। पिछले आठ दिनों से मृत्यु की छाया उनके घर पर छा गई थी। इसमें अधिक दुर्गति शांति की ही हुई थी।

पहले जो औरत वैशाली का हाथ पकड़कर उसे अंदर ले आई थी, उसने वैशाली का पल्लू उसके माथे पर ओढ़ाकर मुख पर सरका दिया था। अब वैशाली ने पल्लू हटाकर अपने कंधे पर फेरा। पूरे घर पर उसने एक नजर डाली। शादीशुदा जिंदगी के पाँच बरस में पहली बार अपने घर में उसने बड़ी

शांति, एकांत, हलकापन और बंधन मुक्ति का अनुभव किया। पहले उसके मन को चिंता ने जो जकड़ लिया था, वही मन अब पूर्णतया निर्मल, पारदर्शी, हलका बना था। मन में दु:ख की चिंता के बजाय भविष्यकालीन मुक्ति की अंत:प्रेरणा बह रही थी। उसे लगा, वर्षों से लगी बंधन-मुक्ति की प्यास आज खत्म हुई। इतने वर्षों से चलता आया जिंदगी का पथ, मुक्ति की ओर ही बढ़ रहा था क्या? मेरी शादी, मेरा सौभाग्य-शृंगार, संस्कार, गृहस्थी, ये सब किसलिए? क्या यह सब दिखावा था? ढोल-नगाड़े बजने की तरह हृदय में बंधन-मुक्ति की ललकार निकलने लगती है। लगता है, जैसे सब संस्कार, बंधन, सब बेड़ियाँ टूटकर गिर गई हों। उसे लगा कि मुक्ति की साँस पूरे शरीर में फैल गई है और वह हवा में उड़ रही है। उसके बदन से सौभाग्य-शृंगार उतार दिए, इसकी उसे परवाह नहीं। पता नहीं इतने बरसों के बंधन से मुक्ति पाने की चाह कहीं दब गई थी!

अचानक शादी से पहले की घटनाओं की यादें उसके मन में मँडराने लगती हैं। हिमालय की कपिलगिरि पहाड़ी की चोटी पर चढ़ने के बाद टीम सहित अखबार में छपा फोटो, आठ-आठ दिन तक घर के बाहर रहकर ट्रैकिंग पर की गई मौज-मस्ती, टेनिस खेलते समय दर्शकों का हर्ष-उल्लास सबकुछ उसकी आँखों के सामने आ जाता है।

एक बार जब वह जंगल में ट्रैकिंग करने गई थी, तब रास्ता भटक गई थी। झाड़ियों से छिपा हुआ रास्ता, पंछियों का कलरव, आगे एक विकराल, गहरी खाई। पीछे की ओर अभी-अभी उगता हुआ सूरज। वैशाली पर जैसे जंगल की खूबसूरती का असर पागलपन की तरह सवार हो गया हो। तब ऐसी ही बंधन-मुक्ति की लहरें उसके मन में उठी थीं। उसे लगा था कि प्रकृति के साथ शाश्वत् एकांत प्राप्त हो जाए, उसी के साथ पूरा जीवन बीत जाए, उसी में समा जाए। उसका मित्र अशोक जो कहा करता था, 'मैं तुमसे प्यार करता हूँ।' उसे ढूँढ़ते हुए वहाँ पहुँचा। उसने अशोक से कहा, "अशोक, हम दोनों एक साथ इस विकराल, गहरी खाई में कूद जाएँगे। उसके बाद चाहे तो मैं तुमसे शादी करूँगी।"

अशोक पागल की तरह उसकी ओर देखता ही रह गया। फिर वैशाली ने धम्म से जमीन पर बैठकर कहा था, "मुझे इस सुंदर मुक्त एकांत में सदा के लिए पड़े रहने की इच्छा होती है या फिर यहीं पर मृत्यु का स्वागत करके इस अद्भुत सौंदर्य में विलीन हो जाने को मन करता है। अशोक, मुझे उस गहरी खाई से लगाव-सा हो गया है। वह खाई मुँह खोलकर जैसे मुझे बुला रही है।"

"पागल कहीं की! वैशाली, चलो उठो। बाकी लोग बहुत दूर पहुँचे हैं।" अशोक उसे वहाँ से खींचकर ले आया था।

उसके बाद कितने दिनों तक उसे उस खाई का प्रलोभन-सा होता रहा। फिर भी उसे लगता था कि वह उसके मन की कमजोरी नहीं है। उलटे, एक दिलेर, मुक्ता सुंदर मृत्यु का आकर्षण ही है।

पर जींस, पैंट-शर्ट पहननेवाली, एम.ए. तक शिक्षित लड़की आज विधवा बनी है। कर्मठ हिंदू विधवा। वह मन-ही-मन हँस पड़ी। बीसवीं सदी की दहलीज पर खड़ी मैं एक विधवा!

द्वार के पास शांति वैसे ही खड़ी थी, जैसे किसी की आज्ञा के इंतजार में हो। वैशाली ने कठोर आवाज में कहा, "ऐसे तू चुपचाप खड़ी क्यों है? कुछ तो पका ले, उन्हें परोसना है न? सुबह से वे भूखे हैं। जरा ज्यादा ही खाना पका दे।"

सच कहें तो वैशाली के पेट में चूहे दौड़ रहे थे। कुछ अच्छा-सा मीठा-तीखा खाना भरपेट खाने का उसका मन कर रहा था। वैशाली का मूड देखकर शांति को जरा अच्छा लगा। उसने उसके पास आकर उससे, धीरे से, धीमी आवाज में पूछा, "बिटिया, सब रिश्तेदार बाहर से ही क्यों चले गए?"

"आज रात उन्हें यहाँ नहीं रुकना चाहिए।"

"क्यों?"

"वैसा शास्त्रों में लिखा है। शास्त्र यानी शास्त्र। आज अगर वे यहाँ रुकें तो उन पर भूतों का हमला होगा। अब यह घर कुछ दिनों के लिए अशौच माना जाएगा। बारह दिन तक भूत-प्रेत का घर," वह हँस पड़ी। दीये के लाल प्रकाश में उसके चेहरे की हँसी शांति को चुड़ैल की हँसी जैसी विचित्र लगी।

वह स्वस्थ है या नहीं, इसका उसने कुछ समय तक जायजा लिया। फिर उसने रसोईघर में जाकर खाना पकाना शुरू किया। ससुर, बुआ उसकी खन-खन सुन रहे थे। शांति को एक ओर वैशाली के बर्ताव पर आश्चर्य होता था, तो दूसरी ओर उस पर क्रोध भी आ रहा था।

फिर एक बार सबकुछ शांत, स्तब्ध। शांति घबराई-सी रसोईघर के बरतन हलके से उठाती थी। घर में ससुर, देवर की उपस्थिति ही महसूस नहीं हो रही थी। एक ही दम में पूरा घर दुःख और अंधकार से भर गया था। इन लोगों ने घर भर की बिजली क्यों बुझा दी है? उसे लगा कि झटपट बिजली के सब बटन दबाकर, पूरे घर को प्रकाशित कर ले।

फिर से एक बार वह मन की तह तक पहुँची। वह यह पता लगाने का प्रयास करने लगी कि क्यों उसे पति के देहांत का दुःख नहीं होता? उसे लगा कि उसका बर्ताव तो एकदम स्वाभाविक है। प्रकृति से प्रेरित होकर मैंने प्यार किया और उसी प्रेरणा से मैंने शादी की। प्यार? मन-ही-मन वह हँस पड़ी। असल में वह प्यार था ही नहीं। वह सिर्फ शारीरिक वासना थी। वासना ही पूरी तरह नैसर्गिक हो सकती है। प्यार, वासना की दिशा में बढ़नेवाला एक भूलभुलैया है। पत्नी का पति-प्रेम एक तो वासना है या फिर परंपरागत संस्कार। पाँच बरसों से वासना की मैंने बहुत आवभगत की। धीरे-धीरे मैं वासना की गुलाम बन गई। यह, इन सबसे मिली मुक्ति की खुशी तो नहीं है न? हम दोनों नौकरी करते हैं। शारीरिक वासना के अलावा मुझे पति से और कोई लगाव नहीं था। पति द्वारा सुरक्षा मिलने के लिए प्रेम का नाटक करनेवाली औरतें क्या कम हैं? अच्छा हुआ कि मैं ऐसी नहीं हूँ। नहीं तो सचमुच मुझे पति के देहांत पर दुःख से रोना पड़ता। इसके बावजूद एक कठोर सत्य, एक आह्वान मेरे सामने है—विधवा का मतलब है, एक अशौच, अपशकुन, एक विपत्ति। हँसते-खेलते जीवन के लिए यह कितना बड़ा शाप है? कितनी बड़ी सजा! मरनेवाला मर गया, पर यह सजा हमें क्यों? मैं शपथ लेती हूँ कि मैं यह सजा बिल्कुल नहीं भुगतूँगी।

पर मन-ही-मन में जैसे गाली-गलौज देती हुई परंपरागत संस्कारों की

आवाज उठी, 'तुम्हारी जैसी विधवा औरत मैंने इससे पहले नहीं देखी। तू तो पनोती और झगड़ालू है। यह वैधव्य, तेरी खुशी बनी हुई है। तू तो पत्थर दिल है।'

अब उसके मन की हँसी चेहरे पर दिखाई दी। मुझे किसने सौभाग्यवती बनाया, किसने विधवा बनाया? मेरा जन्म तो प्राकृतिक है और मैं उसी के नियमानुसार मरूँगी। मेरा जन्म-मरण, मेरी मुक्ति, मेरा स्वातंत्र्य—यह सब प्राकृतिक सत्य है। मेरी शादी, चहारदीवारों में समाई हुई मेरी गृहस्थी, मेरा वैधव्य, सब झूठ है। बिल्कुल ऊपरी तह के दिखावटी कार्य, जैसे पत्थर के घर को चूना लगाया हो। वैसे तो वल्कलों से लिपटी हुई, कंद-मूल और फल खानेवाली वनमानुषी हूँ मैं। मैं ही वानरमुखी और मैं ही चंद्रमुखी आम्रपाली। यही मेरा सार्वत्रिक स्वतंत्र रूप है कलरव करनेवाले पंछियों की तरह, जंगली जानवरों की तरह। जरूरत है, सिर्फ भूख की। भय सिर्फ मृत्यु का। प्रकृति के स्वरूप को लात मारने का मतलब है, गुलामी को स्वीकार करना, गुलामी झूठे संस्कारों की।

प्रकृति कभी किसी पर जबरदस्ती नहीं करती, पर संस्कार करता है। तुझे सिर पर पल्लू लेना होगा, पति को परमेश्वर मानना ही पड़ेगा, उसकी मृत्यु का दंड भुगतना ही पड़ेगा, इन संस्कारों की ज्यादती क्यों? मनुष्य को गुलाम बनानेवाले इन संस्कारों को मानें ही क्यों? आज का मनुष्य संस्कारित जहरीला साँप है, इसलिए यह अधिक संकुचित वृत्तिवाला और अधिक कुंठित है।

वह सोच रही थी, पति की मृत्यु के पश्चात् विधवा होने का दुःख निश्चित रूप से क्या होता है? बिना कुछ काम-धाम किए मुफ्त में खाने को मिलने का अवसर खोने का दुःख या फिर कल दुनिया 'विधवा' कहकर नोच-नोचकर अपमान करेगी इसका दुःख? फिर अचानक वह समझ गई, पति की मृत्यु पर स्त्रियों को विधवा बनाने में ही सब दुःख छुपा हुआ है। उनको विधवा न बनाने से ही उनका दैन्य दूर किया जा सकता है। उनके सोलह-शृंगार के साथ उनको फिर से एक बार नसीब आजमाने के लिए स्वतंत्रता देनी चाहिए। उसने झट से अपने बदन पर हाथ फेर लिया। उसके बदन पर एक भी गहना नहीं था। पूरा शृंगार उतारा गया था। अपना शृंगार

उतारा गया, इसलिए उसे अब सचमुच दु:ख हुआ और रोने को मन चाहा। यह तो कुछ भी नहीं। इस तरह शृंगार से वंचित होना ही एक तरह से आत्मविश्वास खोकर जीवन की दुर्गति होना है।

अचानक साँप की फुफकार की तरह मन के थाह से संस्काररूपी साँप के फुफकारों की आवाज उठी। 'तू दुष्ट कृतघ्न अपशकुनी! तू पति से प्रेम ही नहीं करती।'

उसने ईमानदारी से अपने मन से कहा, 'मेरा प्रेम दिशाहीन था। मुझे अपने प्रेम की जाति समझ में नहीं आई, पर वह प्यार, निस्स्वार्थी प्यार नहीं था। उसमें प्रेम से अधिक जरूरत थी। जरूरत और फिर संस्कार। मेरी एक सहेली का प्रेम विवाह हुआ। कुछ समय तक प्यार की तड़प में वह पागल-सी बनी, पर उसके बाद पता नहीं क्या हुआ, कैसा मतभेद हुआ ? एक-दूसरे को देखते ही उन दोनों की आँखों में खून उतर आता। अब तीन वर्षों से वे एक-दूसरे से अलग होने के लिए कोर्ट के चक्कर काट रहे हैं।'

फिर भी अंतर्मन यह स्वीकार करने को तैयार नहीं था जैसे कि उसके साथ झगड़ने के लिए तत्पर रहा हो। मनुष्य में मनुष्यता, कृतज्ञता, दया आदि गुण होते ही हैं।

अब वह कुछ ज्यादा ही हँस पड़ी। यहाँ तक कि उस हँसी की आवाज बाहर फूटी। मेरी एक मौसेरी बहन थी। इतनी नाजुक कि खिली हुई सुनी की डाली जैसी। इतनी गोरी कि मानो पूनम की चाँदनी से उसका शरीर गढ़ा गया हो। मन से बड़ी कोमल और प्यारी। डाली का फूल मुरझा गया तो भी उसकी आँखों में आँसू आ जाते थे। एक दिन उसे पति और ससुरालवालों ने जलाकर मार डाला, क्योंकि दहेज में वह स्कूटर नहीं लाई थी। स्कूटर तो लोहा और टीन की निर्जीव चीज है। स्कूटर के लिए हिरन के शावक जैसी मेरी सुंदर बहन को जलाकर मार डाला। कुछ ही दिन पहले उसके पति को रोबदार कपड़े पहनकर, बालों में सुगंधित तेल डालकर, बड़े ऐंठ से घूमते हुए मैंने देखा। तब से मनुष्य पर से विश्वास, मानवता पर से श्रद्धा, खाने-पीने की मेरी इच्छा ही उठ गई है।

अब उसने मन-ही-मन निश्चय किया, मैं सब संस्कारों को मिटा दूँगी। सब

परंपराओं को तोड़ दूँगी। मैं वैधव्य की चद्दर ओढ़कर जीवन नहीं बिताऊँगी। मेरा जीवन विधवा का अपमानित जीवन नहीं होगा और मैं किसी की मौत का दु:ख नहीं मनाऊँगी। अगर वह मेरा पति न होता तो भी उसकी मृत्यु अटल थी।

फिर एकदम उसकी समझ में आया। अपनी पूरी जिम्मेदारी पति पर छोड़कर, उसी पर विश्वास करके उससे एकनिष्ठ रहना, उससे प्यार जताना ही स्त्रियों की दयनीय, दु:खद स्थिति का मूल कारण है। इसी के कारण दहेज बलि और अशुभ वैधव्य का निर्माण होता है। ज्यादा-से-ज्यादा पति यानी कामभोग का साथी, ऐसा हम मान सकते हैं। किसी नालायक ने उसे परमेश्वर कहा और तब से स्त्रियों की त्रासदी शुरू हुई। अब इस प्रथा को एक अलग ही मोड़ मिला है। वैशाली ने अनजाने में शांति को पुकारा, "शांति, खाना तैयार है?"

बाहर के कमरे में बैठे ससुर ने, अपने कमरे में बिस्तर पर पड़ी बुआ ने कान लगाकर सुना। पागलों की तरह यह क्या पूछ रही है? इसका सिर फिर तो नहीं गया?

वैशाली ने फिर से शांति को आवाज दी, "शांति, खाना तैयार हुआ तो खाना परोसो और पापा, अमेय को बुला दो। बुआ के लिए खाना, उनके कमरे में जाना।"

फिर से घर आश्चर्य और चिंता में डूब जाता है। चारों तरफ का अँधेरा तूफान की तरह घर में घुस आया और वहीं पर जम गया। शांति खाना परोसकर ससुर और देवर को जगाने गई, लेकिन कोई खाना खाने के लिए उठ ही नहीं रहा था। बुआ ने कमरे में से ही कहा, "थोड़ा सा खा लो। भूखे रहकर मरना है क्या? फिर हम दो विधवाएँ जिएँ तो क्यों? हम दोनों मिलकर जान दे देंगी।"

वैशाली को बुआ के बोल बिल्कुल भी अच्छे नहीं लगे। ममतामयी बुआ ने ऐसा क्यों कहा? जब मैं नई-नई दुल्हन बनकर आई थी, तब वे मेरा कितना लाड़-प्यार करती थीं, नाखूनों से लेकर बालों तक सँवारती थीं। मुझे पूरे श्रृंगार के साथ सौभाग्यवती के रूप में देखकर खुश हो जाती थीं और आज वह बुआ ऐसे अभद्र बोल कैसे बोलने लगी? पर मैं उसकी तरह केशव-पन नहीं करूँगी। विधवाओं का केशव-पन करना, उन्हें चिता पर जलाकर मारना, ऐसी बातों

का जमाना गुजर गया। क्या रह गया है? अब तो मेरे मन में स्वतंत्रता के भाव उमड़ रहे हैं।

जैसे-तैसे थोड़ा-सा खाना गले के नीचे उतारकर ससुर और देवर चुपचाप सो गए। शांति खाने की थाली लेकर बुआ के कमरे में गई, पर उन्होंने खाना खाने से साफ इनकार कर दिया। बुआ ने कहा, "मेरी ही गोद में पला-फूला, हट्टा-कट्टा लड़का चल बसा। अब हमें अनशन करके ही मरना पड़ेगा।"

वैशाली के पेट में चूहे दौड़ रहे थे। वैशाली ने संकेत करके अपने लिए खाना परोसने को कहा। वह उठकर, मुँह धोने स्नानघर में गई। शांति परोसने लगी। शायद बुआ का ध्यान और कान इसी ओर थे। वैशाली खाना खाने बैठ गई। उसने पतीली उलटकर थाली में और चावल परोस लिये, उसपर और थोड़ी कढ़ी डाल दी। चावल-कढ़ी मिलाने ही लगी थी तो बुआ अचानक सामने आई, "उठ, हट जा थाली के सामने से। पति के मरने के बाद पत्नी को बारह दिन तक रात का खाना नहीं खाना चाहिए।"

वैशाली चुपचाप चावल-कढ़ी मिलाती रही। बुआ ने थाली खींचकर, उसमें परोसा हुआ खाना बेसिन में फेंक दिया। थाली वहीं छोड़कर वह अपने कमरे में गई। जाते-जाते धीमी आवाज में बड़बड़ाती रही, "वैधव्य के नियम बड़े कड़े होते हैं। गलती होने पर बड़ा पाप लगता है। इस जन्म में तो ऐसा हुआ, किंतु अगले जन्म में तो भला होना चाहिए।" वैशाली ने पानी से भरा लोटा उठाया और गट-गट आवाज करते हुए एक ही दम में पानी पिया और मँझले कमरे में चादर फैलाकर सो गई। हमेशा की तरह अपने कमरे में जाने को उसका मन नहीं कर रहा था। वहाँ पर सिर्फ शराब की बदबू आ रही है, ऐसा उसे लगा। इस बात के अलावा उसे और किसी बात की याद नहीं आ रही थी। उसके तन-मन में जैसे शराब की बदबू फैली हुई थी।

चादर पर पड़े-पड़े वह सोच रही थी, हिमालय पर हाइकिंग करके आई हुई मैं, टेनिस में इनाम जीतनेवाली मैं, क्या इन लोगों के संस्कारों, शाखों और परंपराओं के सामने झुक जाऊँगी? वह डर गई। फिर उसने सोचा, यह

इतना–सा घर। उसमें बुआ और ससुर। इसके अलावा दुनिया बड़ी है, मुक्ति और संतोष से भरी है। मेरी नौकरी, मेरा वाचन, मेरा संगीत, इसमें मैं मगन रह सकती हूँ।

तेरहवीं के दिन माँ और पिता, उसे कुछ दिनों के लिए मैके लेने आए थे। एक अच्छी साड़ी पहनने की सोचकर वह अलमारी के पास गई। अलमारी खोलकर देखा तो अंदर एक भी रंगीन या फूलोंवाली साड़ी नहीं थी। उसने अचानक जोर से कहा, "मेरी साड़ियाँ कहाँ गईं ?"

बुआ कहीं आसपास ही थी। उसने सामने आकर कहा, "अब साड़ियों की गठरी बाँधकर ऊपर की कोठी में रख दी है। जब तुम्हें ऐसी साड़ियाँ ही नहीं पहननी हैं तो उन्हें सामने रखना ही क्यों ?"

"तब, अब मैं क्या पहनूँ ?"

"कल पंडित ने धार्मिक विधि करके तुम्हारे लिए देवर के हाथ दो सफेद साड़ियाँ दी हैं। वही पहनना।"

माँ ने भी कहा, "अब रंगीन छींटवाली साड़ियाँ तुम्हें नहीं पहननी चाहिए। लोग क्या कहेंगे ?"

कभी सेनाधिकारी रहे पिता का भी शायद यही कहना था, इसलिए वे चुप रहे।

वैशाली धम्म से जमीन पर बैठ गई और रोने लगी। रोते–रोते कहने लगी, "मैं सफेद साड़ी नहीं पहनूँगी। तुम मुझे मेरी अपनी रंगीन साड़ी दे दो।"

"नहीं, अब तुझे रंगीन साड़ी नहीं मिलेगी।"

"मैं पाँव पड़ती हूँ, मुझे मेरी रंगीन साड़ी दे दो।" वह छोटी बच्ची की तरह रोने लगी।

पिताजी आगे बढ़े। उन्होंने उसका कंधा पकड़कर कहा, "बिटिया, हर एक परिवार की अपनी–अपनी परंपरा होती है। हमारी सेना में जैसे अनुशासन होता है, वैसे ही उनके भी शाख और परंपराएँ होती हैं। तू पाठशाला जाते समय जैसे यूनिफॉर्म पहनती थी न ? वैसे भी सफेद वस्त्र साफ और पवित्र माने जाते हैं।"

"पापा, मुझे ही क्यों इस पवित्रता की रक्षा करनी है?"

"मेरी बिटिया, यह एक जंग है। कभी-कभी चुपचाप बलिदान करना पड़ता है। शायद इसी में धर्म का, समाज का हित हो।"

"पर मैं कुछ भी नहीं मानूँगी। मैं इसके विरुद्ध विद्रोह करूँगी।"

बाहर नजदीक ही ससुर चुपचाप खड़े थे। बुआ बीच-बीच में कराह रही थी। पिता ने कहा, "विद्रोह करोगी, मतलब निश्चित तौर पर क्या? रंग-बिरंगी साड़ियाँ पहनोगी, बालों में फूल लगाओगी, टीका लगाओगी, इतना ही करोगी न? ऐसा करने पर तुम पर और बंधन लादे जाएँगे। लोगों की बुरी नजरें, कुत्सित बोल के बंधन पड़ेंगे। तुम समाज से और दूर हो जाओगी।"

"पापा, आपने मुझमें ट्रैकिंग, हाइकिंग में रुचि पैदा की। कभी-कभी 'जय जवान' कहकर आप मुझे पुकारते थे। अब आप मुझ पर यह गंदा वैधव्य लाद रहे हैं?"

"मेरे हाथों में कुछ नहीं है, बिटिया! समाज-पुरुष की शक्ति बड़ी होती है। समाज में एक-दो व्यक्ति नहीं होते। वह हजारों पागल मनुष्यों का एक समूह है।"

अचानक ससुरजी अंदर आए। उन्होंने कहा, "सिर्फ सफेद साड़ी पहनने के लिए ही तो कहा गया है, न? चिता पर चढ़कर सती होने के लिए तो नहीं कहा। हमारे परिवार की यह परंपरा है। तुझे इस परंपरा का पालन करना ही पड़ेगा। जब पति ही चल बसा तो तुझे अच्छे-अच्छे कपड़ों का मोह क्यों? सफेद कपड़े तुझे पहनने ही पड़ेंगे।"

माँ ने हाथ पकड़कर उसे उठाया, भीतर ले गई और उसे सफेद वस्त्र पहनाए।

वैशाली ने मन-ही-मन कहा, उसकी लाश पर भी ऐसा ही कफन था। अब मरने से पहले ही मेरे शरीर पर सफेद कपड़े हैं। जीते-जी मैं जिंदा लाश क्यों बनूँ? मेरे साथ उसकी शादी न होती तो क्या वह नहीं मरता? हम दोनों अलग-अलग हैं। मरने के बाद भी हमें क्यों बंधन में रखते हैं?

दो दिन के बाद, मैके से वापस लौटते ही उसे पता चला कि उसके कमरे

से कैसेट प्लेयर गायब है। उसने देवर से पूछा, "यहाँ का कैसेट प्लेयर कहाँ गया?"

"बुआ ने निकालकर रखने के लिए कहा था, भाभी!" बुआ पास ही थी। उसने कहा, "तुम्हारे कमरे से संगीत के स्वर सुनाई देने पर लोग क्या कहेंगे?"

घर में चार दिन रहकर दम घुटने लगा। उकताहट और निराशा ने उसे पूरी तरह घेर लिया। किसी भी तरह इससे मुक्ति पाने के लिए मन तड़पने लगा। एक दिन सुबह-सवेरे वह नौकरी पर जाने के लिए तैयार हुई, घरवालों की आशानुसार सफेद साड़ी में ही।

सफेद वस्त्रों में उसे बुआ ने प्यार भरी नजरों से देखा। ससुरजी ने उसको निहारा। बुआ ने कहा, "तू नौकरी पर चली जा। थोड़ा आराम मिलेगा। जरा मन हलका होगा।"

वैशाली ने मन-ही-मन कहा, 'नौकरी करने जाते देखकर घर के सब लोग खुश हो गए हैं। बेटे की कमाई बंद हो गई। अब इनकी नजर मेरी कमाई पर है। ससुरजी की पेंशन में कैसे गुजारा होगा?'

वह रिक्शे से ऑफिस में पहुँची। उसको देखकर किसी को आश्चर्य नहीं हुआ। ऑफिस के सब लोग हॉस्पिटल में या घर पर आए थे। वह सीधे मैनेजर अरविंद राव के केबिन में चली गई। राव उसे देखते ही उठकर खड़ा हुआ। उसे बैठने को कहा। वह चुपचाप राव के सामने बैठ गई। उसके सफेद कपड़े और फीका चेहरा देखकर राव को बुरा लगा। उन्हें लगा कि उसका सौंदर्य, उसकी तड़प, उसकी हँसी कहीं खो गई है। यह पहले की पी.आर.ओ. वैशाली नहीं लगती। पहले जब वह ऑफिस में कदम रखती थी तो पूरा वातावरण चैतन्यमय बन जाता था। अब उसके आने पर कुछ देर तक सबकुछ संकोच के कारण शांत हो गया है।

"सर, मैं काम पर जॉइन होने आई हूँ। क्लाइंट कंप्लेंट रजिस्टर किसके पास है, जरा देखिए।"

राव ने संकोच भरे शब्दों में हलके से पूछा, "क्या इसके आगे तुम सफेद ही कपड़े पहनोगी?"

वैशाली ने सिर हिलाकर, 'हाँ' कहा! चेहरे के मेकअप के संबंध में भी पूछे, ऐसा राव को लगा, पर उन्होंने नहीं पूछा। कहा, "पी.आर.ओ. की नौकरी किस तरह की होती है, यह मालूम है न? हवाई अड्डे पर जाओ, कॉन्फ्रेंस का आयोजन करो, क्लाइंट से अच्छे संबंध रखो—ऐसे होशियारी के काम पी.आर.ओ. को करने पड़ते हैं। इस सब में ऊपरी दिखावे की जरूरत ही ज्यादा होती है। तुम्हारे इस पहनावे में यह कैसे होगा?"

वैशाली सहम गई। हे ईश्वर, क्या कहना चाहते हैं ये? डरकर उसने पूछा, "सर, ऐसा हुआ तो है। अब मैं क्या करूँ?"

"हर एक नौकरी का स्वरूप अलग होता है, उसकी माँग भी अलग होती है। तुम जानती हो, इस नौकरी के इश्तहार में यह स्पष्ट किया गया था कि सुंदर, आकर्षक व्यक्तित्ववाली पी.आर.ओ. चाहिए। अब तुम्हारी यह हालत है। सजने-सँवरने को तो तुम्हें मिलेगा ही नहीं।"

"सर, मैं क्या कर सकती हूँ?" वैशाली फूट-फूटकर रोने लगी।

"अब हम ऐसा करेंगे, तुम एकाउंट्स सेक्शन में सीनियर क्लर्क की हैसियत से काम करो। वेतन उतना ही मिलेगा।"

वैशाली का कलेजा धड़कने लगा, "सर, मुझसे अंकों का जोड़-बाकी करने का यह उकताहट भरा काम नहीं होगा। यह काम मेरे लिए बेकार है।"

"और कुछ चारा नहीं है। सच पूछो तो तुम्हारी भलाई के लिए ही मैं कह रहा हूँ। तुम पर यह एहसान ही है। नहीं तो तुम्हें इस्तीफा देना पड़ेगा।"

वैशाली चुप रही। राव ने इंटरकॉम द्वारा एकाउंट्स विभाग में काम करनेवाले घोरपड़े को वैशाली के बारे में बताया और कुछ सूचनाएँ दीं। इसके बाद वैशाली को उन्होंने कहा, "तुम एकाउंट्स विभाग में चली जाओ। जाकर घोरपड़े से मिलो। वह तुम्हें सबकुछ समझा देगा।"

मानो वैशाली के हाथ-पाँव का त्राण ही चला गया। उसे लगा कि आज तक उभरकर निखरा हुआ अपना तेज-तर्रार व्यक्तित्व, अपनी होशियारी एक ही क्षण में बह निकली है। उसका शरीर पसीने से लथपथ हो गया। राव ने तो पल भर में सब धागे तोड़ दिए। किसी तरह वह वहाँ से उठी और बाहर की

ओर निकल पड़ी। उसे लगा, इससे पहले उसका इतना बड़ा अपमान किसी ने नहीं किया होगा। फिर उसे लगा, असल में वैधव्य ही सबसे बड़ा अपमान है। बाकी सब छोटे-मोटे, लेकिन उसी संदर्भ में किए गए अपमान हैं। उसे लगा कि नौकरी पर लात मारकर निकल जाए, पर जाएगी कहाँ? यहाँ थोड़ा तो अपनत्व है, आशा है। इसे गँवाना नहीं चाहिए। अब मेरे लिए पूरी दुनिया एक जैसी है। किसी तरह पाँव घसीटते हुए वह इमारत के पीछे के एकाउंट्स विभाग में चली गई। कभी इसी इमारत के सामनेवाले ऑफिस में मैं तितली की तरह हँसती-उड़ती थी। मेरे शब्द सुनने के लिए और मेरी मुसकराहट देखने के लिए ऑफिस के लोग उत्सुक रहते थे। वहीं मैं आज पीछेवाली इमारत में जा रही हूँ, जैसे किसी गुफा में मुझे मुँह छिपाना है।

एकाउंट्स विभाग में घोरपड़े ने आदर से उसका स्वागत किया। स्वयं उठकर उसे उसकी मेज के पास बिठाया। मेज पर पहले से ही फाइलें और रजिस्टरों का ढेर पड़ा था। उसी समय वैशाली ने देखा कि वहाँ के कर्मचारी किसी एक युवक को पी.आर.ओ. का पद मिलने पर उसका अभिनंदन कर रहे हैं।

कुछ समय के लिए वैशाली सुन्न हो गई। पति के मरने से वह विधवा हो गई है, इसका उसे पहली बार एहसास हुआ और उसकी आँखों से आँसुओं की झड़ी उमड़ पड़ी।

महाबळेश्वर सैल : प्रतिष्ठित सरस्वती सम्मान पुरस्कार से सम्मानित श्री सैलजी का जन्म कारवार जिले के भाजाळी गाँव में हुआ। 17 साल की उम्र में भारतीय सेना में शामिल हुए। वर्ष 1960 के भारत-पाकिस्तान के बीच हुए युद्ध में भाग लिया। उनका 'तरंगा' कथा संग्रह वर्ष 1994 में साहित्य अकादेमी पुरस्कार से सम्मानित ये कोंकणी साहित्य के सर्वश्रेष्ठ लेखकों में से एक हैं।

□

अग्निभक्त

—पुंडलिक नायक, अनु. : उमा प्रियोळकार

सूरज का उदय जिस पहाड़ी की आड़ से होता है, वहीं से वह भी उभरा। सबसे पहले उसे बूढ़े व्यंकटू ने देखा। व्यंकटू को लगा, मानो एक और सूरज उदित हो रहा है। इधर-उधर देखकर उसने सबको आवाज लगाई। उसकी आवाज बस्ती के सभी घरों में गूँज उठी।

वैशाख की दोपहर की चिलचिलाती धूप। आसपास के पेड़-पौधे कहीं अपनी हरियाली सूख न जाए, इसकी खबरदारी लिये खड़े थे। सूखी पत्तियाँ तले हुए पापड़ की तरह कड़क लग रही थीं। बस्ती के खपरैल के घर काले सूखे गोबर के ढेर की भाँति दिखाई दे रहे थे।

पहाड़ी से उतरकर वह सीधा बस्ती में आया। तभी व्यंकटू ने उसे करीब से देखा। पूरी बस्ती में अकेला वही एक गोरा इनसान था। व्यंकटू को लगा, सचमुच में गोरापन इसके चेहरे पर कितना निखर रहा है! धूल से भरे नंगे पैर तथा माथे के काले बाल। मस्तक पर गंध का तिलक, कमर पर सुनहरा पीतांबर कसा हुआ, छोटे कदवाला वह नौजवान अंगारे की तरह दिखाई दे रहा था। बेंतों की छड़ियों से टेढ़ा-मेढ़ा बुना तरंग उसने अपने दाहिने कंधे पर रखा था। उसके चलने से तरंग के केसरिया रंग के गोटे हिल रहे थे।

"हमारा अग्निभक्त आ गया।" कहते हुए व्यंकटू उसके पैर पड़ गया।

"व्यंकटू दादा, बड़े छोटों के पैर नहीं छूते।" व्यंकटू के माथे को स्पर्श करते हुए उसने कहा। उसका गला सूख गया था तथा गले में खराश थी।

कंधे पर से तरंग उतारकर उसने पेड़ के नीचे खड़ा किया।

"तू अब छोटा कहाँ रह गया है? हमारे लिए अग्निभक्त का मतलब साक्षात् भगवान् का अवतार है। अब हमारी बस्ती को किसी से डर नहीं रहा। तुम्हारे रूप में साक्षात् अग्निदेवता का आशीर्वाद हमारे बाल-बच्चों पर रहेगा। अच्छा, यह तो बताओ, देवी की जात्रा (मेला) कैसी रही?"

वह यात्रा की सारी बातें बताएगा, इस उत्सुकता से व्यंकटू वहीं पेड़ के नीचे बैठ गया। व्यंकटू की आवाज सुनकर बस्ती में मौजूद सभी जन पेड़ के नीचे इकट्ठे हो गए। बुखार की वजह से पाँव की शक्ति खो चुकी गाड़ी भी लँगड़ाते-लँगड़ाते वहाँ आ गई। हमेशा बीमार रहनेवाला कृश बाळा टिड्डे की तरह उड़ते-उड़ते आया और आते ही खाँसने लगा। दस-बारह साल के चार-पाँच बच्चे कुत्ते के पिल्लों की तरह दौड़ते हुए आए। अंत में कस्तुर मौसी चूल्हा जलाकर अपनी झोंपड़ी से बाहर निकली।

उसने सबकी ओर देखा। बस? मेरे स्वागत के लिए इतने ही लोग! क्षण भर उसका मुँह मुरझाया, परंतु सबके चेहरे की उत्सुकता देखकर उसका चेहरा तुरंत खिल भी उठा।

दोपहर का समय। बस्ती के जवान तथा स्त्री-पुरुष, जो काम के लिए सुबह निकल पड़े थे, शाम को वापस लौटनेवाले थे। बस्ती में अब बूढ़े, बीमार, अपाहिज तथा बच्चे ही रह गए थे।

"हमारा अग्निभक्त हमारे लिए क्या लेकर आया है?" उसके माथे पर दुलार से हाथ फेरते हुए मौसी ने पूछा।

उसका मन उत्साह से भर उठा। सभी उसे 'अग्निभक्त' कहकर बुला रहे थे। उसे लगा, सचमुच में वह अग्निभक्त है। इसके अलावा उसका दूसरा कोई नाम ही नहीं है। कागज की पुड़िया में बाँधकर लाए हुए अग्निदेवता के प्रसाद का सभी ने सेवन किया।

"कस्तुर मौसी, तुम्हारा पोता कहाँ है?" मौसी के लाड़ले पोते के लिए वह यात्रा से खिलौना लेकर आया था।

मौसी ने मन-ही-मन उसको सराहा। छोटा खिलौने के साथ खूब खेलेगा। "खिलौना खरीदने के लिए तुम्हें कहाँ समय मिला?" खिलौने को जमीन पर रखते हुए मौसी ने पूछा। वह खिलौना एक छोटी-सी गुड़िया थी, जो जमीन पर रखते ही कुछ समय तक थरथराती रही।

"पोता सो गया है। अभी उसकी आँख लगी है। उसे सुलाकर, चूल्हे पर बरतन में चावल के लिए पानी रखकर आई हूँ। बेटा और बहू काम के लिए सुबह ही निकल पड़े। आज घर में मैं, मेरा पोता एवं यह खिलौना। मैं भी क्या पागल अपनी राम कहानी सुना रही हूँ? तू बता, तुम्हारी यात्रा कैसी थी?" मौसी वहीं बैठ गई। "बच्चो, चूल्हा जलाकर आई हूँ, थोड़ी देर बाद मुझे याद दिलाना। आग लगे मेरी याददाश्त को! अच्छा अग्निभक्त, अब तुम अपनी जात्रा के बारे में बता दो।"

"कस्तुर मौसी, जात्रा मेरी नहीं, जात्रा थी श्री अग्निदेव की। थुमेकाल (हे ईश्वर! गलती हो गई, माफ करना)! अग्निदेवता माने जाग्रत् देवता!" अग्निभक्त के मुँह से अब जात्रा का वर्णन सुनने को मिलेगा, यह सोचते हुए सभी अचरज से मुँह खोलकर उसे देखने लगे। पूरी बस्ती में सिर्फ वही अकेला अग्निभक्त था। गाँव में वैसे बहुत अग्निभक्त थे, परंतु बस्ती में वही पहला अग्निभक्त था। जात्रा में आने का बुलावा साक्षात् अग्निदेवता ने उसे सपने में आकर दिया था। अपने जीवन में हर कोई अग्निदेवता के दृष्टांत का सपना देखता है।

जात्रा के दो दिन पूर्व उसने व्रत रखा। जात्रा के दिन कंधे पर तरंग उठाकर वह चल पड़ा। इससे पहले भी उसने जात्रा देखी थी, परंतु अब वह इस जात्रा का एक महत्त्वपूर्ण हिस्सा बन गया था। ईश्वर के कई भक्त! उन भक्तों में अब वह भी जुड़ गया। लोगों की भीड़ बहुत थी। उसे पिछले साल की याद आ गई। किस तरह वह भीड़ में घुसने की कोशिश कर रहा था? इस साल लोग आगे जाने के लिए उसके लिए राह बना रहे थे।

दोपहर में आरंभ हो गई जात्रा की मुख्य विधि मध्यरात्रि को आरंभ

हो गई। मंदिर के ठीक सामने खुले मैदान में अग्निकुंड जल रहा था। सूखी लकड़ियों के गट्ठर एक के बाद एक अग्निकुंड में पड़ने लगे। वैशाख की दोपहर की तरह अग्निकुंड जल उठा। मंदिर का परिसर चारों ओर से प्रकाशमान हो उठा।

गर्भागार में स्थित सहस्रों घोड़ों के रथ पर सवार श्री अग्निदेवता की मूर्ति आग की तरह चमकने लगी। ढोल-ताशे बज उठे। अग्निकुंड की लकड़ियों के जलकर अंगारे हो जाने तक ढोल-ताशे बजते रहे। आग की तपिश के कारण दूर खड़े लोग अब अग्निकुंड के चारों ओर इकट्ठा होने लगे। मंदिर के तालाब में स्नान करके मस्तक पर चंदन का तिलक लगाकर एक के बाद एक अग्निभक्त आ गए। जात्रा का सबसे महत्त्वपूर्ण अंतिम कार्य आरंभ हो गया। अग्निभक्त बड़ी संख्या में अग्निकुंड में उतरे। अग्निकुंड के अंगारों को अपने पैरों तले रौंदते हुए परंपरानुसार पुजारी के हाथ से तीर्थप्रसाद लेने के लिए मंदिर की ओर दौड़े। दर्शक साँस रोके यह दिव्य दृश्य देख रहे थे। भक्तों के झुंड-का-झुंड अग्निकुंड को पार करने लगा। जात्रा का वर्णन समाप्त हो गया। अग्निभक्त का गला सूख गया। माथे पर पसीना आ गया। उसे प्यास लगी।

"कस्तुर मौसी, तुम चूल्हा जलाकर आई हो, याद है न?" लँगड़ी ने मौसी को याद दिलाया। "हाँ-हाँ, याद आया। अग्निभक्त, मैं तुम्हारे लिए पानी लेकर आती हूँ।" अपनी टेढ़ी कमर को सँभालते हुए हाथ में खिलौना थामे मौसी झोंपड़ी में चली गई।

"क्या अंगारों पर से चलते समय पैरों को कुछ भी नहीं होता?" एक लड़के ने सवाल किया।

अग्निभक्त कुछ कहे, इसके पहले ही व्यंकटू कहने लगा, "हैं, कैसे कुछ नहीं होता? बहुत से अग्निभक्तों के पैर जले हैं, परंतु सच्चे अग्निभक्त के लिए अंगारे फूलों के जूतों के समान होते हैं।" सुनकर सभी दंग रह गए। अग्निभक्त अंगारों पर से चलकर सुरक्षित अपने गाँव वापस लौटा था।

"अब तुम्हें आग से कोई खतरा नहीं?" बाला के सवाल का उत्तर व्यंकटू ने देते हुए कहा, "भगवान् की कृपादृष्टि उसके ऊपर है। अब उसे किसका डर?" व्यंकटू ने फिर कहा, "हमारे लिए अग्निदेवता पचास मील दूर हैं, अग्निभक्त ही हमारे लिए अग्निदेवता के समान हैं।" व्यंकटू ने अग्निभक्त को नमस्कार किया। सभी ने उसका अनुकरण किया। सभी को मन-ही-मन लगा, काश, अग्निदेवता हमारे भी सपने में आकर हमें जात्रा में आने के लिए बुलावा देते।

उसे प्यास लगी थी। वह उठ खड़ा हुआ। कस्तुर मौसी की झोंपड़ी की तरफ उसने देखा। मौसी 'दौड़ो, बचाओ-बचाओ,' चिल्लाते हुए झोंपड़ी से बाहर भाग निकली। हवा के तेज झोंके से जिस प्रकार सूखी पत्तियाँ उड़ जाती हैं, उसी प्रकार एक ही क्षण में सब झोंपड़ी के पास दौड़ पड़े। चूल्हे की आग ने गजब कर दिया था। कस्तुर मौसी चिल्ला रही थी। इधर-उधर मदद माँगते दौड़ रही थी। उसकी झोंपड़ी आग में जल उठी थी। धूप में सूखकर कड़क बनी नारियल की पत्तियों का छप्पर आग में धधक उठा। "हे भगवान्! जल जाने दो झोंपड़ी को। मेरे पोते को बचाइए। मैं बेटे और बहू से क्या कहूँगी?" कस्तुर मौसी आक्रोश कर रही थी।

सभी एक-दूसरे का मुँह ताक रहे थे। लँगड़ी अपने पैर पर से हाथ फेरने लगी। बाळा खाँसने लगा। बूढ़ा व्यंकटू थरथराने लगा। बच्चे डर के मारे सिटपिटाए स्तब्ध खड़े रहे। आग की ज्वाला तेज हो उठी। झोंपड़ी के चारों ओर आग का तांडव शुरू हो गया था। पोते की पहली चीख सुनते ही मौसी विह्वलता से चिल्ला उठी—"हे अग्निभक्त! मेरी मदद करना।"

उसके हाथ से खिलौना दूर जाकर गिरा और वहीं से थरथराने लगा।

लोग चिल्लाने लगे। सभी सुन्न रह गए। अग्निभक्त की प्यास तीव्र हो गई। उसकी साँस गले में अटक गई। उसका सिर चकराने लगा। उसे चक्कर-सा आ गया। उसकी आँखों के सामने अंधकार छाने लगा।

आँखों के सामने घना अंधकार और अंधकार में प्रकाश के अग्निकण।

वह भरमाया-सा हो गया। वही जात्रा···वही अग्निकुंड···आकाश को छूती आग की लपटें वही···अब···वह इंतजार करने लगा कि आग कब बुझे और कब उसके अंगारे बनें···

तभी कस्तुर मौसी के पोते की अंतिम चीख वातावरण को चीरती निकल गई।

पुंडलिक नायक : इस सुप्रसिद्ध नाटककार का जन्म गोवा के वळवय गाँव में हुआ। कुछ समय तक शिक्षक रहे। उसके बाद पणजी आकाशवाणी में सहसंपादक और सहायक संपादक भी रहे। फिर नौकरी छोड़ पूरा समय लेखन को समर्पित कर दिया। वर्ष 1985 में हुए गोवा के राज्यभाषा आंदोलन का नेतृत्व सफलता से किया। उनकी 'चौरंग' एकांकिका को 1984 में साहित्य अकादेमी पुरस्कार से सम्मानित किया गया। यह संगीत नाटक अकादमी पुरस्कार, गोमंत शारदा और कई राष्ट्रीय और राज्य पुरस्कारों से सम्मानित हो चुके हैं। इनकी कुल 45 किताबें प्रकाशित हो चुकी हैं। ये कोंकणी साहित्य के सर्वश्रेष्ठ लेखकों में से एक हैं।

□

रे···चुरूंगन···

—मीना काकोडकार, अनु. : किरण पोपकार

आयो (माँ) को गुजरे दो दिन हो गए थे। उनकी याद में रह-रहकर मुझे रोना आ रहा था। बाप्पा पूरा दिन माथे पर हाथ धरे कोने में बैठा करता था। उसकी वह हालत देखकर मुझे आयो की याद और भी अधिक सताने लगती थी। रोज रात आयो मुझे सीने से लगाकर सोया करती थी। इन दो रातों को हमारी पड़ोसन सुरंगी मुझे अपने घर लेकर गई थी। उसकी बाँहों में मैं बच्चे की भाँति लिपटकर सो गया था। आज बाप्पा ने मेरा बिस्तर झोंपड़ी में ही लगाया। जब सुरंगी मुझे लेने आई, तो उसने कहा, "उसे यहीं सोने दो, यह सूनी झोंपड़ी मुझे काटने को दौड़ती है।"

मेरा मन सुरंगी के साथ जाने को कर रहा था, लेकिन मैं चुप रहा। रात को बिस्तर पर मैं अकेला ही पड़ा सो रहा था कि मुझे फिर से रोना आ गया। अँधेरे में हाथ फैलाकर मैंने आयो को टटोलने की कोशिश की, लेकिन वह थी नहीं। फिर मेरे मन में आया कि कम-से-कम बाप्पा ही मुझे अपनी बाँहों में लेकर सोए। इसी आशा में मैंने बाप्पा को पुकारने के लिए मुँह खोला ही था कि मुझे अँधेरे में बाप्पा के रोने की आवाज सुनाई दी। शायद उसे भी आयो की याद आ रही थी, यह सोचकर मुझे सिसक-सिसककर रोना आ गया। "आयोऽऽ" कहते हुए मैं जोर से फूट पड़ा और फिर मैंने बाप्पा के बिस्तर पर अपने आपको झोंक दिया। उसने मुझे कसके पकड़ा और गले से लगाया। उसके आँसू मेरे भीगे गालों पर लुढ़कने लगे। जिस तरह आयो मुझे सहलाती

थी, उसी तरह वह भी सहला रहा था···

दूसरे दिन मौसी आ गई। आते ही उसने मुझे गले से लगाया और जोरों से रोने लगी। उसकी गोद में मुँह छिपाए मैं भी रोने लगा। मैंने महसूस किया कि मौसी की धोती से फूलों जैसी अच्छी सुगंध आ रही थी। आयो की धोती से हमेशा धुएँ की गंध आती थी, लेकिन मुझे धुएँ की गंध ही अच्छी लगती। मैंने सोचा, मौसी की धोती से भी अगर वही धुएँ की गंध आती तो कितना अच्छा होता?

समय पर खबर नहीं भेजी, इसलिए मौसी बाप्पा पर गुस्सा थी। आयो को याद कर-करके उसका चेहरा रो-रोकर लाल हो गया था। मौसी जरा भी आयो की तरह नहीं दिखती थी। मेरी आयो काली थी, लेकिन मौसी गोरी-चिट्टी।

दोपहर को मौसी ने बाप्पा को बताया, "मैं रघल्या को अपने साथ लेकर जाती हूँ। यहाँ उसकी देखभाल अच्छी तरह नहीं होगी।"

बाप्पा चुप रहा।

"तुम काम पर जाओगे तो रघल्या बिल्कुल अकेला रह जाएगा। उसके खाने-पीने का क्या होगा?"

बाप्पा ने मेरी ओर देखा।

"उसे भेजा तो क्या मैं अकेला दिन काट सकूँगा?"

"तुम मर्द हो। काम पर जाओगे तो सब भूल जाओगे। लेकिन यह बच्चा बेचारा मुसीबत में पड़ेगा।"

मैं दोनों का मुँह ताकता ही रह गया। एक ओर मौसी के साथ जाने की इच्छा हो रही थी और दूसरी ओर बाप्पा के साथ रुकने को मन कर रहा था। अंत में बाप्पा ने मेरी दो कमीजें और हाफ पैंट थैली में डाले और कहा, "रघल्या, तू मौसी के साथ चला जा।"

जब उसने चलने को कहा, तब मेरा मन रुकने को हुआ। बाप्पा मुझे बहुत प्यार करता था। वह कई बार मुझे लेकर छोटे पुल पर मछली पकड़ने जाया करता था। जब मछली पकड़कर घर ले आते, तो आयो उसे अच्छी

तरह आग पर भूनती थी। हर शनीचर को गाँव के चौराहे पर बाजार लगता। वहाँ बाप्पा रस्सी, रज्जू, डोरी लेकर बेचने को बैठता। सूर्य ऊपर चढ़ने पर बाप्पा छाता खोल देता और हम उसके नीचे बड़े इत्मीनान से बैठा करते। बाप्पा मुझे चना-मूँगफली भी खरीदकर देता।

आज भी शनीचर था, लेकिन बाप्पा बाजार नहीं गया। जब से आयो चल बसी थी, बाप्पा कुछ बदल-सा गया था। यहाँ तक कि झोंपड़ी भी अब अजीब लग रही थी। मुझे घुटन-सी महसूस होने लगी।

"बाप्पा, तुम आ जाओ…"

"पगले! तू जा पहले…"

"तुम कब आओगे?"

"आऊँगा…"

"कब?"

"आऊँगा एक दिन।"

"जल्द ही आना, हाँ…"

बाप्पा ने कोई उत्तर नहीं दिया।

"जल्द ही आओगे न?" मैंने फिर से पूछा। उसने सिर हिलाया।

मौसी की उँगली पकड़कर मैं कुटिया से बाहर निकला। बाप्पा भी उठकर दरवाजे पर आ गया। जुवांव की शराब की दुकान को पार करने के बाद भी मैंने बार-बार पीछे मुड़कर देखा। बाप्पा वहीं खड़ा था। उत्तम की दुकान को पार करते ही कुटिया आँखों से ओझल हो गई थी। बाप्पा भी अब नहीं दिखाई दे रहा था। एक बार मन में आया कि मौसी की उँगली छोड़ दूँ और दौड़कर बाप्पा के पास लौट जाऊँ। मैंने मौसी की उँगली छोड़ी भी, लेकिन मौसी ने मेरा हाथ पकड़ लिया।

"रघल्या, तुम अच्छे बच्चे हो न?"

मैंने सिर हिलाया और चुपचाप उसके साथ चलने लगा।

"हम बस में बैठकर जाएँगे न?"

"बस में बैठकर?"

"हाँ!"

बाप्पा, आयो और मैं एक बार जब मेला देखने को गए थे, तब बस में बैठकर ही गए थे। आज फिर एक बार नरम सीट पर बैठने को मिलेगा, इसलिए मैं बहुत खुश हुआ और मौसी की उँगली कसकर पकड़ी। मौसी का घर हमारी झोंपड़ी से बड़ा था, सफेद चूने का। उस रात इतनी जोरों की बारिश हुई, लेकिन घर में छत से जरा भी पानी नहीं टपका। हमारी झोंपड़ी में कई जगहों से पानी टपकता। जगह-जगह पर बरतन रखते-रखते आयो ऊब जाती थी। हद से ज्यादा पानी टपकने लगे तो बाप्पा छत पर चढ़कर उन जगहों को ठीक करता, जहाँ से पानी टपकता। आयो या मैं उन्हें दीये के उजाले में 'यहाँ से टपक रहा है या वहाँ से टपक रहा है' ऐसा बताते।

अगर आज भी पानी टपके तो बाप्पा को दीया कौन दिखाएगा? मौसी की बाँहों में सोते हुए मेरे मन में यह विचार उठा।

"मौसी…" मैंने पुकारा।

"चुपचाप सो जाओ," कहते हुए मौसी ने मुझे और भी भींच लिया और थपथपाने लगी। उनकी धोती की वही सुगंध मेरे नाक में भर गई। आयो की बगल में सोने पर मुझे धुएँ की गंध आती थी, बहुत ही अच्छीऽऽ। सुरंगी की धोती से भी ऐसी ही गंध आती थी। आयो की धोती से आती, बिल्कुल वैसी। उस सुगंध के बारे में सोचते-सोचते मैं मौसी से और भी चिपक गया।

मौसी ने मुझे वहाँ की पाठशाला में दाखिल करा दिया। मेरी पहली पाठशाला ही अच्छी थी। पाठशाला के बिल्कुल सामने एक बरगद का पेड़ था। उसकी जटाओं को पकड़े हम इधर-से-उधर, उधर-से-इधर झूला करते थे। बंदरों की भाँति ऊपर चढ़ते थे। वैसे तो इस पाठशाला के रास्ते पर एक इमली का पेड़ था। इतनीऽऽ सारी इमलियाँ इकट्ठा करने के लिए मिलती थीं। इन्हें जेब में भरते हुए मुझे शिरी और बेंदित की बहुत याद आती।

हमारी झोंपड़ी के पास ही से एक छोटा सा झरना बहता था। हम कई बार वहाँ जाते थे। उसमें डुबक-डुबक डुबकियाँ लगाते। मौसी के यहाँ ऐसा कोई झरना नहीं था। बस एक कुआँ था। मौसी सर-सर करके कलसी से पानी

निकालकर मेरे सिर पर उँडेल देती। पूरे शरीर पर साबुन लगाती। घर में मैं अकेला ही नहाता था। आयो को मैंने कभी नहलाने नहीं दिया। मैं क्या छोटा था ? लेकिन मौसी मेरी एक भी न सुनती। मुझे उसपर गुस्सा आता था।

"आठ साल के घोड़े हो गए हो, लेकिन नहाते बिल्कुल कौए की तरह हो। गंदे कहीं के!" कहकर मौसी मेरे शरीर पर घिस-घिसकर साबुन लगाती थी। साबुन का फेन आँख में जाने से मेरी आँखें भी मिचमिचाने लगती थीं। जी करता था कि मौसी को नाखूनों से नोच डालूँ, लेकिन मैं ऐसा नहीं करता, लेकिन आयो को मैंने कई बार नोचा था।

बाप्पा के साथ कभी-कभी मैं नदी पर जाता था। तब हम दोनों पत्थर लेकर एक-दूसरे की पीठ घिसते थे। वह याद आते ही मुझे बाप्पा के पास जाने की इच्छा होती। जब मौसी मेरे गीले बाल सुखाने लगती तो मैं आँखें बंद कर वही सोचता रहता था।

मौसी के यहाँ कोई बच्चा नहीं था। घर में मौसी, मौसाजी और मौसाजी की माँ, इतने ही लोग रहते थे। पड़ोस में भी मेरा हमउम्र कोई बच्चा नहीं था। बड़े-बड़े बच्चे थे और वे मुझे अपने साथ खेलने नहीं देते। मैं बिल्कुल ऊब जाता। तब मौसी अपने सारे काम एक तरफ रखकर मेरे साथ खेलने आती। मौसी को कंचों से खेलना नहीं आता था, लेकिन पाँच गुट्टकवाला खेल वह अच्छी तरह खेलती थी। झट से उछालकर गुट्टक झेलती। मौसी के पास ढेर सारे 'गजरे' (फलियों से निकले सूखे दाने) थे। वह खेल खेलने में भी बहुत मजा आता। मेरी बेईमानी मौसी समझ नहीं पाती। जब सारे उसके गजरे मेरे हो जाते तो वह मुझे सीने से लगाती और हँसते हुए कहती, "तुम तो बहुत होशियार हो।"

मैं पाठशाला जाता तो मौसी आँगन में आकर खड़ी रहती।

"रघल्या, ठीक तरह से जाना..."

"ठीक है, मौसी," इमली की चाह में मेरे कदम अपने आप आगे बढ़ने लगते। मौसी के घर के सामने का रास्ता सीधा है, फिर मोड़ पर एक आम का पेड़ है। वहाँ पहुँचते ही मैं हमेशा पीछे मुड़कर देखता और मौसी को हाथ

हिलाता। फिर सीधे इमली के पेड़ के नीचे भागा करता था। मेरे हाथ हिलाने तक मौसी आँगन से हिलती नहीं थी। एक बार मैं भूल गया, तो मौसी बहुत नाराज हो गई। मैं पाठशाला से लौटा तो बोली—

"रघल्या, आज तुमने पीछे मुड़कर देखा ही नहीं।"

"कब, मौसी?"

"पाठशाला जाते समय।"

"भूल गया।"

"कैसे भूल गए? अरे, तुझे तो मुझसे प्यार ही नहीं, पर तू तो मेरे कलेजे का टुकड़ा है···" कहते-कहते मौसी की आँखें डबडबाईं। मुझे बहुत बुरा लगा। मैं सोचने लगा कि पीछे मुड़कर नहीं देखा तो मौसी को इतना बुरा क्यों लगा, लेकिन उस दिन के बाद आम के पेड़ के पास पहुँचते ही पीछे मुड़कर देखना मैं कभी नहीं भूला।

मौसी मुझे रात को कहानियाँ सुनाती थी। उस रात उन्होंने मुझे चिड़िया के बच्चे की कहानी सुनाई—

" "एक था चुरूंगन, चिड़िया का बच्चा। बिल्कुल छोटा! एक दिन उसकी माँ मर गई। बेचारा अकेला घोंसले में रह गया। उस बच्चे की एक मौसी थी। उसने बड़े स्नेह से उसे अपने पंखों में आसरा दिया। खाने को दिया···"

मैंने मौसी से पूछा, "मौसी, उस मौसी का अपना कोई बच्चा नहीं था?"

"नहीं रे! वह जन्मजली बदनसीब थी।"

"फिर···?"

"चुरूंगन की मौसी उसका पालन-पोषण करने लगी। मौसी की जान उसी पर थी। उसे वह बिल्कुल अपना ही बच्चा लगता था। मौसी ने उसे उड़ना सिखाया। बच्चे के पंख फूटे। अब वह उड़ने लगा। मौसी की खुशी का ठिकाना न था। एक दिन वह बच्चा घोंसले से बाहर निकला। उड़ते-उड़ते बहुत दूर तक चला गया। घोंसले में मौसी उसका इंतजार करती रही, लेकिन वह वापस नहीं लौटा। वह उसे भूल गया, लेकिन मौसी उसे नहीं भूली। वह

उसकी राह देखती रही और कहती रही—

'हाय मेरे बच्चे···

कब वापस आओगे?

ममता मेरी है तुझपर

तुम तो भूल गए।'

और उसे याद कर वह रोती रही, रोती रही।"

कहानी सुनाते-सुनाते मौसी ही रोने लगी। उसे रोते देखकर मुझे भी रोना आ गया। मौसी ने मुझे बाँहों में भर लिया और थपकियाँ देते धीमी आवाज में गुनगुनाने लगी—

"हाय मेरे बच्चे···"

मेरी प्रथम सत्र की परीक्षा खत्म हो चुकी थी, लेकिन बाप्पा एक बार भी नहीं आया। मुझे बाप्पा और आयो बहुत याद आते थे। कभी-कभार मौसाजी के साथ इतवार को मैं बस स्टैंड पर जाता था। किसी भी बस से बाप्पा उतरेगा, इसी आशा से देखता, लेकिन बाप्पा कभी नहीं आया। 'जल्द ही आना' कहा था मैंने। बहुत इंतजार करने के बाद एक दिन बाप्पा आ गया। उस दिन छुट्टी थी। मैं अकेला ही कंचों से आँगन में खेल रहा था। तब मेरे सामने कोई आकर रुक गया। ऊपर देखा तो बाप्पा! मैंने सारे कंचे एक ओर फेंके और बाप्पा की कमर से चिपक गया।

"मौसी! बाप्पा आ गए···"

बाप्पा ने मुझे कसकर पकड़ा। मेरा चेहरा खुशी से खिल उठा। मौसी बाहर आ गई।

चाय पीते हुए बाप्पा ने कहा, "मैं रघल्या को लेने आया हूँ।" यह सुनते ही मौसी के हाथ से धप्प कर सूप गिर पड़ा और उसमें से चावल जमीन पर गिरकर बिखर गए। मौसी भी न, सूप तक ठीक तरह से पकड़ नहीं पाती···

"तुम काम पर जाओगे तो रघल्या घर पर अकेला रह जाएगा। उसका क्या होगा?"

"वह अकेला नहीं रहेगा।"

"कैसे नहीं?"

बाप्पा ने धीरे से कहा, "मैंने दूसरी शादी की है।"

"क्या? मोगरु को गए छह माह भी पूरे नहीं हुए और तुमने··· ?"

"क्या करता? जीना तो है ही न? बहुत परेशानी हो जाती थी। और रघल्या को भी यहाँ कितने दिनों तक रख सकता था?"

मौसी गुस्से से लाल हो गई।

"रघल्या का नाम भी मत लो। उसे ले जाकर सौतेली माँ के मुँह में डालना चाहते हो? मैं उसे नहीं भेजूँगी।"

मौसी चिल्लाने लगी। मैं उन दोनों का मुँह ताकने लगा। सौतेली माँ? मौसी ने मुझे सौतेली माँ के विषय में बहुत सारी बातें बताई थीं। सब सौतेली माँएँ बुरी होती हैं, यह मैं जानता था। बाप्पा मेरे लिए भी सौतेली माँ ले आए, इस विचार से ही मुझे बहुत रोना आया और आयो की याद में मैं सिसक-सिसककर रोने लगा।

"रघल्या को सौतेली माँ से कोई कष्ट नहीं होगा, वह उसे बहुत दुलार देगी।"

"यह तुम मुझसे न कहो। तुम्हें यह सब पहले ही कैसे मालूम पड़ा?"

"वह हमारे पड़ोस में ही रहती है, रघल्या को वह चाहती है।"

"कौन है वह?"

"सुरंगी।"

सुरंगी? मेरी आँखें चमक उठीं। अरे! सुरंगी भला मेरी सौतेली माँ हो सकती है? वह कितनी अच्छी है? जब मैं उसके पास सोया था, तब मुझे बिल्कुल ऐसा लगा था कि मैं आयो से लिपटकर सोया हूँ। मैं खुक···करके हँस पड़ा। खुशी से उछला और बाप्पा के पास गया।

"बाप्पा, मैं चलूँगा।"

बाप्पा मुसकराए, मेरे सिर पर हाथ फेरने लगे। मौसी चुपचाप खाली सूप लेकर अंदर चली गई।

"मौसी, मेरे कपड़े कहाँ हैं··· ?" ऐसा पूछकर मैं उसके पीछे दौड़ पड़ा।

मौसी रसोई घर में खड़ी थी। उसकी नाक लाल हो गई थी।

"रघल्या, तुम सचमुच जाना चाहते हो?"

सच्ची में यानी? मौसी बिल्कुल पागल है। उसको खुद मालूम नहीं कि वह क्या पूछ रही है। मैंने 'हाँ' में सिर हिलाया।

"तुझे यहाँ रहना पसंद नहीं है?"

"यहाँ अच्छा लगता था, लेकिन बाप्पा के साथ मुझे और भी अच्छा लगता था।" मैंने मौसी से कहा।

"मैं ही पागल हूँ।" यह कहते हुए मौसी ने सूप में और चावल डाल दिए।

"मौसी! बाहर चावल वैसे-के-वैसे ही बिखरे पड़े हैं!"

"हाँ-हाँ, चावल बिखर गए हैं!"

"मैं इकट्ठा करके लाऊँ?"

"नहीं रघल्या, मुझसे बिखरे हैं, तो मैं ही भरकर लाऊँगी।" यह बोलते हुए मौसी बाहर चली गई।

दोपहर भोजन के उपरांत मौसी ने मेरे सारे कपड़े एक थैले में भर दिए। मेरे पसंदीदा पेपरमिंट लाकर मेरी जेब में डाले। चार लड्डू भी साथ बाँधकर दिए।

"आओगे न कभी-कभार?"

मैंने सिर हिलाया। बाप्पा जब तक कमीज पहनते, उससे पहले ही जूते पहनकर तैयार होकर मैं आँगन में पहुँच चुका था। मौसी ने मुझे बाँहों में भर लिया और मेरे गालों की चुम्मी ली। मैं शरमा गया। बाप्पा ने जरूर देखा होगा, यह सोचते ही मैं लाल-लाल हो गया।

बाप्पा का हाथ थामे मैं वहाँ से चलने लगा।

"बाप्पा, झरने में अभी भी पानी बहता होगा न?"

"बाप्पा, हम पुलिया पर मछली पकड़ने जाएँगे न?"

"सुरंगी अब हमारे साथ ही रहेगी?" मुझे बहुत कुछ जानना था। बाप्पा मुसकराकर प्रश्नों का उत्तर दे रहा था। शिरी और बेंदित को बहुत किस्से

सुनाने थे। जेब में रखी इमलियाँ भी उन्हें देनी थीं। घर पहुँचने की उत्सुकता बढ़ रही थी।

खुशी से मैं बस में चढ़ गया। बस चलनी शुरू हो गई। बाप्पा के साथ बातचीत करते-करते जेब में हाथ गया, तो मौसी ने दिए पेपरमिंट हाथ लगे, और झट से मुझे याद आया कि···

आम के पेड़ के पास पहुँचते ही पीछे मुड़कर मौसी को हाथ हिलाना मैं भूल ही गया···बिल्कुल ही भूल गया था···

मीना काकोडकार : कोंकणी की इस श्रेष्ठ लेखिका का जन्म गोवा के काणकोण तालुका में हुआ। इनकी 'सपन फुला' पुस्तक को वर्ष 1991 में साहित्य अकादेमी पुरस्कार से सम्मानित किया गया और अनुवाद के लिए 'सांवल्या रेगो' नामक पुस्तक के लिए साहित्य अकादेमी का पुरस्कार मिला है। ये डॉ. टी.एम. ए.पै. फाउंडेशन, कला अकादमी, कला राम संस्कृति तथा कई राष्ट्रीय और राज्य पुरस्कारों से सम्मानित हो चुकी हैं।

□

मैं बाँझ नहीं हूँ···

–शीला कोळंबकार, अनु. : रमिता गुरव

सुबह-सुबह दरवाजे की घंटी बज उठी। दरवाजा खोलकर देखा तो पुलिस। मैं घबरा गई। भले-बुरे खयाल मन में आने लगे। बच्चे स्कूल गए थे और ये काम पर। मेरा दिल काँप उठा···हे भगवान्! किसी को कुछ हुआ तो नहीं? पर मैं कुछ बोल न पाई। मुँह से कोई शब्द ही नहीं निकल रहा था। मुँह खुला छोड़े मैं बस देखती रही। मेरी घबराहट को उस पुलिस इंस्पेक्टर ने भाँप लिया। उसने मुझसे पूछा, "आप··· ?"

"हाँ।" मैंने कहा।

"आप इंदु को जानती हैं?"

"हाँ, उसे क्या हुआ?"

"वह अस्पताल में है···।"

"क्या हुआ उसे?"

"उसने खुद को जला लिया है, अस्पताल में है। अंतिम घड़ियाँ गिन रही है और बार-बार आप ही का नाम ले रही है, इसलिए अगर आप आ जाती तो अच्छा होता।"

"आप बैठिए, मैं अभी आई···"

"नहीं, मैं अंदर नहीं आऊँगा, यहीं बाहर जीप में ठीक हूँ। आप अगर जरा जल्दी आ जाएँ तो बेहतर होगा···।" उसने कहा और जूतों की खड़-खड़ आवाज करते हुए वह बाहर चला गया।

मेरी तो जैसे साँस ही रुक गई···इंदू ने खुद को जलाया या किसी और ने उसे जला डाला था?···मैंने जल्दी-जल्दी साड़ी लपेट ली और हाथ में चाबी लेकर बाहर आ गई। हमारे दरवाजे पर पुलिस को देखकर सब लोगों के दरवाजे फटाफट खुल गए थे। अंदर से आँखें संदेह से देख रही थीं। मैंने अपनी पड़ोसन से कहा, "मेरी सहेली इंदु, वही जो हमारे यहाँ आती है, उसे उसके घरवालों ने जला दिया है। वह मुझे बहुत याद कर रही है और यही बताने के लिए पुलिस आई है। स्कूल से बच्चे आएँ, तो उन्हें होटल से कुछ खाने के लिए लाकर दे दीजिएगा। उनका जरा खयाल रखना तथा घर का दरवाजा खुलवा देने के बाद चाबी अपने पास ही रख लेना। ये घर आएँ तो उन्हें बता देना कि यह सब हो गया है।" इससे शंका के बादल छँट गए। उनकी जगह करुणा ने ले ली।

"···पैसे नहीं चाहिए···तुम्हारे बच्चों को मैं सँभाल लूँगी। उनकी चिंता तुम बिल्कुल मत करना। अब जल्दी जाओ।···"

मैं जाकर जीप में बैठ गई। उस स्थिति में भी मेरे पीछे बिल्डिंग की औरतों के बीच मचनेवाली खलबली पर मुझे मन-ही-मन हँसी आ गई।

"···इंदु···इंदु ने खुद को जला लिया या उसे जलाया गया है?" मैंने इंस्पेक्टर से पूछा।

"उसने बयान दिया है ···कि वह स्टोव जला रही थी। आँचल ने आग पकड़ ली और वह जल गई।"

"कितनी जल गई है?"

"आज की रात काट पाएगी भी या नहीं, कह नहीं सकता।" इंस्पेक्टर चिंतित होकर बोल रहा था। मैंने आश्चर्य से उसकी ओर देखा। वह एकदम गुस्सा होकर बोल रहा था, मानो उसी का कोई करीबी जल गया था।

"मैं खास आपको लेने आया हूँ, क्योंकि वह आपको बहुत याद कर रही है। इसका मतलब है, आपसे उसका दिल का रिश्ता है। हो सकता है, आपकी बात सुनकर वह हमें सच्चाई बता दे और अगर ऐसा होता है तो हम उसकी सास और पति को अच्छा सबक सिखा सकते हैं।"

मैंने कहा, "आप जैसे इनसानियत से भरे, अन्याय होने पर आगबबूला हो उठनेवाले पुलिस अधिकारी अगर रहें तो इस तरह का हादसा कभी हो ही नहीं सकेगा, है न?"

"हूँ!" उसने कहा और वह चुप रहा।

इंदु···मेरे बचपन की सहेली···गोरी सी···गोल-मटोल सी···लंबे, पर पतले बाल। उसे देखते ही नजर में भर जाती थी, उसकी बड़ी-बड़ी आँखें··· एकदम भयभीत···हम उसे 'डरपोक खरगोश' बुलाते थे···एक था खरगोश··· ऐसा डरपोक···पत्ता भी गिरे तो डरे···

उसके इस तरह डरपोक होने के पीछे कारण था। इंदु का जन्म हुआ और प्रसूतावस्था में ही माँ चल बसी। यह बच गई। पिता ने दूसरी शादी कर ली और इंदु मामा के घर में ही रह गई। पहले नानी के, फिर मामी के ताने सुनते-सुनते वह बड़ी हो गई। सभी से डरते-डरते दिन बिता रही थी। कोई ऊँची आवाज में बात करता तो वह एकदम डर जाती। कोई उस पर गुस्सा होता तो एकदम ढीली पड़ जाती। कभी-कभी उसका मजाक उड़ाने के लिए हम उसे एकटक देखते रहते···वह एकदम नर्वस हो जाती। बिल्कुल सीधी-सादी लड़की थी वह। जरा सी बात पर आँखों में पानी लानेवाली। शायद दाई ने उसकी आँखों को सेंका ही नहीं था। मैट्रिक के बाद वह घर में ही रही। सिलाई-कढ़ाई का काम सीखा। फिर मामा जिस लड़के का रिश्ता लाया था, उसने उसी से शादी की। शादी के बाद मुंबई आ गई। मामा ने भी शायद 'यह बला दूर रहे तो अच्छा ही है,' यह सोचते हुए जान-बूझकर मुंबई का लड़का देखा हो···पता नहीं। मैं कॉलेज में पढ़ रही थी। लेकिन फिर भी हमारी दोस्ती वैसी ही थी। 'आषाढ़ पावली' (आषाढ़ में नववधुओं के मायके जाने की प्रथा) के लिए वह घर आई थी, पर वह बिल्कुल पहले जैसी ही थी। उसमें कोई परिवर्तन नहीं हुआ था। नई-नई शादी हुई लड़कियों के साथ जब उनकी सहेलियाँ हँसी-मजाक करती हैं, तब उनके चेहरे का रंग कितना बदलता रहता है, लेकिन यह तो एकदम निर्विकार लगती। उस समय मुझे इस बात का एहसास नहीं हुआ। उसके बाद मैं अपनी कॉलेज की जिंदगी में इतनी व्यस्त

हो गई कि अगले तीन सालों में वह एक बार भी मैके नहीं आई, इस बात की ओर मेरा ध्यान ही नहीं गया। मेरी शादी तय हो गई। लड़का मुंबई का रहनेवाला है, यह पता चलते ही मन अपने आप मुंबई में रहनेवाले रिश्तेदारों, सहेलियों के बारे में सोचने लगा। तब खयाल आया, अरे, इंदु भी तो मुंबई में है। मुझे बहुत बड़ा सहारा महसूस हुआ।

मुंबई जाने के बाद अपने पति को साथ लेकर मैं खासकर उसके घर गई। उसका घर अच्छा था। घर में उसकी सास थी। ननद की शादी हो गई थी। उसका पति स्वभाव से शांत दिखा। मन में कहा, 'चलो अच्छा हुआ। इंदु का पति वैसा ही है, जैसा उसे मिलना चाहिए था।' हमारा चाय-नाश्ता हो गया। इंदु को मैंने अपना पता दे दिया और उसे हमारे घर आने का न्योता देकर हम घर वापस आ गए।

एक दिन अचानक इंदु हमारे घर आ गई। मेरी खुशी का ठिकाना न रहा···मुझे भी अपना सुख, अपनी बातें, घर छोड़कर दूर आने के कारण हुए बिछोह का दुःख किसी के साथ तो बाँटना ही था। मैं अपनी ही धुन में उससे बातें करती रही। वह ऊँ···ऊँ करती हुई सुन रही थी। क्या बताऊँ और क्या न बताऊँ, ऐसा मुझे हो गया था और इंदु किसी शून्य में नजर लगाए बैठी हुई है, इस बात की ओर मेरा ध्यान ही नहीं गया। और जब इस ओर मेरा ध्यान गया, तब मुझे एकदम गुनहगार जैसा लगने लगा···वैसे देखें तो मैंने उसकी कोई खबर ही नहीं ली थी। उसका हाल-चाल पूछे बिना बस ऐसे ही बड़बड़ाती रह गई थी···

"इंदु, इंदु, तू सुन रही है न?"

"हाँ बाबा, तू बता, रुकना मत।"

"नहीं, अब तू बता, कैसी है तू? तेरी शादी को तो चार साल हो गए न? अभी तक तुम्हारे यहाँ बच्चा कैसे नहीं हुआ? कही पंचवर्षीय योजना तो नहीं है न?"

"अरे, ऐसा कुछ नहीं है।"

"तो फिर?"

"फिर क्या? बच्चा होने के लिए पहले पति-पत्नी के बीच संबंध तो होना चाहिए कि नहीं?"

"मतलब?"

"मतलब, तुम्हारा सिर…" यह कहकर वह मुझपर भड़क उठी। मुझे उसपर तरस आ गया। मैंने उसे अपने पास खींच लिया। मेरे अपनेपन की आँच पाकर वह फूट-फूटकर रोने लगी। मैंने उसे थपथपाया और जी भरकर रोने दिया। बाद में उसने मुझे जो बताया, वह सुनकर मुझे तो धक्का ही लगा।

इंदु शादी करके मुंबई आ गई थी। उसकी आँखों में सुखी संसार का सपना था। मुंबई जैसे शहर में एक बड़ी जगह उन्हें मिल गई थी। उसकी सास माँ की तरह उसे प्यार करती। पति भी उससे बहुत प्यार करता था, लेकिन रात होते ही सास उसके और पति के बीच खुद का बिस्तर लगा देती और सो जाती।

"क्यों?"

"उसे एक ज्योतिषी ने बताया था कि इस साल अगर गर्भ रह गया तो जन्म लेनेवाला बच्चा घर-परिवार का सत्यानाश कर देगा।"

"अगर ऐसा था तो उसने बेटे की शादी ही क्यों की उस साल?"

"ज्योतिषी ने ही उस साल शादी करने के लिए कहा था, पर यह भी कहा था कि बच्चा होने न दिया जाए।"

"लेकिन दूसरे और बहुत से उपाय थे न?"

"कोई फायदा नहीं था। ज्योतिषी ने जैसे कहा था, उसी के अनुसार सबकुछ होना चाहिए था। पति मुझपर गुस्सा करता, मुझे भला-बुरा कहता, पर अपनी माँ से कभी कुछ न कहता। ऐसे ही एक साल बीत गया।"

"और तू चुप रही?"

"और क्या करती?"

"फिर?"

"फिर क्या? फिर साल खत्म होते ही ज्योतिषी के कहने पर वह हमें साथ रहने देने लगी। अब तुझे कैसे बताऊँ?…लेकिन इतना सच है कि एक

साल तक मेरी सास ने कुछ नहीं कहा, वह चुप रही। फिर डॉक्टर के पास ले गई। डॉक्टर ने कहा कि दोनों की जाँच करनी पड़ेगी। फिर व्रत-उपवास··· किसी की बताई हुई दवाइयाँ···दो-तीन बार क्युरेटिंग···वह ये सब मुझे करने के लिए कहती थी और मैं करती थी।"

"लेकिन क्यों?"

"उसे अच्छा लगे इसलिए, क्योंकि यहाँ रहने के लिए मेरे पास घर था। प्यार करनेवाली सास थी, दो बार का खाना मिलता था। मामा बुलाने आए तो वह मुझे भेजती नहीं थी। 'जन्म लेते ही माँ को खा गई, अब हमें खा', ऐसे ताने नहीं सुनने पड़ते। बस, एक ही बात थी, बच्चा नहीं हुआ था···और दो साल गुजरते ही सास का रवैया बदलने लगा। 'बाँझ-बाँझ' कहकर वह मुझे ताने देने लगी। पति को देखकर मैं चुप रह जाती। वह मुझे कुछ भी नहीं कहता था। शायद दोष उसी में है, इस बात का उसे एहसास था, पर जैसे-जैसे दिन बीतने लगे, वैसे-वैसे पति भी बदलने लगा। उसे अपनी माँ का कहना ही सच लगने लगा। उसे भी लगने लगा कि पुरुष भी कभी दोषी हो सकता है भला? कभी नहीं। दोष तो हमेशा स्त्रियों में ही होता है और उसे इस तरह होना ही चाहिए। डॉक्टर बकवास कर रहा है। अब वह भी मुझे 'बाँझ-बाँझ' कहकर बुलाने लगा। दूसरों के सामने भी यह कहने में उसे शर्म नहीं आती। उलटे सबके सामने पत्नी को 'बाँझ' कहते ही जब मेरा चेहरा उतर जाता, तब उसे अपने पौरुष पर गर्व महसूस होता। मेरा कोई दोष नहीं है, फिर भी मैं यह सब सहन कर रही हूँ, क्योंकि सबकुछ छोड़ अगर कहीं जाने की सोचूँ भी तो माँ नहीं है। पिता होकर भी न होने के बराबर। भाई-बहन नहीं हैं। अपने पैरों पर खड़ी होकर जिंदगी गुजारने की सोचूँ तो उतनी हिम्मत नहीं है। जान देकर जिंदगी खत्म करने का साहस मुझमें नहीं है। जान देने गई और मर गई तो ठीक है, बचकर अपाहिज बन गई तो मेरा हाल पूछने कुत्ता भी पास नहीं फटकेगा।"

इतना कह वह रो पड़ी, बहुत रोई, दिल खोलकर रोई। अपने अंदर अब तक जो दुःख दबाकर रखा था, उससे उसका दम घुटने लगा था। अब उसका

मन जरा हलका हो गया। मैंने उससे कहा, "अभी भी देर नहीं हुई है। तुम्हारे पति को मैं समझाती हूँ। तुम्हारी सास को कानोकान खबर नहीं होगी। हम किसी दूसरे डॉक्टर के पास चले जाएँगे। आजकल तो विज्ञान कहाँ-से-कहाँ पहुँच गया है···कितने ही सारे उपाय आ गए हैं। देखते हैं, क्या होता है···!"

लेकिन अगले साल बच्चा होने में उसकी मदद करना तो दूर ही रहा, मैं खुद अपनी प्रसूति के लिए गोवा चली गई। वह साल खाली चला गया। मुझे बेटी हुई और उसे लेकर मैं घर आ गई। इंदु को खबर होते ही वह आ गई। उसे बच्चों से बहुत प्यार था। मेरी बेटी को वही सँभालती। उससे लाड़-प्यार करती। मेरी बेटी भी उसे अच्छी तरह पहचानती। मेरी दूसरी प्रसूति इंदू ने ही सँभाली, यह कहूँ तो ज्यादती न होगी। वह सुबह अपने घर के काम निपटाती और फिर हमारे घर चली आती और शाम को वापस चली जाती। इंदु की सास मुझसे कहती, "अरी, यह तो बाँझ है, बाँझ! इसके पास अपने बच्चों को क्यों छोड़ती हो? उन्हें कुछ भी हो सकता है।"

मैं कहती, "किस बात के आधार पर आप उसे बाँझ कह रही हैं? कुछ औरतों को जरा देर से ही बच्चे हो जाते हैं। उसके भी होंगे। और अगर नहीं भी हो तो भी ठीक है। कुछ भी हो, आखिर वह मेरी सहेली है, मेरे बच्चों की मौसी। कहते हैं न 'माँ मरे और मौसी जिंदा रहे।' मेरे बच्चों को कुछ भी नहीं होगा।"

लेकिन इन दिनों इंदु बदल गई थी। काफी खुश रहती थी। ज्यादातर बन-सँवरकर रहती, पर अपने ही भीतर खोई हुई-सी। इतना खुश मैंने उसे कभी नहीं देखा था। मैंने उससे पूछा भी, "क्यों, क्या हुआ है?"

"ऐसा कुछ नहीं है, बाबा! बताऊँगी फिर कभी।"

"फिर कभी क्यों? अभी क्यों नहीं?"

"क्योंकि अगर तुम्हें पता चला तो तुम मुझे दरवाजे पर भी खड़ी होने न दोगी।"

"बस भी करो! कुछ भी कह लेती हो।"

"अरे, मैं तो मजाक कर रही थी।"

वह आती, बच्चों के साथ खेलती और चली जाती। अपनी ही धुन में रहती। जब नहीं आती, तब बच्चे उससे नाराज हो जाते। उसे खुश देखकर ही मैं खुश थी, इसलिए उसके पीछे पड़कर इस बारे में कुछ पूछूँ, ऐसा नहीं लगा।

और अब देखें तो यह कहानी! बच्चों को यह सब कैसे बताऊँगी? मेरे बच्चों को उससे काफी लगाव था। अगर इसे कुछ हो गया तो?

इतने में हम अस्पताल पहुँच गए।

मैं जल्दी-जल्दी इंदु के पास चली गई। वह पूरी तरह जल गई थी। सिर्फ चेहरा ही सही-सलामत था। जब जलन का दर्द असहनीय हो जाता, तब वह चीख पड़ती…रोती…। लेकिन मुझे देखते ही मुसकरा उठी।

"आ गई तू? आ।" यह कहते हुए उसने मेरा हाथ पकड़ा। उसके हाथ की चमड़ी मेरे हाथ से चिपक गई। मेरा शरीर सिहर उठा और एकदम मैं रो पड़ी। "…नासपीटी कहीं की! ऐसा कौन सा भूत तुझ पर सवार हो गया तो तूने खुद को जला डाला? तुझे मरना ही था तो मुझे कह देती। मैं तुझे अपने हाथों से ट्रेन के नीचे धकेल देती और एक झटके में ही तू मर जाती, यह सोच तुझे देख तो लेती। इस तरह पल-पल मरते हुए तू अपनी मौत से हमें क्यों मार रही है?"

"पगली कहीं की!" अब इंदु मुझे समझा रही थी, "मैंने खुद को नहीं जलाया…"

"तो फिर?"

"माँ और बेटे ने मिलकर मुझे जलाया।"

"सच कहती हो? तो फिर पुलिस से तूने झूठ क्यों कहा? सच्चाई पुलिस को क्यों नहीं बताई?…लेकिन तुझे उन्होंने जलाया ही क्यों? तूने क्या गुनाह किया था? बच्चा नहीं हो सका, बस यही न?"

"नहीं, उससे भी बड़ा गुनाह था।"

"कैसा गुनाह?"

"माँ और बेटा 'बाँझ-बाँझ' कहकर मुझे चिढ़ाते थे। इसी बीच मेरी

सास ने अपने बेटे की दूसरी शादी करने का निश्चय किया। मुझे इस बात का पता लग गया। मैंने जाकर लड़की के घरवालों को सबकुछ बता दिया। दोष मुझमें नहीं, उसमें है। तब वे उन्हें डॉक्टर के पास लेकर चले गए। डॉक्टर ने उन्हें सच्चाई बता दी और वह रिश्ता टूट गया। अब मैं जरा सतर्क हो गई थी, क्योंकि अब वे दोनों मुझे बताए बिना चुपचाप रिश्ता देखकर शादी करने की तैयारी में लगे हुए थे। कुछ तो करना चाहिए था, पर क्या करूँ, यह समझ में नहीं आ रहा था। और फिर अचानक मेरे दिमाग में एक खयाल आया। मेरी जान-पहचान का एक आदमी था। वह हमेशा मुझसे कहता, इस नर्क में क्यों रहती हो? वहाँ से बाहर निकलो और अपने पैरों पर खड़ी हो जाओ। चाहो तो मैं तुम्हारे लिए कोई नौकरी ढूँढ़ देता हूँ···"

"उसने तुझे ऐसा कहा? अगर तू घर छोड़कर चली आती तो क्या वह तुझ से शादी कर लेता?"

"कैसे करता?"

"मतलब?"

"वह शादीशुदा या, उसके बच्चे भी थे।"

"फिर?"

"हम करीब आ गए। स्वर्ग सुख का अनुभव तब मैंने किया। और तुझसे सच कहूँ? चोरी-छुपे किए गए प्यार का मजा ही कुछ और होता है···"

जलन असहनीय होने के कारण एक तरफ वह रो रही थी और दूसरी तरफ हँसते-हँसते मुझे सब बता रही थी।

मैंने कहा, "बस, अब तू और कुछ मत कह।"

"अब मैं आखिरी बार तुझसे बात कर रही हूँ। मैं जो कह रही हूँ, उसे सुन ले···मुझे रोकना मत। मेरे भोगे हुए सुख के सामने यह दुःख कुछ भी नहीं है···जानती हो, मैं तुम्हारे घर आती, तुम्हारे बच्चों में रम जाती। थोड़ा-थोड़ा मातृत्व मैंने तुम्हारे घर में ही भोग लिया। पत्नी बन पति के घर ठाठ से रही··· और···और पुरुष का सुख···मेरा प्रेमी था···जिसने मुझे सबकुछ दे दिया। मेरी सास जानती थी कि मैं तुम्हारे घर आती रहती हूँ। तुम्हारे यहाँ मेरे आने से

उसे कोई एतराज न था। इन दिनों मैं तुम्हारे घर जाने का बहाना करके उससे मिलने जाती थी।···उससे मिलकर फिर मैं तुम्हारे घर पहुँचती और तुम्हारे यहाँ से अपने घर चली जाती···एक दिन पता चला कि मैं माँ बननेवाली हूँ! मैं बहुत खुश हुई। मुझे लगा कि वह भी खुश होगा, पर नहीं। वह डर गया··· कहने लगा, डॉक्टर के पास चलते हैं। मैंने नहीं माना। उसके बाद उसने मुझसे मिलना बंद कर दिया। अब मुझे भी उसकी जरूरत नहीं थी। मुझे तो केवल माँ बनना था। अब मुझे 'बाँझ' कहकर कोई नहीं चिढ़ा सकता था···रोज की तरह जब सास ने मुझे 'बाँझ' कहा, तब मैंने कहा, मैं बाँझ नहीं हूँ···मैं माँ बननेवाली हूँ···वे मुझे डॉक्टर के पास ले गए। डॉक्टर ने कहा कि यह सच है। उनकी समझ में नहीं आ रहा था कि क्या करें··· ? वे मुझसे उस आदमी का नाम पूछने लगे, पर मैंने नहीं बताया। तब उन्हें गुस्सा आया और उन्होंने मुझ पर पेट्रोल डालकर मुझे जला दिया और फिर यहाँ लाकर फेंक दिया।"

"तो फिर?···तू अभी पुलिस को जो सच है, वह बता दे। उन्हें ऐसा सबक सिखाएँगे···"

"नहीं रे, वे जमाने को धोखे में रख सकते हैं, पर खुद को कैसे धोखा देंगे? उन्होंने जमाने से कहा कि स्टोव जलाते समय मैं जल गई, पर क्या वे जानते नहीं कि खुद उन्होंने ही मुझे जलाया है? उनका मन ही उन्हें कचोटता रहेगा। जानती हो, मैं बाँझ नहीं हूँ···मैं माँ बननेवाली थी···तीन महीने हुए थे मुझे···मुझे तुझसे मिलना था। तुझे मेरे सुख के बारे में बताना था, इसलिए मेरी जान अटकी हुई थी। अब मुझे अच्छा लग रहा है। अब तू सबको बताना। बताना कि मैं बाँझ नहीं थी। मैं माँ बननेवाली थी···पर नसीब ने धोखा दे दिया···एक्सिडेंट हुआ और मर गई···सबको बताना···मैं बाँझ···न···"

यह कह हँसते-हँसते उसने आखिरी साँस ले ली। अब वहाँ रहने का कोई मतलब नहीं था। ऐसा लगा कि मरकर एक तरह से वह आजाद हो गई है। उसकी वह छटपटाहट,···उसका वह चीखना···उसका वह हँसना···उसका वह भयानक दिखना···उसका वह बोलना···जलन सहन करते हुए भी उसके चेहरे पर छाई हुई वह माँ बनने की खुशी···मेरे लिए यह सब सहनशीलता के परे था।

मैं घर जाने के लिए बाहर आ गई। सुबह से जो कुछ हुआ, जो कुछ देखा, जो कुछ सुना, उसके बारे में सोचकर मन सुन्न-सा हो गया था। मुझे कहाँ जाना है, यह भी मेरी समझ में नहीं आ रहा था।

नीचे, सुबह मुझे लेकर आनेवाला इंस्पेक्टर था। उसने कहा, "चलिए, मैं आपको घर छोड़ देता हूँ।"

"नहीं, मैं अकेली ही चली जाऊँगी।"

उसने मेरी बात अनसुनी कर दी और मुझे जबरदस्ती जैसे खींचकर ले जाते हुए जीप में बिठा दिया। कुछ कहने-करने से पहले ही उसने जीप स्टार्ट की और सीधे एक होटल के सामने लाकर खड़ी कर दी और जीप में बैठे-बैठे ही कॉफी और सैंडविच मँगा लिये।

मैंने गुस्से में ही पूछा, "यह क्या है ?"

"पता भी है कितने बज गए हैं ?"

"नहीं।"

"रात के साढ़े ग्यारह।"

"ऊँ!"

"सुबह से आपके पेट में क्या गया है ?" उसने पूछा। और अचानक मुझे इस बात का एहसास हुआ कि मुझे बड़े जोर की भूख लग गई है और प्यास भी। सुबह आठ बजे मैंने एक कप चाय और एक रोटी खाई थी। उसके बाद पेट में कुछ भी नहीं गया था, पानी तक नहीं। मैं पेट को जैसे भूल ही गई थी। उसने जो कॉफी मँगाई, वह मैंने पी ली और जब सैंडविच खा रही थी, तब उसने जीप फिर से स्टार्ट की। मैं सोचने लगी, 'मैं भूख-प्यास भूल गई थी, बच्चों को भूल गई थी और पति को भी...'

"बच्चे क्या कर रहे हैं, भगवान् जाने!" मैंने आधी अपने आपसे और आधी उससे बात करते हुए कहा।

"उनकी फिक्र मत कीजिए। मैंने आपके पति को फोन करके सब बता दिया। वे जल्दी से छुट्टी लेकर घर चले गए और अब बच्चों के साथ हैं। हर एक-दो घंटों में मैं उन्हें यहाँ की खबर फोन से देता रहा हूँ और अब उन्हीं के

कहने पर आपको घर छोड़ने जा रहा हूँ···"

उसने जो बताया, उसमें से 'बच्चे पिता के साथ हैं', इतना ही मेरी समझ में आया। फिर से मेरा दिमाग इंदु के आसपास घूमने लगा। बेचारी इंदु! छूट गई बेचारी। "आप जानते हैं, हम उसे 'डरपोक खरगोश' बुलाते थे। पर वही डरपोक खरगोश परिस्थिति के चलते शेरनी बन गई! इंदु इतनी आगे बढ़ जाएगी, ऐसा सोचा नहीं था, लेकिन आखिर तक उसने अपना प्रेमी कौन है, यह नहीं बताया। आमतौर पर वह मुझसे कुछ भी छुपाकर नहीं रखती थी। सबकुछ बताती थी, फिर उसने यही बात क्यों नहीं बताई? इतनी पराई हो गई मैं इसके लिए? कौन होगा उसका प्रेमी? क्या इसकी मौत का उसे पता चल गया? क्या करता होगा वो? उस बेचारे पर भी मुझे तरस आने लगा। अपना दुःख वह किसे बताता? और किस मुँह से···कहते हैं, चोर की माँ दिल-ही-दिल में रोती है···वैसे ही वह भी अंदर-ही-अंदर रोता होगा क्या? उसे दुःख हुआ होगा या बिना किसी झंझट के छूट गया, यह सोचकर खुश हो रहा होगा? इंदु ने मुझसे यही बात क्यों छुपाई? वैसे तो वह सबकुछ मुझे बताती थी।"

"मैं जानता हूँ···"

"क्या?"

"यही कि वह आपसे कुछ भी नहीं छुपाती थी! अपना राज वह आपको कल बतानेवाली थी। क्योंकि कल आपका जन्मदिन था···"

"पर···पर···ये सब आप कैसे जानते हैं?"

"···!"

मैं भी कितनी पागल हूँ! इसने मेरे पति को ऑफिस में फोन किया···फिर हमारे घर फोन किया···मुझे कॉफी पसंद है, इसलिए कॉफी मँगाई, चाय नहीं दी···मतलब वह सब जानता था···उसे यह सब कैसे पता चला?···मतलब इंदु ने···अब सब साफ-साफ समझ में आने लगा···मैंने कहा, "मतलब··· मतलब···!"

उसने सिर हिलाया। जोर से ब्रेक दबाकर जीप रोक दी और स्टियरिंग

व्हील पर सिर रखकर सुबक-सुबककर रोने लगा···और अब क्या करूँ, यह समझ में न आने से मैं पागलों की तरह उसे देखती रह गई···देखती ही रह गई···!

शीला कोंळबकार : श्रीमती शीलाजी का जन्म पणजी शहर में हुआ। शादी के बाद ये मुंबई में स्थित हो गईं। उनकी 'ओली सांज' नामक किताब को साहित्य अकादेमी पुरस्कार से सम्मानित किया गया है और अनुवाद के लिए 'भांगराचे सुकणे' नामक पुस्तक को साहित्य अकादेमी का पुरस्कार मिला है। सैमसंग का रवींद्रनाथ टैगोर पुरस्कार, प्रतिष्ठित विमला पै. फाउंडेशन पुरस्कार तथा कई राष्ट्रीय और राज्य पुरस्कारों से सम्मानित हो चुकी हैं।

□

कमल

—गोकुलदास प्रभू, अनु. : आशा गहलोत

घुटना और एड़ी दु:खने लगी, तब जाकर समय का भान हुआ। ग्यारह बजे आया था, अब बज गए सवा दो। तीन घंटे किताबें ढूँढ़ता, देखता रहा। किताबों की दुकान में एक बार घुस जाऊँ तो मेरा यही हाल होता है। मन-ही-मन मुसकरा पड़ा। बस, अब चलें।

चुनी हुई पुस्तकें लेकर कैश काउंटर की ओर चल पड़ा। पुस्तकें काउंटर पर रखते समय कैशियर के ध्यान में आया—

"अरे, तू!"

"हाँ, मैं ही हूँ।"

कैशियर स्कूल में मेरी ही क्लास में पढ़ता था। वह कब यहाँ कैशियर हो गया?

"तुम यहाँ काम कब से कर रहे हो?"

"हो गए, दो-ढाई वर्ष। तुम कब आए?"

"चार-पाँच दिन हो गए।"

फिर उसके अगले प्रश्न से पहले ही मैंने जवाब दिया—"परसों जाऊँगा।"

जान-पहचान के लोग कुछ सालों बाद मिलते हैं तो जो प्रश्न बिना भूले पूछते हैं, वही प्रश्न उसने मुझसे पूछा, "तुम्हारी शादी हो गई?"

"नहीं, तुम्हारी?"

"हाँ, पिछले साल।"

"बच्चे कितने ?" आदत से यह प्रश्न मुँह से निकलने के बाद उसकी विसंगति और मूर्खता का एहसास हुआ। वह भी हँस पड़ा। एक साल में क्या बारह बच्चे होंगे ? फिर थोड़ा सा शरमाकर उसने कहा—

"अभी बच्चे नहीं हुए। जल्दबाजी करना अच्छा नहीं लगा। क्या कहते हो ?"

"हाँ।"

"तुम्हें क्या गैर-मुल्क ही अच्छा लगता है ? तुम्हारी माँ कहती है कि गाँव आने पर तुम दो दिन भी नहीं टिकते हो⋯भाग जाते हो।" पुस्तकों का बिल आगे बढ़ाते हुए उसने कहा।

"ओह! वैसा कुछ नहीं। सारे गाँव एक जैसे।" बिल पर एक नजर डाली—1,875 रुपए। पुराने दिन होते तो माँ चिल्लाती—'1-8-7-5 रुपए। दिमाग ठिकाने है न तुम्हारा ? हाथ में पैसे हैं, इसलिए ऐसे ही उड़ाओगे ?' पर अब किसी को कोई शिकायत नहीं है। पुस्तकों के मेरे इस पागलपन से सब लोग वाकिफ हो गए हैं। बिल के पैसे भरकर मैं बाहर आया और बस स्टॉप पर आकर खड़ा रहा।

चिलचिलाती धूप। पचास-साठ लोग बस के इंतजार में खड़े थे। बस-शेल्टर में सिर्फ दस-पंद्रह व्यक्तिओं के खड़े रहने की जगह थी। शेल्टर में रहनेवालों के मुँह पर भी एकदम धूप लग रही थी। कुछ लड़कियाँ धूप से बचने के लिए छातों की आड़ में हो गई थीं।

पिंडलियाँ और एड़ियाँ दु:खने लगी थीं मानो पाँव मरोड़ दिए गए हों। बस जल्दी आ जाए तो बस। एक बार घर पहुँच जाऊँ। बसें आती-जाती रहीं। हलके से वही प्रश्न जो पहले से हजार बार मन में उठता था, फिर उभर आया—ये सारी बसें लाल क्यों ? सभी बसें लाल रंग की हों, यह किसने तय किया ? और क्यों ? इसी राज्य में ऐसा क्यों ?

बचपन में सुनी हुई और फिर समय के बोझ तले दबी पड़ी टीचर की आवाज सुनी—लाल रंग दूसरे रंग की अपेक्षा जल्दी ध्यान आकर्षित करता

है, पर लाल बसें—खून की दुर्घटनाओं की और मौतों की याद दिलाती हैं—मैं तुम लोगों की मौत! रास्ता छोड़ो···रास्ता छोड़ो···

मेरे घर की ओर जानेवाली मौत आ गई। मौत किसी के लिए भी नहीं रुकती। इसीलिए मैं जल्दी से अंदर घुस गया, खिड़की के पास बैठने के लिए जगह मिली···शत जन्म के पुण्य से। पुस्तकें सीट पर रखीं। पाँव खोलकर बैठा और आँखें मूँदकर बाहरी दुनियादारी को बाहर ही छोड़ दिया। अच्छी हवा आ रही थी और बीच में धूप की उमस भी, पर थके हुए हाथ-पाँव, गरदन और आँखों को अच्छा विश्राम मिल रहा था।

सुबह-सुबह जगानेवाले टाइमपीस के अलार्म की तरह कान में आवाज घनघना उठी—'···बाबू···कुमकुम के यहाँ हो आओ, हाँ···' और आँखें खुल गईं।

सुबह घर से निकलते वक्त माँ ने कहा था—"कुमकुम के यहाँ हो आओ। वह नाराज हो गई है। कहती है, तुम उनके यहाँ जाते नहीं हो। ऐसे ही हो आओ। पिछले तीन-चार वर्षों से उसने तुम्हें देखा भी नहीं है।"

सुबह बाहर निकला था पुस्तकालय में जाने के लिए। माँ की बात सुनकर कुमकुम के यहाँ जाने का निर्णय लिया और बस में चढ़ बैठा, पर कंडक्टर को पैसे देते वक्त मन फिर से बदल गया और पुस्तकालय के स्टॉप का ही नाम बताया। सोचा, वापस आते वक्त कुकू के यहाँ जाएँगे···फिर पुस्तकों के चक्कर में वह बात ही भूल गया···उसे पता चले तो वह जरूर गुस्सा होगी।

पर, नहीं। उसे वैसे गुस्सा नहीं आता। उसे आता है रोना···उसके सिर्फ दो विकल्प हैं—खुशी या गम। चेहरे पर ज्यादातर हँसी। हँसना नहीं आया तो आँखों में आँसू। याद आया, एक बार बताए हुए समय पर घर नहीं पहुँचा। देर से पहुँचने पर सबकी बातों में गुस्सा और चिंता दिखाई दी, पर वह चुपचाप रोने लगी थी।

हवा उसकी उँगलियाँ बनकर बालों को सहला गई। चलो···आज तो उसकी आँखों में अपने भाई की परछाईं पड़ने दे।

उसके घर की ओर जानेवाला रास्ता निकट आते ही मैं बस से उतर गया और उसके घर जानेवाली बस के लिए रुका गया···मुझे देखते ही उसकी आँखें आश्चर्य से फैल जाएँगी। वैसे भी उसकी आँखें हैं विशाल। अब खुशी से और कितनी फैल जाएँगी, बताना कठिन है।

मैं उन आँखों का तारा हूँ। फिर पता नहीं कब धीरे-धीरे यह संबंध शिथिल होने लगे? शायद आठवीं-नौवीं में पढ़ते समय या उससे भी पहले। पुस्तकें, मित्र और खेल में ही मैं ज्यादा रमने लगा और उस नियोजित जीवनक्रम में उसका महत्त्व कम होता गया···

उसके घर की दिशा में जानेवाली बस आते ही मैं बस में घुस गया। ऊपर डंडे को पकड़कर बाहर देखता रहा···अचानक याद आया कि उसे बस में चलने से उल्टी होती थी। बस में बैठकर कहीं जाना उसे अच्छा नहीं लगता था। घर जाते ही निचोड़ दिए कपड़े की तरह गिर पड़ती थी, पर उससे भी बुरा तब लगता था, जब महीने में एक-दो दिन पेट दबा के, दबी आवाज में वह कराहती रहती थी। मुझसे उसका यह हाल देखा नहीं जाता था। इसीलिए मैं उसके करीब नहीं जाता था। गया तो भी उसके भीगे गाल, काँपते होंठ और तड़पना देखकर दूर ही रहता था। बस सिर्फ, वे ही दो दिन···तीसरे दिन वह फिर खुश नजर आती थी।

बस से उतरते वक्त मन में अनायास ही यह बात उठी कि बचपन का यह रिश्ता आगे कैसे इतना ठंडा पड़ गया? उम्र में पाँच साल बड़ी है, वह मुझसे···दूसरी माँ के समान रही। आज भी उसकी भावनाएँ वैसी ही हैं···फिर भी वह दूर हो गई।

जब वह पेट दबा के सोई रहती थी, तब मैं चौथी कक्षा में था और वह आठवीं में। मैं पाँचवीं में गया और वह आठवीं में ही रह गई। मैं सातवीं से आठवीं में गया, तब वह दसवीं में पढ़ रही थी। फिर आगे उसकी पढ़ाई ही छूट गई। पढ़ने का शौक, खेल, दोस्त, इन सबमें मैं रमता चला गया और उसका संसार संकुचित होता गया···

उसके घर का रास्ता यहाँ से दाहिनी ओर मुड़ता है और फिर बाईं ओर

घूम के सीधे आगे जाता है। वहाँ की दो-तीन दुकानों से होकर एक पगडंडी निकलती है, जो सीधे जलती कड़ाही पर पड़े पानी के छींटों की तरह उसके बाग में जाकर लापता होती है। बाग में ही एक कोने में उसका छोटा सा घर है। सीढ़ियाँ चढ़कर ऊपर पहुँचते ही एक छोटा सा बरामदा है। वहीं दोनों ओर बैठने के लिए सोफे बनाए हैं। बीच में ही दरवाजा है। अंदर जाते ही दाहिनी ओर एक कमरा और बाईं ओर रसोई घर। लाल सीमेंट की जमीन और ऊपर खपरैली छत, बिना किसी आवरण के। उस छोटे से घर में उसकी भरी-पूरी गृहस्थी समाई हुई थी।

पर वे दुकान, वह पगंडडी सब कहाँ हैं? दो मालों का घर दिखाई दे रहा है। यही उसका घर होगा। दो-तीन बार आया हूँ। एक बार उसकी शादी के दिन जीजाजी को वेदी पर ले जाने के लिए। और फिर कभी एक बार। और अब पाँच सालों के बाद आया हूँ तो कुछ विशेष बदलाव नहीं है। हाँ, आगे एक…

अंदर पहुँचते ही देखा, वह घर उसका नहीं था। फिर भी आगे बढ़ा। आगे का रास्ता परिचित नहीं लग रहा था, इसलिए पीछे मुड़कर दोनों तरफ देखते हुए चलता रहा।

किसी ने पीछे से पूछा, "कौन?" मुड़कर देखा तो औरत बाहर आकर खड़ी रही मेरे प्रश्न की अपेक्षा में। मन में दुविधा उत्पन्न हो गई। जीजाजी का नाम क्या है? रघोत्तम? रघुनाथ या रामचंद्र? फिर तुरंत मैंने पूछा, "कामत का घर कहाँ है?" उसने बारीकी से देखा और पूछा, "किसका? रवींद्र कामत का घर?" अँधेरे कमरे में मानो एकदम प्रकाश की किरण आ गई। जीजाजी का नाम सच में रवींद्र कामत है। एकदम भूल बैठा था।

दो माले के घर के पीछे इशारा करते हुए उसने कहा, "वह रहा। वहाँ! इसी रास्ते से जाओ।" उसको धन्यवाद देकर उस रास्ते जाते हुए एक अव्यक्त और विचित्र-सा भाव मन में मँडराने लगा।

बाग भी बदल गया है। दुतरफा पेड़ों के बीच से चलते हुए उनका घर दिखाई नहीं देता और बगलवाले घरवालों ने बाग के भीतर से ही दीवारें खड़ी की हैं, इसलिए उसके घर तक जाने के लिए एक सँकरा-सा रास्ता मात्र

बचा है। अब बिल्कुल नजदीक पहुँचे बगैर उसका घर दिखाई नहीं देता है। पास पहुँचते ही पता चला कि उसका घर भी बदल गया है। पहले की वह ड्योढ़ी और वह बैठक नहीं हैं। थोड़ा सीढ़ियाँ चढ़कर दरवाजा खटखटाया। अब कमल-सी आँखें लेकर वह···

दरवाजा खुला···और मुझे बचपन याद आया। अंदर नौ साल की गोरी-चिट्टी लड़की खड़ी थी। पहली कक्षा में था, तब उँगली पकड़कर साथ ले जानेवाली कुकू का मुँह लेकर। वही रंग, वही आँखें, वैसी ही नाक··· और थोड़ी ऊपर उठी गालों की हड्डियाँ और बाँहों तक कटे बाल। मेरे मन पर से मानो उम्र फिसलती चली गई। मैंने हलके से हँसने का प्रयास किया, पर उसके चेहरे पर था संदेह, अजनबीपन और अनिश्चितता। उसने माँ को आवाज लगाकर कहा, "कोई आया है।"

उतना ही संदेह और परायापन चेहरे पर लेकर उसकी माँ बाहर आई। देखते ही उसके चेहरे का भाव बदल गया। आँखें विस्तृत हो गईं, हँसते मुख पर होंठ आऽ कहकर खुल गए।

"आ, बाबू। आओ, आओ।"

फिर उसने बेटी से कहा, "यह तो तुम्हारे मामा हैं।"

"पहचाना नहीं?" इस पर बेटी हँस दी। मन-ही-मन 'परफेक्ट स्माइल, परफेक्ट स्माइल' कहते हुए मैंने हाथों की उँगलियों से उसके गाल को छुआ।

"बैठो न," कुकू ने कहा। तब भान हुआ कि वहाँ पहले एक तख्त रहा करता था। अब वहाँ तीन कुरसियाँ रखी हैं, वे भी पुरानी। एक पुराना टेबल था··· हाँ, उसके ऊपर एक ब्लैक एंड व्हाइट टी.वी. रखा है। ऊपर की छत सीलिंग से ढक दी गई है।

"यहाँ सब बदल गया है।"

"नहीं तो तुम जैसे युगपुरुष घर में नहीं आएँगे।" उसने चिढ़ाते हुए जवाब दिया और आगे कहा, "आज आओगे, कल आओगे, सोचकर इतने दिन इंतजार किया···रहने दो, आज तो पहुँच गए न? यहाँ का रास्ता भूल गए थे क्या?"

सच में रास्ता भूल गया था, पर कैसे बताऊँ? हलके से छोटी का हाथ पकड़कर उसे पास खींच लिया और गोद में बिठा लिया। गाल को गाल छुवाया। दाढ़ी लगने से शायद उसे गुदगुदी हो उठी। हँसकर उसने मुँह फेर लिया।

"बैठ जाओ। मैं अभी आई," कहकर कुकू अंदर चली गई। मैंने लड़की से उसका नाम पूछा। 'जलजा' उसने कहा। फिर याद आया, बड़ी भानजी का नाम विमला।

"कुकू, यह जलजा नाम किसने रखा? तुमने या जीजाजी ने?"

"मैंने ही। क्यों? अच्छा नहीं है?"

थोड़ा ओल्ड फैशंड है, पर कुछ कहकर क्यों उसका मन दुखाऊँ?

"ऐसा कुछ नहीं है।" याद आया कि···बड़ी भानजी?

"वह कहाँ है, विमला?"

"उसका स्कूल चार तक। फिर ट्यूशन। पौने छह बजे तक आ जाएगी। उसे तुम्हारी याद है।" बोलते-बोलते कुकू दो गिलासों में शरबत लेकर आई। मुझे और जलजा को दिया। फिर कहने लगी, "एक-दो बार वह तुम्हें पत्र लिखना चाहती थी, पर मैंने ही मना कर दिया।"

"क्यों?"

"व्यर्थ में तुम्हें परेशानी क्यों?"

झट से मन में आया कि यूनिफॉर्म, स्कूल फी, पुस्तकों के लिए पैसे, जीजाजी की भी खास कमाई नहीं है। इस सबकी मैंने कभी कोई चिंता ही नहीं की। मन में कहीं भीतर गहरी चोट लग गई।

"नहीं-नहीं, पत्रों से कहाँ परेशानी होती है? विमला कौन सी क्लास में पढ़ रही है। पाँचवीं में?"

वह जोर से हँस पड़ी···"तुम किस दुनिया में हो? वह अब आठवीं में पहुँच गई है। और बस दो साल! वह कॉलेज पहुँच जाएगी।"

मैं मूर्ख-सा बैठा रहा···जलजा के हाथों को छूते हुए···वह भी हँस रही होगी। उसके मुँह की ओर देख नहीं पा रहा था···पर उसे देखकर कुकू ने

कहा, "तुम्हारा मामा मूर्ख ही है···अब भी वह सोचता है कि मैं तुम लोगों को गोद में लिये ही घूमती हूँ···मूर्ख।"

उस अंतिम शब्दों में छिपी प्यार की भावना को दरशाने के लिए उसने मेरे सिर पर हाथ रखा और एकदम आश्चर्य से बोल उठी—

"अरे! तुम्हारे तो सारे बाल झड़ गए!"

"तो तुमने क्या सोचा, मैं अभी तक दूध पीता बच्चा हूँ?"

"नहीं, तुम बालों में तेल नहीं लगाते शायद। तेल लगाकर नहाने से तुम नाक-भौं सिकोड़ते थे।"

"तेल लगाता हूँ और तेल लगाकर नहाता भी हूँ, पर समस्या यह नहीं है। समस्या है लंबी यात्राओं की, ट्रैफिक सिग्नल और ट्रैफिक जाम हुआ तो भिखारियों की यों लाइन लगती है कि सबको देने के लिए पैसे नहीं होते। इसीलिए मैं तो अपने मुट्ठी-मुट्ठी भर बाल निकालकर ही उन्हें देता हूँ। बाल झड़ते नहीं, मैं ही निकाल के देता रहता हूँ।"

"यह कहानी तुम जलजा को सुनाओ। बस, दस मिनट में मैं तुम्हारे खाने की व्यवस्था करती हूँ।"

वह अंदर गई। वहीं से वह बातें करती, प्रश्न पूछती रही। बीच में कुछ काटने की, पकने की, तड़के की आवाजें आती रही। गोद में से जलजा भी उठकर रसोई में चली गई।

मैंने बैठे-बैठे घर के चारों ओर नजरें फिरा दीं।

दीवारें पहले से अधिक मैली लग रही थीं। खिड़की के तारों में जंग लग चुकी थी। टेबल और कुरसियाँ भी धूल खाकर काली पड़ गई थीं। टूटी खपरैल से पानी चूकर दीवारों पर दाग पड़े थे। लगता है—गृहप्रवेश के बाद दीवारों पर कभी रंग चढ़ा ही नहीं। लाल सीमेंट के फर्श पर जगह-जगह गड्ढे पड़े थे, जिन्हें फिर सीमेंट से भर दिया गया था। बालों का तेल लगकर काले पड़े तकियों का ढेर। दीवार पर एक आईना और एक कैलेंडर लटक रहा था, जिनके बीच एक कंघी घुसेड़कर रख दी थी। इस कमरे की छत के नीचे कोई आवरण नहीं था।

दृष्टि फेर ली तो देखा कि सिर के ऊपर सस्ती लकड़ियों की छतगीरी बनी थी। ट्रक पर पैकिंग में आए किसी सामान की लकड़ी से ही छत को ढक दिया था।

मुझे बुरा लगा, जी भर आया···उसे और अच्छी जिंदगी प्राप्त होनी चाहिए थी। वह अधिक पढ़ी-लिखी नहीं थी···माँ-बाप के पास भी पैसों का अभाव था। इसीलिए उन्होंने जल्दबाजी की। वह विरोध न कर सकी। मैं भी अपनी ओर से कुछ न कर पाया। दसवीं में पढ़ते हुए क्या करता? शादी रचाकर मानो सब मुक्त हुए।

झट से मन में और एक विचार कौंध गया कि वह फिर भी खुश है। किसी से कोई गिला-शिकायत नहीं और न ही कोई अपेक्षा।

अंदर से उसने बुलाया—"बाबू, आओ।" मोढ़े पर बैठते हुए उसने कहा कि ज्यादा कुछ नहीं बनाया है। "तुम सुबह आते तो कुछ अच्छा बना लेती, पर अब चार बजे हैं। अब कौन सा महाभोजन? पर तुम खाना खाए बगैर आए हो, इस बात का मुझे देखते ही पता चल गया था। थोड़ी और दाल दूँ?"

"जीजाजी ने खाना खाया?"

"तुम्हारे जीजाजी क्या चार बजे तक रुकेंगे? उनका हर विषय में अनुशासन है। सबकुछ उनको सही समय पर चाहिए। तुम्हारे आने से पहले ही वे खाना खाकर चले गए। अब वापस लौटेंगे रात के साढ़े आठ बजे। वो बात रहने दो···तुम्हें पता है, कनक दीदी की लड़की चल बसी···मंदिरवाले तालाब में डूबकर···पता नहीं वह वहाँ क्यों गई थी? गाँव के लोगों का कहना था कि उसके पाँव भारी थे···पर मुझे इन बातों पर विश्वास नहीं। वह ऐसे बुरे कर्म नहीं करेगी। उसकी माँ परसों के दिन आई थी। बहुत रो रही थी बेचारी।"

वह बोलती ही रही। मैंने कुछ बातें सुनीं, तो कुछ हवा हो गईं। 'हूँ-हाँ' करता रहा। कई बार यांत्रिकता से सिर्फ गरदन हिलाता रहा। बहती हवा में उड़ आए पंखों की तरह 'जलजा' नाम मेरे मन में फिर तैर उठा। उसी

नाम से जुड़ा 'पंकजा' नाम याद आया, स्कूल में मास्टरजी जिसका अर्थ बताते थे—'पंक अर्थात् कीचड़'। 'कीचड़ में उपजा' इसलिए 'कमल' को 'पंकज' कहते हैं।

मेरे सामने बैठे उस कमल की ओर मैं देखता रहा। कुकू बोल रही थी। उसके एक शब्द में भी पीड़ा नहीं थी। सारी खबरें गाँव की। किसके यहाँ बच्चा हुआ, कौन मरा, किसकी शादी हुई, किसे नौकरी मिली, कौन बाहर गाँव से आया, ये सारी बातें...

साढ़े पाँच बजे विदा लेने का संकेत देकर उठा और उससे कहा, "कल तुम और जीजाजी बच्चों को लेकर हमारे यहाँ आ जाओ। वहाँ बैठकर ज्यादा बातें करेंगे।"

"अच्छा, देखेंगे," उसने मुसकराते पर अनिश्चितता से सिर हिलाया। किसी वजह से अगर न आ पाई तो बुरा न मानना, इसी अर्थ से उसने कहा, "तुमसे ही दो बातें करने का मन था। तुम आए न? बस, अब वहाँ कभी भी आ सकती हूँ।"

झुककर जूतों के फीते बाँधते हुए वह मुझे देखती रही। पुस्तकों की गठरी लेकर मैं बाहर निकल रहा था। उसने जलजा से कहा, "मामा के लिए वह तेल की बोतल ले आओ।" भानजी भागकर ले आई। गाँव में मिलनेवाली औषधियाँ डालकर बनाया हुआ तेल बोतल में भरा था। 'लूँ या न लूँ' मैं सोच ही रहा था कि भानजी एक प्लास्टिक थैला लेकर आई, और उसमें बोतल डालकर मुझे सौंप दी।

मैं सीढ़ियाँ उतरकर आगे आया। बाग के बाहरवाले रास्ते तक वे मुझे छोड़ने आईं। रास्ते पर एक जगह पर थोड़ा रुककर, 'आता हूँ' कहते हुए मैं चल पड़ा। दस-बारह कदम चलते ही फिर एक बार भानजी को टा-टा करने के लिए घूमकर देखा...वह माँ की साड़ी को पकड़कर उसकी ओर देखते हुए कुछ तो बता रही थी और एक हाथ से मेरी ओर इशारा कर रही थी। उसका निशाना मेरे हाथ की गठरी की ओर था।

झट से मेरे शरीर में बिजली-सी कौंध पड़ी। बच्चों के लिए मैंने पचास

पैसों की चॉकलेट भी नहीं ली थी।

पाँव की उँगलियाँ मानो जड़ें बन गईं…रास्ते का काला तारकोल कीचड़ बन गया…और मैं कदम उठा नहीं पाया…

गोकुलदास प्रभू : कर्नाटक में स्थित इस लेखक का जन्म केरल में हुआ। इन्हें कोंकणी के साथ मलयालम, तमिल, कन्नड़, हिंदी और अंग्रेजी भाषाएँ आती हैं। इनकी 'अंतर आयामी' नामक पुस्तक को वर्ष 1992 में साहित्य अकादेमी पुरस्कार से सम्मानित किया गया और अनुवाद के लिए 'चौकी' नामक पुस्तक को साहित्य अकादेमी पुरस्कार मिला है। ये कई राष्ट्रीय और राज्य पुरस्कारों से सम्मानित हो चुकी हैं।

□

वेलकम टू...

—देवीदास कदम, अनु. : अमृता डिंगे

कारवार स्टैंड से गाड़ी निकली। उसी समय विदा लेनेवाला एक ममता भरा हाथ हिलने लगा...

गाड़ी की रफ्तार बढ़ी और उस हाथ की ताकत कम होने लगी।

एक पल में गाड़ी मुड़ी...बस स्टैंड नजरों से ओझल हो गया।

मैंने जेब से रुमाल निकाला, आँखें पोंछीं और वापस जेब में ठूँस दिया।

फिर खिड़की से दूर-दूर देखने लगा...

"सँभलकर जाना, बेटे! अपने स्वास्थ्य का खयाल रखना। पहुँचने पर चिट्ठी भेजना मत भूलना।"

गाड़ी छूटते वक्त माँ के भारी दिल से बाहर निकले शब्द मेरे हृदय में धँस गए थे, चिपक गए थे। बारी-बारी से वे शब्द मेरे कानों में गूँज रहे थे...मेरा दिल झकझोर रहे थे।

गाड़ी अब तेज दौड़ने लगी थी। वह ऐसे दौड़ रही थी मानो उसने हवा के साथ होड़ लगाई हो। गाँव के बाद, गाँव पीछे छूट रहे थे। कभी पहाड़ों का चक्कर काटते हुए तो कभी जंगल रौंदते हुए, प्रकृति का दुलार नजरों में समाते हुए वह आगे-आगे जा रही थी।

मैंने खिड़की से सिर बाहर निकालकर देखा...प्रकृति ने मानो दसों हाथों से बिखेरे हुए कौतूहल को देखकर मैं फूला न समाया। झरने-नदियाँ, सागर, मैदान, पहाड़, पेड़-पौधे, फूल-फल, कितना विस्मयकारी था सबकुछ! उसमें मैं पूरी तरह खो गया।

"एक्सक्यूज मी!"

एक कोमल आवाज मेरे कानों में गूँजी और मैं हड़बड़ाया···मेरी समझ में आया कि बगल में बैठी हुई लड़की मुझे कुछ बताना चाह रही थी। मैंने उसकी ओर देखा···

लड़की युवा थी। होगी तेईस-चौबीस की। शायद उससे भी कम उम्र की। मन को लुभानेवाले उसके फैशनेबल कद को देखकर उसकी उम्र का अंदाजा लगाना बहुत मुश्किल था।

उसने बालों को बॉबकट किया था। मूलत: गोरी त्वचा जरा फीकी पीली पड़ी थी। फिर भी, नजरों को अच्छी लग रही थी। होंठ चोंच की तरह रँगे थे। धनुष की तरह तराशी भौंहें और दोनों भूरी आँखें नागिन की याद दिला रही थीं। नाक जरा दबी थी, लेकिन कुल मिलाकर उसका गोरा चेहरा बहुत कुछ बता रहा था···उसका यौवन तो उफनकर बह रहा था।

कितना पागल हूँ मैं! यौवन से भरी-पूरी लड़की मुझसे सटकर बैठी है। उसकी गरमाहट लेने के बजाय मैं अगल-बगल झाँक रहा हूँ। सचमुच पगला हूँ मैं।

एक मीठा विचार मुझे थपकी मारकर चला गया।

मैंने सोचा, ऐसी बातें मुझसे कभी नहीं हो सकीं। और उस दिशा में अधिक प्रयास भी मैंने कभी किया नहीं था।

ऐसा भी नहीं था कि मेरे मन में, दिल में भावनाओं का अकाल पड़ा हो। जवानी से लदी हुई गदराई और तराशी हुई लड़कियाँ मेरे मन में जगह पाती थीं। उनकी महक भरी नजदीकियाँ मुझे अच्छी लगती थीं, पर मेरा स्वभाव ही संकोचशील था। पीछे-पीछे रहनेवाला। किसी पर कूदकर कैसे गिरा जाता है, मुझे पता ही न था।

अपने दोस्त के साथ घूमती-फिरती, खिलखिलानेवाली थुलथुल लड़कियाँ देखकर मैं मन में जलता था, विचलित होता था···फिर भीतर-ही-भीतर मैं अपनी भावनाएँ, अपने आवेग जलाता था···और धीरे-धीरे ठंडी राख बन जाता था। 'मैं भला, अपना काम भला' कहकर जी लेता था।

"क्या मैं जरा खिड़की के पास बैठूँ···?"

एक मन को लुभानेवाली आवाज और आँखों में समा लेनेवाली निगाह मुझे घायल कर गई।

"ओ श्योर! बैठो-बैठो!"

मैं उठा।

"थैंक्यू," उसने खिड़की की बगल में सरककर कहा।

मैं उसकी जगह पर बैठ गया।

कुछ देर अखंड चुप्पी। बाद में धीरे-धीरे बादलों की ओट से चमकनेवाले तारों की तरह हमने एक-दूसरे की ओर देखा···वह हलके से मुसकराई। फिर से खाली चुप्पी!

"जरा पैर बाजू में रखोगे? मुझे जरा सूटकेस खोलना है।" मेरी तरफ मधुरता से देखकर उसने पूछा।

"श्योर-श्योर!" कहते हुए मैंने अपना पैर एक तरफ रखा।

उसने खर्र की आवाज के साथ सीट के नीचे से अपना सूटकेस बाहर निकाला। पर्स में से चाभी निकाली और सूटकेस खोल उसमें से एक छोटी किताब बाहर निकाली!···

"थैंक्यू," कहकर उसने किताब खोली।

"इट्स ऑल राइट," मुँह-ही-मुँह में जैसे शब्द चबाते हुए मैं बुदबुदाया।

"क्या नाम है किताब का?"

"लाइफ फॉर एन्जॉयमेंट," ये शब्द मानो मैंने बार-बार मुँह में घोले और निगल दिए। मुझे एहसास हुआ सचमुच जिंदगी मजा करने के लिए होती है। मेरी जिंदगी कभी मजे में गुजरी ही नहीं थी। एक कड़वा विचार मेरे सिर में चुलबुलाया।

बचपन में पिता का साया सिर पर से हट जाने के कारण खेतों-खलिहानों में खून-पसीना एक करने से मुझे छुटकारा नहीं मिला था। माँ-बहन सहित मैंने खेतों में कड़ी मेहनत की है। गाय-बछड़ों के पीछे चरवाहा बनकर जंगल रौंदे और फिर भी पढ़ाई पूरी की। बहन के हाथ में मेहँदी सजाने के लिए मैंने

जो कष्ट भोगे, वह मैं ही जानता हूँ। ताऊ-मामा की मदद लेनी पड़ी थी। उनका पैसा सूद समेत वापस करने का वचन देना पड़ा था। और तो और, उम्र के चौबीस वर्ष बीत जाने पर भी मुझे कोई रोजगार नहीं मिला था।

गाँव में ही कहीं क्लर्की करने के इरादे से मैं कम भटका नहीं था। मर-मरकर हाथ-पैर चलाए, पर सब रेत पर फेंका हुआ पानी साबित हुआ।

अंत में पूना में चाचा के यहाँ जाने के इरादे से निकल पड़ा था। ऐसी कड़ी मेहनत से दग्ध जिंदगी में मजा कहाँ से होगा?

क्या इस लड़की की जिंदगी मजे में गुजरी है? एक बेमतलब सवाल ऐसे ही मेरे दिमाग में उमड़कर चला गया।

मैंने उसकी ओर निगाह फेरी। वह किताब में सिर झुकाकर ऐसे ही पन्ने फड़-फड़ नचा रही थी।

क्या लिखा होगा इस किताब में? जिंदगी कैसे जीनी चाहिए, यह बताया होगा···

"कैन आइ हैव दैट बुक?" मैंने हाथ आगे बढ़ाते हुए कहा।

"श्योर," उसने किताब मेरे हाथों में दे दी।

मैंने किताब खोली और उसपर निगाह फेरी। और···मेरे दिल की धड़कन वहीं रुकी! मैं ठंडा पड़ गया, जैसे भीग गया, दंग रह गया।

सेक्स जीवन पर आधारित किताब यह लड़की यूँ खुलेआम पढ़ती है··· बाप रे! बहुत आगे निकली हुई है ये···। ऐसी किताबें चोरी-छुपे पढ़ने की भी मेरी कभी हिम्मत नहीं हुई और यह सीधे-सीधे···और मैं इसके सामने बिल्कुल बुजदिल हूँ। एक विचार मुझे चिकुटी काट गया।

"इस तरह की किताबें तुम पढ़ती हो?" मेरे मुँह से अपने आप एक प्रश्न निकला···अनजाने में ही···

"पढ़ने के लिए ही तो होती हैं वे!···झूठ तो नहीं होता उनमें···! हर एक को जिंदगी का समग्रता से अध्ययन करना चाहिए। नहीं तो कैसे कह सकते हैं कि उसके व्यक्तित्व का पूरा विकास हुआ है? क्या तुम्हें ऐसा नहीं लगता?"

मेरी आँखों को उसकी निगाह पल भर के लिए आर-पार बींध गई। उस

हमलावर निगाह से मैं उलझन में पड़ गया और मानो मुरझा गया। इतने में गाड़ी मोड़ लेते हुए दाईं तरफ हो ली। पल भर मेरा शारीरिक संतुलन बिगड़ गया और आँधी में जिस तरह कोई केले का पौधा उखड़कर गिर जाता हो उसी तरह मैं उस पर लुढ़क गया।

"सॉरी, हाँ।"

"डोंट वरी, गाड़ी में ऐसा होता ही है! तुमने जान-बूझकर तो नहीं किया यह। और जान-बूझकर किया हो तो भी मुझे बुरा नहीं लगेगा। कौन सी बड़ी बात है उसमें··· ?"

यह सुनकर मैं भौचक्का हो गया। जैसे किसी ने जीभ पकड़ रखी हो, उसी तरह शब्दहीन, निःशब्द···

'लगता है यह उस तरह की लड़की है···' मैंने मन में कहा और एक शहद भरी सुखद लहर मेरे शरीर से उमड़ने लगी। मैंने सोचा—पूना पहुँचने तक इसकी गरमी···अब कहाँ जा रही होगी यह? मेरा विचार चक्र वहीं रुका। दूसरे ही पल मैंने उससे पूछा, "कहाँ जा रही हो तुम?"

"पूना!"

"और तुम?"

"मैं भी पूना ही!"

"ओ! हाउ वंडरफुल। यानी एक बहुत अच्छी कंपनी मिलेगी मुझे···और तुम्हें भी···नहीं?" ऐसा कहकर वह ऐसे हँसी जैसे कोई नदी खलबलाती हुई बहती है।

उसका वह हँसना मुझे गुदगुदा रहा था। फिर मैं भी दिल से हँस पड़ा।

"बहुत खूब हँसती हो तुम! जैसे मोगरे की कलियाँ खिली हों।" पूरी जिंदगी में पहली बार मैं एक लड़की पर प्रशंसा के फूल बिखेर रहा था।

"थैंक्यू," कहकर उसने मेरी तरफ इस तरह देखा जैसे वह मेरा शरीर अपनी प्यासी नजरों से पीना चाहती हो।

"तुम पूना में रहते हो?"

"नहीं, चाचा के यहाँ जा रहा हूँ, नसीब तौलकर देखने के लिए।

बेरोजगार हूँ मैं। उन्होंने ही बुलाया है। कहीं काम पर लगा देने के लिए। बी.कॉम. किया है मैंने। कारवार में बहुत प्रयास किए पर नहीं···। बात बनी नहीं।"

गाड़ी अंकोला स्टैंड पर रुकी।

"दस मिनट गाड़ी रुकेगी," कंडक्टर ने सभी यात्रियों से कहा।

"चलो चलें, हम कुछ लें।" ऐसा कहकर वह नीचे उतरी। उसके पीछे मैं भी उतरा। पास के एक स्टॉल पर पहुँच गए।

"तुम्हें कोल्ड ड्रिंक चलेगा? या कुछ और?"

"चलेगा।"

उसने ऑर्डर दिया और पर्स खोला।

"मैं देता हूँ," मैंने कहा।

"न-न, ऑर्डर मैंने दिया, पैसे मैं ही दूँगी।"

उसने पैसे दिए। ड्रिंक्स खत्म करके हम गाड़ी में चढ़े और अपनी जगह पर बैठ गए। अब हमारे बीच एक दोस्ती की जड़ें जम रही थीं। गाड़ी चल पड़ी। खिड़की से अंदर आनेवाली ठंडी हवा अब हमें छूकर आँख-मिचौली खेलने लगी थी, वैसे ही जैसे प्रेमी अपनी प्रेमिका के गालों को धीरे-धीरे छूता है।

अरबैल घाट शुरू होने पर गाड़ी की गति धीमी हो गई। टेढ़े-मेढ़े मुड़ते हुए वह आगे सरकने लगी।

मैंने खिड़की से ऐसे ही बाहर नजर फेरी। दूर-दूर तक फैली हुई प्रकृति की संपदा मुझे लुभा रही थी, लेकिन घने जंगल में तपस्या करनेवाले ऋषि की तरह दिखनेवाला एक पहाड़ मेरा ध्यान खींच रहा था···अपनी तपस्या भूलकर किसी भी पल वह प्रकृति में पूरी तरह डूब जाएगा, ऐसा मुझे पलभर लगा···

ठीक एक बजे गाड़ी यल्लापुर पहुँची।

"यहाँ गाड़ी खाने के लिए रुकेगी," कंडक्टर ने बताया। यात्री जल्दी-जल्दी उतर गए। एक होटल की तरफ जाने लगे।

हम भी उतरकर होटल में आए।

खाना मामूली ही था।

"पैसे मैं दूँगा, हाँ," मैंने कहा ही था।

झटके से झपटकर उसने मेरा हाथ पकड़कर मुझे रोका, "नहीं-नहीं, मैं तुम्हें पैसे देने दूँगी ही नहीं। मैं ही दूँगी। चाहो तो यह मेरा आग्रह समझो।"

पैसा चुकता कर हम दोनों गाड़ी में आकर बैठे।

गाड़ी स्टैंड से निकल पड़ी। पहिए तेजी से घूमने लगे…गाड़ी हलियाल पहुँची और 'चैंक्याँव' आवाज करते हुए वह रुकी।

"गाड़ी पंक्चर," किसी ने कहा।

"अब पहिया बदलने में बहुत देर लगेगी…" और किसी ने कहा, और वह नीचे उतर गया। उसके बाद और सात-आठ लोग उतरे। यहाँ-वहाँ बिखर गए। कुछ लोग गाड़ी में ही मानो चिपककर बैठे रहे।

"हम भी उतरेंगे, चलो। चलो, कहीं पास में जाकर बैठें। वह देखो, वहाँ उस पत्थर पर जाकर बैठें…" एक आड़े-तिरछे पत्थर की ओर इशारा करते हुए उसने कहा।

दोनों नीचे उतर गए।

"मैं जरा जाकर आता हूँ…" उँगली से इशारा करके मैंने कहा तो वह मुसकरा पड़ी।

वह उस पत्थर पर जाकर बैठ गई और मैं रास्ते की बगल में फैली झाड़ियों के पीछे चला गया

"हमारी इतनी दोस्ती हुई। पर एक-दूसरे के नाम हम नहीं जानते। पता है… ?" मैंने लौट आने पर कहा।

"हाँ…" उसने आँखें फैलाकर कहा।

"मेरा नाम महेश सावंत।"

"और मेरा मृणाल चौधरी।"

फिर हम जोर से हँस पड़े…

"हमारे नाम मैच हो रहे हैं…"

मैंने मृणाल को देखा। उसकी बातों में एक अनाम सूचना खिलखिलाती

हुई मुझे नजर आ रही थी।

"बैठो! खड़े क्यों हो?"

वह एक ओर खिसकी। उसकी बगल में मैं बैठ गया। कुछ पल हम दोनों चुप रहे···

वह क्या सोच रही होगी, भगवान् जाने, लेकिन मेरे मन में सागर उमड़ रहा था···

"तुम्हारा हाथ देखूँ··· ?"

उसने मेरा हाथ अपने हाथ में लिया। उलटा-सीधा किया।

"तुम ज्योतिष पढ़ना जानती हो?"

"ज्योतिष नहीं···तुम्हारे हाथ की मजबूती देख रही हूँ मैं। कसरत करते थे?"

ऐसा कहकर उसने मेरा हाथ धीरे से दबाया···और मुझे देखा···मैं मन में चुलबुलाया···मेरा बदन भी तपने लगा था।

"मेरी जिंदगी ही एक कसरत है···।···मृणाल, एक बात पूछूँ?"

"हाँ, पूछो!"

"मैंने तुम्हें अपने बारे में बताया, लेकिन तुमने मुझे अपने बारे में कुछ नहीं बताया···तुम कौन हो? क्या करती हो? कुछ नहीं बताया···"

"मेरा नाम तुम्हें पता है। एक छोटी कंपनी में मैं टाइपिस्ट कम क्लर्क का काम करती हूँ। मैं मूलतः उत्तर प्रदेश की हूँ। मेरे पिताजी फौज में बड़े ओहदे पर हैं। कुछ साल पहले हम गोवा में थे। मेरा जन्म गोवा में ही हुआ। फिलहाल हम बेंगलुरु में रहते हैं।

"फिर तुम कारवार कैसे पहुँच गई··· ?"

"मैं टूर पर आई थी। हर साल बिना नागा मैं छुट्टी लेकर टूर पर जाती हूँ। नए-नए स्थल देखना···नए दोस्त बनाना, यह मेरा शौक है। कुँवारी होने के कारण मुझपर गृहस्थी का बंधन नहीं है···और सुनते हो··· ?"

"बताओ।"

"किसी भी प्रकार की रोक-टोक के बिना मुक्त जिंदगी जीना मुझे बहुत

पसंद है···और मैं ऐसे ही जीती हूँ···मेरी राय में इनसान पर कोई बंधन नहीं होने चाहिए।"

"सच, मुझे भी ऐसा ही लगता है।"

"चलो, गाड़ी में बैठते हैं हम। लगता है, टायर बदल दिया गया है··· यात्री गाड़ी में चढ़ने लगे हैं···"

हम गाड़ी में अपनी सीटों के पास आ गए।

"इफ यू डोंट माइंड, अब मैं बैठता हूँ खिड़की के पास," मैंने उसकी नजरों से नजरें मिलाकर कहा। मेरी नजर भी पैनी होने लगी थी।

मैं खिड़की के पास बैठ गया।

गाड़ी दौड़ने लगी थी।

"वह देखो, वो देखो···" कहकर खिड़की से बाहर मैं उसको क्या कुछ दिखाने लगा था।

"बहुत अच्छा लगता है, नहीं···?" वह भी झुककर अपने बदन का बोझ मुझपर डालकर बाहर देखने लगी। उसके स्तनों का स्पर्श मुझे अलग ही सुख दे रहा था। मेरे शरीर को खिला रहा था। रोआँ-रोआँ खड़ा कर रहा था···दिल की धड़कन बढ़ा रहा था। मुझे यकीन हो गया था कि यह मुझे सचमुच गरमाहट देगी। मैंने धीरे से मृणाल के पैर से अपना बायाँ पैर घिसा। वह भी चुप नहीं रही। उसने भी वही करना शुरू किया।···हमारा ये घिसना, पैर कुचलना बहुत देर तक चला···अब हम दोनों एक-दूसरे से सटकर बैठे थे। लुक-छिपकर एक-दूसरे को छू रहे थे। यों स्पर्श-सुख का समारोह मना रहे थे। गाड़ी के यात्रियों से अब हमें नफरत होने लगी थी। बाहर दूर-दूर तक फैली प्रकृति की सुंदरता की अब हमें कुछ भी परवाह नहीं थी। फिर भी ऐसे ही हमने बाहर देखा···आसमान ने पर्वत को पूरी तरह गले लगाया था।

"मैं कोल्हापुर उतरूँगी···" बीच में मृणाल ने मुझे बताया।

"ऐं! तुम तो कह रही थी कि तुम पूना जा रही हो···।"

"कल, आज नहीं। तुम्हें पता है, मैं टूर पर हूँ। पहले कोल्हापुर बाद में पूना!···तुम भी उतरो न! दोनों साथ जाएँगे।"

मैं कुछ समझ नहीं पा रहा था! पूरी तरह अनमना-सा हो गया था। मेरा एक मन मृणाल की ओर खिंच रहा था। वह बीच में उतरेगी, यह सोचकर मैं कुछ विचलित-सा हो गया।

खाने पर बैठे आदमी के सामने से भरी थाली खाने से पहले ही खींच ली जाए, वैसा मेरा हाल हुआ था।

"चलो न, क्या सोच रहे हो? कल दोनों पूना जाएँगे।" मैं चुप।

"तुम डरो नहीं। तुम्हारा खर्चा मैं कर लूँगी।"

फिर भी मैं चुप। मेरे दिमाग में विचारों की उथल-पुथल थी।

"देखो, ज्यादा सोचो मत। वो किताब देखी है न 'लाइफ फॉर एंजॉयमेंट', क्या है जिंदगी में? खाया, पिया, त्यागा। भोगा हुआ ही पाया। इस संसार में आदमी जो आज है, कल नहीं।"

"अच्छा, मैं उतरता हूँ, लेकिन कल पूना जरूर जाएँगे, हाँ। वैसे मैंने संदेश नहीं भेजा है कि मैं कल ही पहुँचूँगा।"

"तो फिर ठीक है।"

कोल्हापुर स्टैंड पर गाड़ी रुकी।

हम अपनी अटैचियाँ लेकर नीचे उतरे। बस स्टैंड के ओसरे में आए।

"वेट, हाँ···" कहते हुए मृणाल ने सूटकेस नीचे रखा। पर्स खोला। उसमें से एक मंगलसूत्र निकालकर अपने गले में पहना।

"यह क्या है?"

"ठहरो, बताती हूँ···"

उसने सूटकेस उठाया।

"सुनिए, आप बता सकते हैं, यहाँ लॉजिंग किधर है?" मृणाल ने वहीं खड़े एक सफेदपोश आदमी से पूछा।

"वह देखिए···उधर···वो दिखाई देता है न, वही है लॉजिंग।" नजदीक ही एक लॉजिंग की ओर इशारा करते हुए उस आदमी ने कहा।

"थैंक्यू!···महेश, आओ।"

सामने का रास्ता लाँघकर हम लॉजिंग पर आ पहुँचे।

"एक रूम मिलेगा?" मृणाल ने मैनेजर से पूछा।

"मिलेगा," रजिस्टर बुक खोलकर आगे सरकाकर उसने कहा।

"अपना नाम इधर लिखना···" नाम लिखने की जगह पर उँगली रखते हुए उसने कहा।

मृणाल ने पेन उठा लिया और लिखा—मि. एंड मिसेज महेश सावंत और "यहाँ साइन करो," कहते हुए मुझे पेन थमा दिया।

मैं जरा उलझन में पड़ गया। 'कहीं यह मुझे किसी झंझट में तो नहीं फँसा देगी।' यह विचार मुझे कचोट गया, पर दूसरे ही पल बदन पर से झटकी धूल की तरह उसे मैंने झटक डाला और हस्ताक्षर कर दिए।

"रूम नं. छत्तीस में चलो···" मैनेजर ने मुझसे कहा। रूम बॉय ने कमरा दिखा दिया। हम दोनों रूम में आए।

वॉश किया। दो कप चाय मँगाई।

"क्या तुम जान गए मैंने मंगलसूत्र क्यों पहना है? अब लॉजिंग भरे हुए होते हैं। सोचो, एक ही रूम होता तो किसी एक को ही मिलता···पति-पत्नी हों तो सवाल नहीं उठता···मुझ पर ऐसी कई बार बीती है···इसीलिए मैं ये मंगलसूत्र हमेशा पर्स में रखती हूँ···मैंने तुम्हें नहीं बताया···? मैं मुक्त जीवन जीती हूँ···।"

मैं चुप रहा। आगे कुछ नहीं बोल पाया।

रात का खाना हमने कमरे में ही मँगाया।

"मैं यहाँ नीचे सोता हूँ···" सोने के समय मैंने कहा।

"क्यों? यह बिस्तर तो अच्छा-खासा है। यहाँ दोनों आराम से समाएँगे··· डरते हो क्या? अब औरतें भी नहीं डरतीं। तुम तो मर्द हो।"

उसके इन शब्दों से मेरा पौरुष तनने लगा, उछलने लगा।

मेरी कनपटियाँ गरम हुईं।

"मैं क्यों डरूँगा? ताँबे का बरतन हूँ मैं। टूटेगा थोड़े ही, मिट्टी का होता तो डर था···"

वह समझ नहीं पाई, मैं क्या कह रहा था?

उसने गाऊन पहना। "आओ!" मेरा हाथ पकड़कर खींचते हुए वह बिस्तर पर फैल गई।

रात बढ़ती रही। मेरे दिल की धड़कन बढ़ने लगी।

मृणाल ने लाइट ऑफ की···अँधेरे ने उस कमरे को पूरा घेर लिया···दो बदन तपे-उबले···फिर ठंडे-शांत हो गए।

मैं उस आलिंगन में तुरंत मुक्त हो गया था। मैंने सोचा, मैं कहाँ से निकला था, कहाँ पहुँच गया। कहीं मैं गलत रास्ते पर तो नहीं पहुँचा? नहीं! कभी न पाया हो ऐसा स्वर्गीय सुख···! और फिर मैं मन और शरीर के साथ बार-बार उसी का हुआ।

मुझे पता ही नहीं चला कि चार रातें अपने महक भरे कदमों से कब गुजरीं?

पाँचवें दिन मैंने आँखें खोलीं। बगल में मृणाल नहीं थी। पर वहाँ एक चिट्ठी थी। मैंने वह उठाकर खोली···

मेरे प्यारे महेश,

नमस्कार

मैंने तुम्हें जो कुछ मेरे नाम, शहर, नौकरी के बारे में बताया, वह सब झूठ था। लेकिन अब जो बता रही हूँ, वह बिल्कुल सच है। सुनो।

तुम जानते हो, मैंने तुम्हारे साथ कैसा बर्ताव किया···? ऐसी मुक्त, स्वैर जिंदगी ने मुझे एक भयंकर दान दिया···सबकुछ खत्म कर देनेवाला दान··· और वह दान अब मैंने तुम्हें सुपुर्द किया है।

तुम्हारे जैसे बिलबिलाते बेसब्र युवाओं को मैं वह देती घूमती हूँ। जिस आदमी का अपने आप पर नियंत्रण नहीं, उसके लिए यही सजा है! यही भेंट!

वेलकम टू एड्स! वेलकम टू एड्स, वेलकम टू एड्स!

मैंने चिट्ठी पढ़ी और मुझे पसीना छूटने लगा···मेरी रग-रग ठंडी पड़ गई। जैसे पूरा खून सूख गया हो···माँ के कहे शब्द कानों में गूँजने लगे—'सँभलकर, हाँ बेटे, सँभलकर! स्वास्थ्य का खयाल रखना!'

मेरे हाथों से चिट्ठी फिसल गई···उसे फिर से उठाने की मेरी हिम्मत नहीं हुई···भौचक्का होकर मैं उसे सिर्फ देखता रहा···

देविदास कदम : इनका जन्म कारवार में हुआ। इनकी कुल 15 पुस्तकें प्रकाशित हुई हैं। 'दिका' नामक इनके उपन्यास को वर्ष 2007 में साहित्य अकादेमी पुरस्कार और कला अकादमी पुरस्कार से सम्मानित किया गया और कई राज्य पुरस्कार से सम्मानित हुए हैं।

□

दीर्घायुष्यी

–अनु. : डॉ. जयंती नायक

न जाने पिछले कितने दिनों से यह बरस रही है? टप···टप···धो···धो··· कुल कितने दिन हो गए, यह मालूम नहीं होता। गिनती करती हूँ··· एक···दो···तीन! उसके आगे की गिनती नहीं होती। याददाश्त खो गई है, इसलिए नहीं···हाथ-पैर नाकाम हो गए, पर वह नादान एकदम तंदुरुस्त है। दिनों की गिनती नहीं होती, क्योंकि अब सुबह-सवेरा, दिन-उजाला आँखों को कोई भी फर्क नहीं समझता।

आँखों के आगे एक घना···कभी न खत्म होनेवाला अँधेरा छाया हुआ है। अब सिर्फ टटोलना···अंदाजा···और पेट में भड़की अग्नि, पेट की अँतड़ियाँ जलाने वाली। पहले इस भूख से अंदाजा लगता था, दिन निकला है कि रात···या दोपहर···अब इस भूख का कोई भरोसा नहीं। वह तो दिन में चौबीसों घंटे अपना जबड़ा खोलकर खाने का इंतजार करती है।

लेकिन एक बात तो निश्चित है···यह बारिश बहुत दिनों से गिर रही है। एक सप्ताह, दो सप्ताह, शायद महीना। शुरू के दिन वह थम के बरसती थी। अब लगातार गिर रही है। पहले टप-टप बरसती थी, अब धो-धो गिरती है।

दोनों आँखें फूट गई हैं। कुछ भी दिखाई नहीं देता···मात्र कान अभी भी तेज हैं। कानों पर पड़ी आवाज से ही तो मैं अंदाजा लगाती हूँ, कौन आया··· कौन गया··· ?

बिस्तर के चारों तरफ गीलापन महसूस कर रही हूँ···कूल्हे के नीचे

डाला कपड़ा और फटी-पुरानी चटाई···वह भी गीली हो गई है। सब तरफ ठंडा-ठंडा···गीला-गीला···यह गीलापन न जाने किस जन्म की दुश्मनी निभा रहा है?

अब तो सिर भी गीला होने लगा है···पानी की बूंदें टप-टप छत की खपरैल से नीचे सिर पर टपकती हैं। बिचारे खपरैल···पानी सहेंगे तो कितना सहेंगे? भीग-भीग-भगे और लगे पानी टपकाने···आखिर बने हैं तो मिट्टी के ही।

सिर पूरा पानी से लथपथ हुआ है। सिर पर दो-चार बाल बचे हैं, उनसे बहकर पानी नीचे मुँह की तरफ आने लगा है। अरी···अरी···कोई आ जाओ न, मुझे उठाकर दूसरी सूखी जगह रख दो न। पानी की नदी बह रही है मेरे माथे पर···इस तरह और भीगी तो घिग्घी बँध जाएगी मेरी थोड़ी देर में।

बिस्तर को, शरीर को लपेटे फटी धोती को, पसीने की···मूत्र···विष्ठा की बू आ रही है। न जाने कितने दिन···नहीं···दिन नहीं···महीने हो गए उन्होंने पानी देखा है। अब इस बू की आदत हुई है नाक को।

लेकिन यह गीलापन? यह मैं सह नहीं सकती। पिछवाड़े की इस कूड़ा-करकट फेंकने की कोठरी में मुझे लाकर पटक दिया है। सच पूछें तो पहले बहुत दुःख हुआ मुझे। घर बनाने में···उसकी देखभाल करने में जान लगाई थी मैंने···और आज मुझे इतना बड़ा घर होते हुए भी इस कूड़े-करकट की कोठरी में पटका है।···पर बाद में मैंने अपने मन को समझाया, ठीक है, मेरे शरीर की बदबू वो क्यों सहे? मन को तो समझाया, पर आँसू तो टपक ही गए आँखों से···जबान ने एक भी बुरा शब्द नहीं निकाला।

'अरी···अरी, इस तरह भीगकर मर जाऊँगी न मैं। कोई नहीं है क्या घर में? किसी को मेरी आवाज सुनाई नहीं देती क्या?···घर में तो लोगों की भीड़ मालूम होती है। लोगों का आना-जाना, कई आवाजें···शोर···चिल्लाहट।'

हाँ, पर है क्या आज घर में? क्यों इतनी भीड़? इतनी सारी गाड़ियाँ? कोई शुभ कार्य है क्या? क्या मेरे पुपून···मेरे लाड़ले पड़पोते, नरेश की शादी है? और मुझे किसी ने बताना भी जरूरी नहीं समझा?

लेकिन यह शादी का कोलाहल नहीं लगता है। यकीनन कुछ दूसरा ही हो रहा है। सुबह से मेरा दिल बैठा हुआ है। मेरे कलेजे में एक डर-सा उभरा हुआ है। ऐसा ही डर···ऐसी ही दिल की बेचैनी उस समय में भी हुई थी··· हर बार मेरी कोख उजड़ी तब-तब मेरे अंतर्मन ने इस तरह ही मुझे संकेत दिए थे।

हे भगवान्! कीड़े पड़ें मेरे मुँह में, क्या अशुभ सोच रही हूँ? इस बुढ़ापे में सोच भ्रष्ट हुई है मेरी···हाँ, पर कुछ तो जरूर हुआ है। हे भगवान्! इस घर की रक्षा करना। इस घर को बाहर-भीतर के जिंदा-मृत लोगों की नजरों से, भूत-प्रेत की बुरी छाया से बचाना। अरे ओ पुरखो, अपने वंश-कुल को तारना।

अरी, कोई तो आ जाओ न! बताओ न मुझे, क्या हुआ है घर में? लोग आते हैं···जाते हैं, मेरी जान यहाँ निकल रही है। पतोहू बेटी, तुम तो बताओ··· दत्तू···बोलो न···अरी कैसी दुश्मनी निभा रहे हो तुम लोग? कैसा गुस्सा निकाल रहे हो मेरे ऊपर। तुम्हारा गुस्सा मेरे जिंदा रहने से है न? अरी मर जाएगी यह बुढ़िया, मर जाएगी। मुझे भी जीने की कोई चाह नहीं है, बल्कि इतनी लंबी आयु मैं जी, इसलिए मैं खुद को कोस रही हूँ···पर क्या करूँ? ऊपरवाला मेरी याद ही नहीं करता।

बारिश का जोर और भी बढ़ गया है। अब कुछ स्पष्ट सुनाई नहीं देता। सब कछ अस्पष्ट···अस्पष्ट। अब दिल का धड़कना बढ़ गया है। साथ में गला तेजी से सूख रहा है।

सोचती हूँ, जाकर देख लूँ कि क्या हुआ है, पर यह शरीर बिस्तर पकड़े हुआ है। शरीर का कोई भी अंग हिलता-डुलता नहीं। सिर्फ यह मुँह और कमर का निचला भाग अपना काम करता है। पतोहू कोसती है, गालियों की बौछारें बरसाती है। वैसे देखें तो उसकी भी कोई गलती नहीं। मेरी उम्र के सब दुनिया से चले गए···मेरे पति, मेरे कई बेटे, बेटियाँ भी गईं। मैं ही क्यों इस तरह इतने साल जिंदा रहकर उनको कष्ट दे रही हूँ? उनसे अपनी मूत्र-विष्ठा साफ करवा रही हूँ। क्यों नहीं मैं मर गई अब तक? लगता है, जन्म

लेते वक्त किसी से सौ साल जीने का वर पाया था मैंने।

···वर ? नहीं–नहीं, यह वर नहीं, शाप है यह। अपनी ही कोख उजड़ते देखने की बारी किसी पर आए, यह क्या कोई वर हो सकता है भला ?

यह घर कितना बड़ा है ? घर नहीं, यह तो एक हवेली ही है। एक समय था, वह लोगों से भरी हुई थी। धन–दौलत, ढोर–डंगर···सबकुछ भरा था इस घर में। लगभग पचास जन एक साथ रहते थे घर में। शिवाय बिरादरी, पड़ोस के लोगों का किसी भी वक्त घर में आना–जाना रहता था। आनेवाला छोटा हो या बड़ा, अपना या पराया, कभी कोई खाली पेट नहीं गया। मेरे हाथ का बना एक निवाला तो खिलाए बगैर मैंने जाने नहीं दिया किसी को।

घर की बड़ी बहू यानी मैं जब ब्याहकर घर में आई थी, तब दस साल की थी। सास का पल्लू पकड़कर घर का काम, सब पारिवारिक रस्मों–रिवाज सीखे मैंने। उसके जाने के बाद देवर, ननदों की माँ बनी। कुछ तो मुझसे भी उम्र में बड़े थे, लेकिन सबको प्यार दिया, उनके शादी–ब्याह रचाए।

खुद की कुल मिलाकर बारह जचगियाँ। सब बच्चे जीवित। सात बेटे, पाँच बेटियाँ। कभी सबको साथ लेकर शादी–ब्याह जाने का मौका आया तो देखनेवाले का चेहरा जलन से पीला पड़ता था। इतने बच्चों की माँ, वह भी सब–के–सब जीवित बच्चे। ऐसे भाग शायद किसी को ही मिलते हैं। इसके कारण बिरादरी में मेरा बड़ा ही आदर था। शादी–दोहद हो एवं बच्चे का नामकरण, बड़ी–बुजुर्ग स्त्रियाँ ऐसी रस्मों में मुझे ही आगे बिठाती थीं। मेरे हाथों से शगुन करवाती थीं।

मेरी छाती की चमड़ी सूखकर चिपके हुए ये थन···एक समय ऐसा था कि वे दूध से लहलहाते थे। दिन–रात अमृत निकलता था उनमें से। बच्चे मेरे हैं कि देवर के या ननद के···कभी मैंने फर्क किया ही नहीं। जो आकर थन चूसने लगा, उसे ही अपना बच्चा मानकर दूध की धार छोड़ी मैंने उसके मुँह में।

सब बच्चों की बड़ी माँ···सब काम के लिए बड़ी माँ···

दूध पिलाना हो तो बड़ी माँ···खाना खिलाना हो तो बड़ी माँ···नहलाना हो तो बड़ी माँ, थपकी दे-देकर सुलाना हो तो बड़ी माँ···और तो और, 'छी' साफ करनी हो तो बड़ी माँ···

अब किसको चाहिए यह बड़ी माँ? सब पंछी उड़कर चले गए, अपना-अपना घोंसला बनवाकर, बस पीछे रह गई बड़ी माँ···अपना पुराना घोंसला टटोलती हुई।

उई माँ···यह तो किसी की दहाड़ने की आवाज है···किसी स्त्री की? शायद पतोहू।

हे भगवान्! क्या हुआ उसे? क्यों दहाड़ रही है वह? दिल जोर-जोर से धड़कता है मेरा।

सिर के ऊपर गिरती पानी की धारा ने शरीर को मानो नहलाया है। अब बाहर भी ओल और अंदर भी ओल···और कानों पर तेज गति से पड़नेवाला ध्वनि का प्रवाह।

यकीनन, यह कुशावती नदिया के प्रवाह की ध्वनि है। लगता है, बाढ़ के कारण उसका जोर बढ़ गया है। शायद घर के पिछवाड़े के अहाते तक पानी आया होगा, इसलिए प्रवाह की ध्वनि इतनी जोर से सुनाई देती है।

कितने साल हो गए मुझे नदिया मैया का दर्शन किए हुए। तकरीबन बीस साल से ज्यादा। इस गाँव में मैं और वह, सबसे आयु में बड़ी हैं। वह तो मुझसे भी बड़ी। न जाने कितने साल हो गए इस गाँव में आए हुए? न जाने कितनी पीढ़ियों को उसने नहलाया, धुलाया, पनपाया? आज उसकी स्थिति मेरे जैसी ही है। कोई उसकी तरफ आँख उठाकर देखता तक नहीं। आजकल सब नल का पानी इस्तेमाल करते हैं। मेरा तो शादी के दिन से लेकर उसके साथ नाता जुड़ा है। बरतन माँजना, कपड़े धोना, नहाना; सबकुछ उसकी ही पनघट पर। कितनी ही बारिश हो, कितनी ही ठंडक हो···कभी गरम पानी से नहाई ही नहीं। गरमी में तो जब फुरसत मिले, तब जाकर उसमें डुबकी लगाती थी।

नहाने से याद आया···इस जर्जर शरीर को कितने ही दिनों से पानी से

नहलाया ही नहीं। पूरे शरीर को मानो खुजली लगी है। खुजलाने के लिए हाथ भी ऊपर नहीं उठते। खुजली सह न पाकर जोर से चीखती हूँ मैं। कितनी बार पतोहू से विनती की, कहा, ज्यादा नहीं, सिर्फ दो गड़वा गरम पानी डालो इस शरीर पर, पर वह अनसुनी करती है। उलटे मुझे देखते ही उसका खून उबलने लगता है।

हे भगवान्! क्यों भेजा है तूने मुझे इस दुनिया में? भेजा भी तो, क्यों इतनी लंबी जिंदगी दी? वह भी इस तरह की लाचार˙˙सड़ी हुई।

किस्मत का खेल देखो, कहीं जन्म लिया, कहीं कोई हाथ थामकर लाया˙˙˙और आज किसके पल्ले जी रही हूँ? अरी ये नियति˙˙क्या खेल रचाया यह तुमने?

ममता˙˙˙ममता˙˙ममता˙˙दिल में हर एक के लिए ममता˙˙अपने से बड़े और अपने से छोटों के लिए भी। यहाँ तक तबेले के जानवर और बगीचे के पेड़-पौधे, खेत, खलिहान पर भी जान छिड़की। आयु जितनी बढ़ती गई˙˙ उतनी कलेजे की अंदर की ममता दुगनी होती गई˙˙

और समय ने एकदम पलटी खाई। सबको घिन आने लगी, इस झुर्रियों भरे शरीर से और सब उठकर चले गए, एक-एक करके अपना घोंसला बनवाकर। पीछे रह गई बस, मैं अकेली और तीन जन। वो भी पल-पल धमकी देते रहे मेरी ममता को ठुकराकर जाने की। टटोलती रही, मैं घर की खाली कोठरियाँ पागलों की तरह˙˙अपना दर्द अंदर-ही-अंदर सहती रही। समय गुजरता गया।

बीच में कोख से जने एक-एक के दुनिया छोड़कर जाने की खबरें आती रहीं˙˙हर बार छाती पीट-पीटकर धाड़ें मारीं मैंने। एक दिन ऐसा आया कि पूरी-की-पूरी कोख खाली होकर बाँझ बन गई मैं।

जब-जब कोख उजड़ने की खबर आती˙˙तब-तब थोड़ी-थोड़ी मैं कमर से झुक जाती, आखिरी बार आई तो बिस्तर पर गिरी˙˙आज तक वहीं पड़ी हूँ।

कोख खाली होने की पीड़ा मैं भुगतती रही और पतोहू ताने मारती

रही···अपनी ही औलाद खानेवाली डायन का दर्जा मुझे देती रही।

अरे हाँ, खाने की बात से याद आई···मैं भूख की आग में जल रही हूँ··· कितना समय···नहीं-नहीं, मानो युग गुजर गए हैं···इस पेट में दो निवाले पड़े हुए···बच्चों ने मुड़कर भी नहीं देखा इस तरफ आज। नरेशऽऽ नरेशऽऽऽ, मेरे लाल···बेटा कहाँ है रे तू? कुछ खिलाओ न इस बूढ़ी को···

दत्तू···मेरा पोता, भूलकर भी तेरी तरफ देखता नहीं···वह नाराज है अपने दादा पर···वह नाराजगी मेरे ऊपर निकालता है। उसका कहना है, दादा ने उसके साथ अन्याय किया है। अपनी सारी जायदाद बाकी के बेटों-पोतों में बाँट दी है, उसके लिए सिर्फ एक किराना दुकान, जिसकी कोई अच्छी आमदनी नही है और यह पुराना···हर साल मरम्मत की माँग करनेवाला बड़ा मकान। मुझ बुढ़िया की जिम्मेदारी उसके सिर पर डाली है। उसकी बीवी तो आस-पड़ोस में बताती फिरती है कि मुझ बुढ़िया के लिए वो लोग इस घर में अटक गए हैं। नहीं तो वह भी कब के अपना नया घर बनवाकर वहाँ रहने चले जाते।

असल में बात है कि दादा ने दुकान छोड़ी है, इसलिए उनके पेट में दो कौर जाते हैं, घर छोड़ा है, इसलिए उनके सिर पर छत है···नहीं तो न जाने कहीं दर-दर भीख माँगते फिरते और कहीं पेड़ के नीचे अपना बिस्तर डालते। पोता है एक नंबर का कामचोर। मेहनत नहीं करना चाहता। दिनभर यहाँ-वहाँ गप्प मारता फिरता है और शाम होने के बाद शराबखाने ढूँढ़ता है। और उसकी बीवी···वह तो पति से भी दो कदम आगे। सुबह-शाम पैर-पर-पैर डाले बैठती है, दो-दो दिन तक झाड़ू-पोंछा नहीं करती। एक काम मात्र वह जो करती है, वह है मुझे कोसने का। गालियाँ बकने का।

पोते का निकम्मापन देखकर उसका बाप यानी मेरा बड़ा बेटा, उसका नाम तक छोड़कर अपने दूसरे बेटे के साथ चला गया। दादा भी खुश नहीं थे इसके चाल-चलन पर, लेकिन उसके बीवी-बच्चे भूखे न रहें, इसलिए अपनी किराने की दुकान मरते वक्त उसके नाम कर दी। उसमें थोड़ी भी मेहनत करने की लगन होती तो वह उसी दुकान से रोज पैसों की गठरियाँ घर

लाता। पर नहीं, मेहनत उसे हजम ही नहीं होती।

हाँ, पर भगवान् की कृपा से पड़पोता···इन दोनों का बेटा माँ-बाप से एकदम अलग निकला। बहुत ही होनहार और मेहनती है वह। दिनभर कुछ-न-कुछ करता ही रहता है। कभी बगीचे में पौधे लगाता है। कभी पेंटिंग करता है। किताबें भी बहुत पढ़ता है। शहर में, कॉलेज में पढ़ने जाता है। एकदम अपने पड़दादा पर गया है। उन्होंने भी तो ऐसे ही दिन-रात मेहनत से इतना बड़ा घर-बार बनाया था। उनकी तरह वह भी मुझे प्यार करता है। अब वही मेरी सेवा करता है। मेरी मूत्र-विष्ठा साफ करता है। मुझे खाना खिलाता है। कॉलेज से आकर वह सबसे पहले मुझे ही देखने आता है।

बच्चे को इस तरह तकलीफ देना मुझे कतई पसंद नहीं, पर क्या करूँ? मजबूरी है मेरी। बच्चे का भला हो···जुग-जुग जिए मेरा लाल। भगवान् उसे दुनिया की सारी खुशियाँ दें, उसका घर आबाद हो।

लड़का मेरी सेवा करता है, यह देखकर पतोहू एकदम भड़कती है। उसे डाँटती रहती है। वह कुछ नहीं बोलता। चुपचाप अपना काम करता ही रहता है।

उसकी माँ बोलती है, मुझे ज्यादा खाना नहीं खिलाना, मुझे हगास लग जाएगी। बाद में मेरी विष्ठा साफ करते-करते वह भी बीमार पड़ जाएगा।

सुनकर मुझे हँसी आती है। कैसी हगास? कहाँ की बीमारी? हगास के लिए पेट में कोई दाना तो पड़ना चाहिए। वह मुझे पिलाता है सिर्फ पके चावल का पानी। उसमें एक चावल का दाना हो तो भगवान् की सौगंध। वह पानी पेट में जाता और मूत्र के रूप में पल भर में बहकर निकल जाता है··· पीछे उठती है पेट में आग की ज्वाला।

अरे, पर हाँ···इस समय भी वह अग्नि मुझे जला रही है। उसकी ज्वाला अब सही नहीं जाती मुझसे। कुछ तो चाहिए। पेज···चावल का पानी भी चलेगा।

कहाँ गया बच्चा? कितना समय हुआ, समय या दिन कल से इस तरफ फिरका ही नहीं।

पुट्ठे के नीचे की जगह गीलेपन से भरी हुई है। ऊपर का भाग भी पूरा गीला हुआ है। सब इंद्रियाँ ठंडी पड़ने लगी हैं।

पुपून नरेश, बेटा, कहाँ है रे? आ जाओ न जल्दी। कुछ तो डालो न मेरे पेट में, चावल का पानी तो डालो···नरेश···नरेश···नरेशऽऽ।

कुछ पल समझ में ही नहीं आया, क्या हो रहा है? अचानक सिर पर जोर से कुछ पानी गिरने लगा···ठंडा-ठंडा···पर वह पानी नहीं था। थोड़ा घना था।

माथे से बहकर वह आँखें-नाक पार करके पूरे शरीर पर फैल गया।

उस द्रव्य की धारा से मेरी साँसें अटक गईं।···पर होंठ हिल गए। होंठों पर ठहरा द्रव्य जीभ चाटने लगी।

···और···और यकायक कड़कड़ाती हुई बिजली शरीर पर गिर जाए, वैसा मुझे आभास हुआ। पतोहू के जलते सीसे जैसे शब्द कानों में पड़ गए।

"भर लो, भर लो···तुम्हारे ये पेट का गड्ढा···पी लो यह चावल पानी··· पड़पोते की माता की पेज है, ये पड़ोसियों से लाई हुई है। पी लो···पी लो··· घर के सभी लोगों को खा लिया पहले···अपनी सब संतान को खा लिया, फिर भी तसल्ली नहीं हुई···आखिर मेरे कलेजे के टुकड़े को भी खा लिया।

"···कितनी बार मैंने उसे समझाया, इस डायन की छाया तक से दूर रहो। यह बहुत हैवान है। जो कोई इस पर तरस खाता है···उसको ही यह खा जाती है, पर मेरी एक भी सुनी नहीं बच्चे ने। अब देखो नतीजा! कैसे खड़े-खड़े इस दुनिया से गुम हो गया। न गाड़ी चला रहा था, न घोड़ा। रास्ता लाँघ रहा था पैदल, तो किसी दुश्मन ने कार से उड़ा दिया। आखिरी बात तक न हो सकी मेरे लाल से।

"पी लो, पी लो, डायन! जी भरकर पी लो। यह पीकर भी तुम्हारी आत्मा शांत न हुई तो···हम दो जन अब जो बाकी रहे हैं, उनको भी खा जाओ।"

पतोहू का विलाप मेरे कानों के परदों पर धड़ाम से आकर टकराने लगा, तो दिमाग में कुछ-कुछ उतरने लगा।

"हे भगवान…"

मैं अपनी पूरी ताकत जुटाकर जोर से चिल्लाई…

"अरे ओ ऊपरवाले! यह कैसा है तुम्हारा न्याय?…मेरे किन पापों की तुम यह सजा दे रहे हो मुझेऽऽ?"

डॉ. जयंती नायक : इनका जन्म गोवा के आमाणे-केपें गाँव में हुआ। ये गोवा कोंकणी अकादमी के लोकवेद विभाग में संशोधिका का काम करती हैं। 'अथांग' नामक कहानी-संग्रह को वर्ष 2008 में साहित्य अकादेमी पुरस्कार से सम्मानित किया गया। डॉ. जयंती नायक कोंकणी साहित्य में नाटक लिखनेवाली प्रथम महिला लेखिका हैं। उनके नाटकों को कला अकादमी का दो बार राज्य पुरस्कार मिला है। इनकी अब तक 40 पुस्तकें प्रकाशित हो चुकी हैं।

□

आखिरी महफिल

–गजानन जोग, अनु. : रमिता गुरव

शरत् की वह एक शांत साँझ। एकदम सफेद झीने-झीने बादल। जरा जोर से निश्वास छोड़ें तो उड़ जाएँ इतने हलके-हलके से। मांडवी के किनारे बसी अकादमी की वस्तु, छोटे-छोटे जुगनुओं की तरह हरे-हरे दीयों से सजकर बड़ी सुंदर लग रही थी। सामनेवाले पेड़ों पर चमकते छोटे-छोटे से दीये फिरोजी रंग के फूलों जैसे ही लग रहे थे।

सजावटी पेड़ों और दरबानों की सलामी लेते हुए, किसी सुरीले आलाप की तरह लयबद्ध मोड़ लेकर जब वह सफेद गाड़ी अकादमी के मुख्य दरवाजे के पास धीरे से रुक गई, तब सात बज गए थे। मोतिया रंग की रेशमी साड़ी पहने और दूब के हरे रंगवाली शॉल बाजुओं पर ओढ़े जब बाईजी गाड़ी से उतर गई, तब वहाँ खड़े दस-पंद्रह लोग गाड़ी की तरफ दौड़ पड़े। उनमें पुराने नगराध्यक्ष, अकादमी के सेक्रेटरी अपूबाबा की तरह और कई संगीत के जानकार और कुछ संगीत सीखनेवाले लड़के तथा लड़कियाँ थीं। सभी की नजरें उनके सुंदर रूप पर जम गईं। उन लोगों पर से नजर दौड़ाते हुए बाईजी की आँखें कुछ ढूँढ़ने लगीं। फिर यहाँ-वहाँ खड़े रहकर कार्यक्रम की राह देखनेवाले लोगों पर से होकर आईं। बाईजी के माथे पर बाईं तरफ उभरी छोटी-सी रेखा को देखकर सेक्रेटरी को लगा कि अब बाईजी उस पर गुस्सा करेंगी। बाईजी जैसी महनीय व्यक्ति का जब आगमन होगा, तब उनका स्वागत करने के लिए अकादमी के अध्यक्ष खासतौर पर उपस्थित रहें, यह

सुझाव भी उसने दिया था।

"आइए-आइए, क्या हुआ कि सर को? आज अचानक अर्जेंट काम आ गया?" सेक्रेटरी ने कान तक फैली हँसी के साथ अपना 'काम' शुरू किया, पर बाईजी के चेहरे को देखकर लग रहा था कि उनके गुस्से का पारा चढ़ा हुआ है। आगे और कुछ न कहते हुए उसने बाईजी को मंच के पासवाले ड्रेसिंग रूम के सोफे पर बिठा दिया, "आप ठंडा-गरम कुछ लेंगी?" और दौड़ते-दौड़ते कैंटीन की तरफ चला गया। बाईजी उसे पिछले बीस वर्षों से जानती थीं। इस तरह की नौकरी में एक प्रतिभाशाली व्यक्ति की हुई बरबादी को उन्होंने देखा था। एक तरफ सरकार, दूसरी तरफ कलाकार और तीसरी ओर जनता। इस तरह तीन-तीन मोरचों पर ऐसे व्यक्ति को लड़ना पड़ता है, यह उन्हें अच्छी तरह से पता था। कला के सान्निध्य में रहकर, कला के लिए अपनी जिंदगी बिताने के बजाय यों क्लर्की करते रहने की सजा कितने ही लोगों के नसीब में होती है···! नहीं, इन लोगों पर कुछ लिखना चाहिए··· बाईजी ने मन-ही-मन निश्चय किया। दूसरे ही पल उन्हें लगा, क्या पता, जितना कुछ सोच रखा है, उसमें से कितना हाथ से बन पाएगा? समग्र दृष्टि से संगीत के बारे में अपने विचार व्यक्त करने थे, किराणा घराने की चीजों पर शोध-कार्य अभी भी बीच में ही रुका पड़ा था।···अनुदान लेकर भी जिन पर काम नहीं हो पाया था, ऐसे दो प्रोजेक्ट्स, ऐसे ही पड़े हुए थे···किसे पता कब हो, कैसे हो···कहाँ गया वह जवानी का जोश···?

बाईजी अपनी साँस पर ध्यान केंद्रित करते हुए उसे शांत करने की कोशिश में लगी थीं, पर उन्हें लग रहा था कि साँस कम पड़ रही है। जरा दम फूलने भी लग गया है, भला ऐसा क्यों हो रहा है? ऐसी भी क्या उम्र हो गई है मेरी? रिटायर हुए अभी छह महीने तक नहीं हुए थे। अभी तक मन ने जिस बात को पूरी तरह स्वीकार नहीं किया था, उसे झटकते हुए उन्होंने मारवा के स्वर गुनगुनाने शुरू किए, पर कुछ ही क्षणों में उनके कान कुछ और सुनने की स्थिति में नहीं रह सके। मारवे के स्वर गले में ही अटककर रह गए।

"इतना तो करना स्वामी, जब प्राण तन से निकलें···ऽऽ"

किसी अनजान लड़की की आवाज में यह मशहूर भजन उनके कानों में पड़ा और उन्हें लगा जैसे उनकी अपनी आवाज ही चली गई है। वह भैरवी नहीं थी, पर स्वरों की आर्तता और उनकी शुद्धता की सुंदरता बाईजी के हृदय में भैरवी के भाव निर्माण कर गई। तबले पर सामान्य आठ मात्राओं का भजनी ताल बज रहा था। साथ कौन कर रहा है भला? भारी हाथों का होगा कोई··· या फिर हो सकता है, निशाद खाँ होगा···ठेका शब्दों की बैठक के साथ इस तरह घुल-मिल जाता था कि बाईजी को लगा वह तानपूरा, वह ठेका और वह आवाज सब मानो कोई एक ही व्यक्ति बजाते हुए गा रहा हो और वह वहाँ कहीं भी न हो। एक अनामिक लगाव के चलते बाईजी आँखें मूँदकर सुनती रहीं।

जब तालियों की गड़गड़ाहट हुई, तब वे होश में आईं। कुछ ही क्षणों में अनाउंसमेंट हो गई।

"अब तक आप लोग जिनका बड़ी बेसब्री से इंतजार कर रहे थे, वे, गोवा की संगीत रत्न डॉ. माणिक नागेशकारजी का गायन अब जल्दी ही शुरू होनेवाला है···उन्होंने संगीत की प्रारंभिक शिक्षा नागेशी में···उनकी माताजी स्वर्गीय··· ।" गेंदे के फूलों से सजाई हुई बैठक। अपने दोनों ओर साथीदारों को और पीछे की तरफ तानपूरा वादकों को लिये बीच में सजी हुई वेदी पर बाईजी आज तक बड़े अभिमान से आसन जमाती आई थीं, पर आज आसन ग्रहण करते हुए हृदय में सूई की चुभन-सी महसूस हुई और क्षण भर के लिए फिर से उसी अस्वस्थता का उन्हें एहसास हुआ।

अपनी रोजमर्रा की आदत के अनुसार कलाई में बाँधी घड़ी निकालकर उन्होंने, सहजता से समय दिखाई पड़े, इस तरह रखा। कितने बज गए हैं, पर घड़ी के काँटों की जगह उन्हें हाथ पर की झुर्रियाँ ही दिखाई दीं। ये झुर्रियाँ कब पड़ीं?

हारमोनियम पर कोल्हापुरे होगा, यह वे जानती थीं। कोल्हापुरे की पत्नी ने खास फोन करके बड़े विनीत स्वर में कहा था, "जरा ध्यान रखिएगा, गोवा में वे जरा ज्यादा ही लेते हैं। आप तो जानती हैं।"

"ठीक है। तुम चिंता मत करना। मैं देख लूँगी उसे।" बाईजी ने कहा था।

कोल्हापुरे को अभिवादन करते हुए उन्हें वह बात याद आ गई। झुककर प्रणाम करता हुआ कोल्हापुरे कुछ बेहया-सा लगा। "नमस्कार बाईजी हँ··· हँ···हँ···हँ···" बाईजी ने तीखी नजरों से उसकी ओर देखा, तब जरा सँभलते हुए वह फिर से हँसने लगा और बाएँ कान को हाथ लगाते हुए उसने माफी माँगने जैसी कुछ हरकत की। अब तो वह बच्चा नहीं रहा। पचास साल का तो होगा ही···अभी भी इसकी नजर सुधरी नहीं है। इसे न जगह, न समय का कुछ लिहाज है, न ही छोटे-बड़े या मान-मर्यादा का···। अब वह अपने कान में रखे इत्र के फाहे को उँगली से टटोलकर सुगंध लेने में मग्न हो गया था··· शीऽ···सत्यानाश करके रख दिया इसने मेरे मूड का···पहले ही दिमाग ठिकाने पर नहीं था···गरदन झटकते हुए उन्होंने दूसरी ओर देखा।

"सलाम बाईजी, सलाम," निशाद खाँ ने गरदन झुकाकर दाएँ हाथ की उँगलियाँ मस्तक की ओर ले जाते हुए सलाम किया।

"एक अरसे के बाद आपसे मुलाकात हो रही है।" उसने याद दिलाया। सच! बहुत सालों के बाद उससे मिलना हुआ था आज। पाँच साल तो हो ही गए होंगे। सवाई गंधर्व संगीत समारोह में मिला था क्या? उसे देखते ही बाईजी को एक बार फिर नाना की याद आ गई। वैसे देखा जाए तो कल जब हवाई अड्डे पर वे उतरी थीं, तभी से नाना याद आ रहा था···पर उसे मुझसे आकर मिलने की फुरसत कहाँ है? लगता है कि आज की महफिल में भी वह नहीं आया होगा। लंबा-चौड़ा, साँवला, घुँघराले, बिखरे बालोंवाला नाना! जब वह छोटा था, जवान था, तभी से ऐसा ही दिखता था। जब तबला हाथ में लिये बैठता था, तब उसकी आँखों में मग्नता और मस्ती की जुगलबंदी देखने लायक होती। पखवाज पर आघात करते हुए 'धांग-धांग किट धांग' करके जबरदस्त बजानेवाला हाथ तबले पर जरूरत पड़ने पर बड़ा ही नाजुक बन जाता, मानो किसी हिरन की पीठ सहला रहा हो। बाईजी के पूरे शरीर में सरसराहट फैल गई···यादों को अगर ढूँढ़ने जाएँ···

प्रकाश फैलने लगा और उसके पीछे-पीछे आवाज आई, "रसिक

सुननेवालो, अब मैं माननीय डॉ. माणिकबाई उर्फ बाईजी नागेशकारजी का फिर एक बार हार्दिक स्वागत करता हूँ और इस महफिल के सूत्र अपने कलाकार हाथों में लेकर सभी रसिक सुननेवालों के कान तृप्त करने की उनसे प्रार्थना करता हूँ।"

तालियों की गड़गड़ाहट हुई। मलमल का परदा धीरे-धीरे खुलने लगा और काले बादलों के छँटकर चंद्रमा निकल आने के पश्चात् शीतल चाँदनी जिस तरह फैलने लगती है, वैसे ही उस सुंदर मंच पर प्रकाश फैल गया। फिर से तालियों की गड़गड़ाहट हुई। बाईजी ने नम्रता से नमस्कार किया। सभागार में अचानक चुप्पी छा गई। अब वह सुरों के संसार में कदम रखने के लिए अति आवश्यक मौन धारण किए, कानों में प्राण लाकर बैठा था।

तानपूरे षड्ज मध्यम में बजने लगे। बाईजी ने नाजुकता से खँखारते हुए गला साफ करने की चेष्टा की और षड्ज लगाया। गरदन हिलाकर न कहते हुए बाईजी ने तानपूरा अपने पास माँग लिया। बायाँ हाथ हलके से तानपूरे की खूँटी पर पहुँचाते हुए आँखें मूँदकर, सिर आगे झुकाकर कान लगाते हुए और उँगलियाँ तारों पर हलके से घुमाते हुए उन्होंने स्वर लगा लिया। उसके बाद तार के नीचे के मनके जरा सा हिलाते हुए स्वर और अच्छी तरह से लगा दिया और जवारी लगाते हुए तान छेड़ दी। जान-पहचानवाली, कान तृप्त कर देनेवाली झनकार अभी सुनाई दे ही रही थी कि झन्न-सी आवाज करते हुए वह तार खूँटी से टूट गया और प्रकाश में चमकते हुए जमीन पर आ गिरा। शगुन-अपशगुन पर अधिक विश्वास न होने पर भी बाईजी का ध्यान भंग हो ही गया।

जल्दी ही दूसरा तानपूरा आया। स्वर मिलाए जाने लगे। पहले स्वर में मिलाया हुआ तबला निशाद खाँ खट्-खट् करते हुए थाप मारकर और पंजे से दबाकर सही सुर में लगाने लगा। फिर उसने एक भारी हाथ कलसी पर मार दिया और डग्गे की घूऽम उँगलियों से जाँचकर देखते हुए बाईजी की ओर अपेक्षा से देखा। बाईजी ने मुसकराते हुए, 'ठीक है' इस अर्थ का इशारा किया। हारमोनियम पर बैठे कोल्हापुरे ने अब खुला साऽ लगा दिया

और बाईजी की ओर देखा। उसकी ओर देखे बिना 'ठीक है', कहते हुए पीछे मुड़कर तानपूरे बजानेवाली लड़कियों को धीमी आवाज में उन्होंने कुछ सूचनाएँ दीं।

तत्पश्चात् एक बार फिर लोगों को प्रणाम करके आँखें मूँदकर बाईजी ने षड्ज लगाया। प्रारंभ का ॐ आनंद हरि नारायण यह स्मरण करते समय फिर एक बार गला खँखारते हुए आज की साथ सही नहीं है, इसका एहसास बाईजी को हुए बिना नहीं रहा। उनके किराणा घराने का यमन एकदम हुक्मी इक्का था और बाईजी ने तो पूरे दो साल यमन की सेवा की थी। आगे चलकर 'यमन' का रियाज उनके लिए हमेशा सहायक सिद्ध हुआ था। उनके रोम-रोम में यमन इस तरह बसा था, जैसे केवड़े में सुगंध।

पर आज कुछ अलग ही घट रहा था। सुर मानो महकना ही भूल गए थे और यादों की भीड़ मन में भर उठने के कारण सुर दूर-दूर दौड़ने लग गए थे। आदत के चलते बाईजी यमन गाती रहीं। क्लास में जैसे लेक्चर दिया जाता है, वैसे। बार-बार चाय पीकर, दवाई की गुटिका खाकर भी गले ने तंग करना बंद नहीं किया। ऊपर से आज निशाद खाँ एकदम मूड में आ गया था और आक्रामक बजा रहा था। यह बात साफ थी कि निशाद खाँ का मूड में आने का मतलब था, वह महफिल को जीतकर ही छोड़नेवाला है और हुआ भी वही। कायदे, पलटें, परण एक के बाद एक उसके हाथों से निकलने लगे। गायकों को उलझानेवाली भुलावेवाली सम निशाद खाँ दिखा रहा था। ऐसी दो भुलावेवाली समों के समय बाईजी चूक गईं। दोनों बार स्पष्ट दिख सके, ऐसे उसने सम दिखाई और लोगों से तालियाँ प्राप्त कीं। तबला-वादन के लिए लहरा, ऐसा बाईजी के यमन का जब विचित्र रूप हुआ। तब उन्होंने उसे समेट लिया और तानपूरे लगाने का बहाना करके आठ-दस मिनटों के लिए आराम किया। उसके बाद गरमागरम चाय पीकर बाईजी ने सदाबहार हंसध्वनि राग में छोटा खयाल गाने का निर्णय लिया। पाँच मिनट के लिए लगा कि अब गाने में रंग भरेगा, लेकिन फिर से गले ने धोखा दे दिया। बीच में दो मिनट के लिए बिजली चली गई। अब उनका मन स्थिर नहीं रह सका। सिर्फ

चालीस-पैंतालीस सालों का अनुभव साथ होने के बल पर वे गाती रहीं। यादों का सिलसिला जारी रहा।

किराणा घराने के महान् गायकों में से पहले-दो-तीन लोगों में उनका नाम लिया जाता था। संगीत समीक्षक के रूप में उनका लोहा मान लिया जाता था। रिटायर होने से पहले एक विख्यात संगीत विश्वविद्यालय की वे उप-कुलपति थीं और उनके द्वारा लिखित संगीत से संबंधित किताबें कुछ महाविद्यालयों ने पाठ्य-पुस्तकों के रूप में अपनाई थीं। उनकी कुछ चीजें काफी लोकप्रिय हो गई थीं। एक बात सही थी कि यमन, मारुबिहाग, कलावती और हंसध्वनि मिलाकर दो और ठुमरी, दादरा, कजरी, भजन के दो, कुल मिलाकर उनके चार ही एल.पी. लोकप्रिय हुए थे। उसके बाद अध्यापन, संशोधन और व्याख्यानों के त्रिकूट में वे बँधकर रह गईं। इसी से जिम्मेदारी इतनी बढ़ने लगी कि संगीत समारोहों के बदले सेमिनार और रियाज के बदले संगीत के प्रयोग करने पड़ने लगे। संगीत महफिलों में उनकी उपस्थिति कम होती गई। रिटायर होने के बाद तो लोग उन्हें भूल ही गए थे। इस साल मुंबई छोड़कर गाने के लिए बाहर जाने का उनका यह पहला ही मौका था। जब अकादमी का निमंत्रण आया, तब छोटे बच्चे की तरह वे खुशी से झूम उठी थीं।

रिटायरमेंट जैसे-जैसे पास आता गया, वैसे-वैसे गोवा की याद उन्हें अधिकाधिक आने लगी थी। नॉस्टोल्जिया से पीड़ित होकर वे रात-रात जागते हुए काट देतीं। इतना अकेलापन उन्होंने कभी भी महसूस नहीं किया था। सबकुछ छोड़-छाड़कर गोवा में जाकर रहने का विचार मन में आता और जिंदगी की नींव ही मानो हिल गई है, ऐसा लगने लगता। ऐसे समय में, अकादमी का मानो मैके आने का निमंत्रण उन्हें सोने पे सुहाग लगा था। आने-जाने का हवाई जहाज का खर्चा, मोटा लिफाफा और जिस तरह बेटी का मैके में होता है, वैसा ही लाड़-प्यार!

पर इस सबसे अधिक, एक और अंदरूनी वजह थी, जिसके लिए वे इतनी खुश हो गई थीं। अपने मन में भी इस वजह को मानने के लिए बाईजी

तैयार नहीं थीं, लेकिन फिर खुद-ही-खुद के सामने एकदम खुलेपन से उन्होंने उस वजह को मान लिया। बहुत सालों तक मन के किसी गहरे कोने में अदृश्य हुई गाने की धुन तड़के याद आ जाए और धीरे-धीरे वह पूरा गाना बारीक-बारीक हरकतों और मुर्कियों सहित वैसे-का-वैसा होंठों पर खिलने लगे, वैसा ही कुछ यह सब हो गया था...

लंबी अनवरत तानें खत्म होने से पहले ही उनकी साँस खत्म होने लगी। कुछ हरकतें एकदम सपाट होकर रह गईं। कुछ जगहों पर स्वर इतना चढ़ा हुआ लगने लगा कि बेसुरा होने के कारण कान को हाथ लगाकर उन्होंने मन-ही-मन अपने गुरुजी से माफी माँग ली। हंसध्वनि समाप्त करते हुए पहली बार उन्होंने बोलने के लिए तानपूरे बंद कर देने का इशारा किया।

"रसिक सुननेवालों से मैं क्षमा चाहती हूँ। आज आवाज ने साथ नहीं दिया। अब एक ठुमरी पेश कर रही हूँ और फिर मीरा के भजन के साथ खत्म करती हूँ। फिर एक बार माफी चाहती हूँ।"

यह कहकर 'आऽऽ' करने से पहले ही सुननेवालों में से कोई जोर से चिल्ला उठा—

"भैरवी, भैरवी।"

बाईजी का गोरा-गोरा चेहरा शर्म से लाल पड़ा और इतना सा होकर रह गया। उन्होंने घड़ी पर नजर डाली। सिर्फ सवा घंटा ही हुआ था। मन-ही-मन उन्होंने कहा, "नागेशा, ये क्या हो रहा है आज...भगवन्..."

महफिल की अगली पंक्ति में ही नाना बैठा हुआ था।

'भैरवी-भैरवी' ये कर्कश शब्द जैसे ही उसके कानों में पड़े तो पहले से ही उकताया हुआ नाना एकदम बेजार हो गया और सीधा उठकर बाहर चला गया। तेज-तर्रार कदम उठाता हुआ, वह समंदर के किनारे पर चलता रहा। उसे सब पर गुस्सा आ रहा था। साथीदार की भूमिका को भूलकर गायक को परास्त करने पर तुले हुए निशाद खाँ के मुँह पर एक जोरदार तमाचा मारने को उसका मन कर रहा था। माणिक और उसका ये गाना? महफिल प्रारंभ होने से पहले तरह-तरह की मिश्र भावनाओं से नाना का हृदय भर आया था। बचपन

से लेकर अठारह साल तक उन दोनों के बीच एक अलग ही किस्म का जाना-पहचाना सा रिश्ता बन गया था। मन के बाग में माणिक जो घर बनाकर गई, वह कयामत तक के लिए था। नाना को लगा, इतना सब होकर भी, अभी तक माणिक दिल से क्यों नहीं निकल पाई ?

···उन दोनों में बड़ी नजदीकी हो गई थी। गाँव में चर्चा होने लगी थी, इसलिए माणिक को उसकी माँ ने मुंबई में अपनी बहन के पास भेज दिया था। तब माणिक के मन में उसी की मूरत बसी थी। नाना को लगा, फिर वही माणिक आगे चलकर इतनी कैसे बदल गई ?

नाना को वह प्रसंग एकदम साफ याद है···साल सहित, कपड़ों के रंगों और माणिक के सेंट सहित, वैसे-का-वैसा···। तीन दिनों के जलसे के लिए नाना मुख्य साथीदार के रूप में मुंबई गया था। इसके अलावा पखवाज-मृदंग जुगलबंदी, तबला सोलो जैसे बहुत से कार्यक्रम रखे थे। ऐसा होते हुए भी तबला और पखवाज के लिए पहला मान उस समय नाना को ही मिलता था। पैसों की बरसात तो हो ही रही थी, लोग भी नाना का तबला सुनने दौड़े-दौड़े चले आते थे। पूरे भारत में महफिलें मशहूर हो रही थीं और लड़कियाँ, ज्यादातर युवा गायिकाएँ नाना पर अपने प्राण तक न्योछावर करने के लिए तैयार थीं।

चोटी पर पहुँचा हुआ नाना अपनी ही मस्ती में रहता था। जब तीन दिनों की महफिल खत्म हुई, तब माणिक उसे खाने पर बुलाने के लिए आ गई। माणिक भी उस समय काफी मशहूर थी, पर महफिल का हीरो बन गया था नाना। माणिक भी उसकी तैयारी और आत्मविश्वास को देखकर दंग रह गई थी।

चौपाटी पर घूमते हुए बड़े आत्मविश्वास के साथ नाना ने माणिक का हाथ अपने हाथ में लेते हुए कहा—

"माणिक, अब हम शादी करेंगे।"

तब माणिक ने जल्दी-जल्दी अपना हाथ छुड़ाते हुए बेझिझक कहा था—

"नानू, वह अब संभव नहीं है। नागेशी-बांदोड़ावाली मैं और आज की

मैं—दोनों में बहुत फर्क है।"

"हाँ, तब तुम कली थी, अब फूल बन गई हो।" नाना ने कहा। अभी भी वह अपनी ही मस्ती में था।

"नानू, तुम मुझे भूल जाओ। मुझे पढ़ना है। मैं कॉलेज कर रही हूँ, गाना सीख रही हूँ, लिखती हूँ। मुझे कॅरियर बनाना है।"

"ये सब शादी के बाद भी किया जा सकता है।" अब नाना आहत हो गया था, पर बाहर कुछ न दिखाते हुए उसने कहा।

"यह नहीं हो सकता। मुझे शादी ही नहीं चाहिए। मुझे बड़ा बनना है। माँ का नाम नहीं हो सका, लेकिन मेरा होनेवाला है। अपना नाम मशहूर करनेवाली हूँ मैं। वही मुझे करना है। शादी का सवाल यहाँ खड़ा ही नहीं होता।"

"और मैं क्या ? मेरा सवाल नहीं है ?" अब नाना भी जिद पर उतर आया था।

"वह तुम्हारा सवाल है! मुझे दुःख है, पर मैं तुम्हारा सवाल लेकर बैठ नहीं सकती!" माणिक ने सीधे कहकर उसे तोड़कर रख दिया।

"ठीक है, अगर हो सके तो मिलेंगे, फिर कभी!" यह कहते हुए नाना वहाँ से उठ गया।

"नानू, मुझे घर छोड़ दो···नानू···इतना तेज मत जाओ!"

चौपाटी के सामने फैले समंदर को देखती माणिक वहीं रह गई। वह नानू को दुःखी करना नहीं चाहती थी, पर मामला साफ करना भी जरूरी था। सामने फैले गहरे समंदर की तरह सब कुछ अपने भीतर समा सकनेवाला दिल नाना को भी प्राप्त हो, यह कामना करते हुए वह घर वापस आ गई। तेज कदम उठाते हुए गया नाना भी अपने भीतर उफनता हुआ दरिया लेकर ही गोवा पहुँचा था।

माणिक का इनकार साथ लिये गोवा पहुँचा हुआ नाना, एक अलग ही नाना था। जिंदगी की पहली चाह थी, 'माणिक', फिर नौवें-दसवें साल में तबले से प्यार हो गया और पंद्रह सालों के अंदर नाना लय-सम्राट् के रूप में मशहूर होने लगा।

पच्चीस साल का नाना लय के साथ खेलने लगा और लय से संबंधित उसके एक-एक चमत्कार देखकर अच्छे-अच्छे बुजुर्ग उसे दूसरे 'खाप्रुमाम' (गोवा के अप्रतिम तबलावादक) के रूप में पहचानने लगे। संगीत की ताल-शाखा की चोटी पर नाना अभी पहुँचने ही वाला था कि तभी माणिक ने अपनी ओर से उसे साफ इनकार कर दिया। नाना के पैरों तले की जमीन ही मानो हिल-सी गई। वह टूट चुका था। ऐसा लग रहा था, जैसे किसी ने उसके जीवन की जड़ों को ही उखाड़ कर रख दिया हो। माणिक और तबले के बगैर वह जिंदा नहीं रह सकता था। यह स्पष्ट था कि उसे माणिक मिलनेवाली नहीं थी। तबला उठाकर बाहर फेंकने के लिए उसका मन कर रहा था। तबले पर उँगलियाँ चलाते समय माणिक की याद आना स्वाभाविक था। नाना ने धीरे-धीरे गोवा के बाहर महफिलों में जाना बंद कर दिया। अकादमी ने बड़े सम्मान से बुलाकर नाना को तबला विभाग का प्रमुख बना दिया, पर नाना ने साल भर में ही अकादमी को छोड़ दिया। महीने की अच्छी मोटी पगार के लिए साल भर नाना को जिन-जिन बातों को करना पड़ा, वे उसने अपने पूरे जीवन में कभी भी नहीं की थीं। स्कूल में की पढ़ाई की तरह कला सिखाने की पद्धति उसे पसंद न थी। एक दिन उसने सीधे इस्तीफा भिजवा दिया और नाना के सनकी कार्यभार से उकता गए पदाधिकारियों ने अपने आप मानो बला टल गई, यह सोचकर राहत की साँस ली।

इस समय के दौरान माणिक के साथ उसका कोई संबंध नहीं रह सका, लेकिन माणिक की उन्नति के बारे में वह हमेशा जानकारी रखता। नाना यह मानकर चला था कि माणिक के रूप के कारण ही उसकी महफिलें मशहूर हो जाती थीं और इस बात में थोड़ा-बहुत तथ्य भी था। मौखिक शास्त्रीय संगीत के लिए जिन बुनियादी बातों की आवश्यकता होती है, उनमें आवाज, लय-ताल की सूक्ष्म समझ और उच्च दरजे की प्रशा का सर्वप्रथम समावेश हो जाता है। माणिक की आवाज पहले से ही मीठी थी और भावगीत, उपशास्त्रीय ढंग के गानों के लिए एकदम सही थी। लय-ताल से संबंधित उसकी उलझन को देख नाना हमेशा हँस देता। तबला हाथ में लेते ही नाना को माणिक की

उन असंख्य उलझनों को याद करके हँसी आ जाती, लेकिन जब संगीत क्षेत्र में माणिक ने लेक्चरर, प्रोफेसर के रूप में एक-एक कदम आगे बढ़ाना शुरू किया, तब नाना सचमुच हैरान हो गया था। यह माणिक अलग थी। पाँचवीं तक पढ़े नाना को माणिक की किताबें पढ़कर कुछ भी समझ में नहीं आता था। संगीत पर भी लिखा जा सकता है, इस बात से नाना अनभिज्ञ था। तबला बजाना, गाना गाना और सितार छेड़ना, इतना ही उसे पता था। इस सब पर लेक्चर भी देने होते हैं, यह नाना को क्या पता ?

आगे चलकर माणिक को पद्मश्री प्राप्त हुई, संगीत महाविद्यालय में रीडरशिप मिली। गोवा में उसके संगीत से संबंधित कुछ प्रयोग भी हुए। हर बार समय निकालकर वह खासकर नाना से मिलने आती। पर···वह माणिक अलग ही थी। हर बार अलग दिखती। उसका बाहरी रूप दिन-ब-दिन अधिकाधिक सुंदर होता जा रहा था, पर अंदर से माणिक बदलती जा रही थी। आगे चलकर उसने जर्मनी और अमेरिका में कार्यक्रम किए। साल-डेढ़ साल में उसकी कम-से-कम एक किताब आती रहती। उसके गानों के कुछ रिकॉर्ड बहुत लोकप्रिय हुए, पर आगे और नहीं आए। नाना ने गोवा में उसकी चार महफिलें सुनी थीं और आज की तरह हर बार वह उखा गया था। नाना को लगने लगा कि माणिक गाने के पीछे न दौड़कर नाम कमाने के पीछे ज्यादा दौड़ रही है। माणिक एक फिल्म को संगीत देनेवाली है, यह बात जब चारों ओर फैल गई, तब नाना खुद को रोक नहीं सका और उसने माणिक को पत्र लिख दिया। 'हजार जगह मुँह मारने की जगह किसी एक ही बात का चुनाव करो और उसे ही अपना जीवन समर्पित करो,' ऐसी एक ही पंक्ति उसने लिख दी।

कुछ दिनों के बाद नाना को एक ऐसा ही एक ही पंक्तिवाला पत्र मिला। 'अपने पैरों तले क्या जल रहा है, यह इनसान पहले देखे'। उस एक ही पंक्ति के पत्र ने नाना को झकझोर डाला। माणिक ने जो कहा था, वह सच ही तो था। क्या कर रहा था नाना ? बस, अपने लिए रियाज करता और कभी मन में आए तो हारमोनियम पर हाथ चलाता। आवाज थी, इसलिए आऽऽ करना, इतना ही वह कभी-कभी कर लेता।

माणिक के पत्र को पढ़कर नाना का बिखरा हुआ मन एकदम ठिकाने पर आ गया। मन-ही-मन उसने अपनी गलती स्वीकार की और दूसरे ही दिन से बड़ी निष्ठा से अपने ढंग से संगीत-सेवा करनी शुरू की। गाँव के बच्चों को उसने भजन सिखाना शुरू किया। कुल पाँच सालों के अंदर नाना ने गाँव-गाँव में अच्छे बजानेवाले तैयार किए, भजन-मंडलियाँ तैयार कीं और वह गायन की प्रारंभिक शिक्षा भी देने लगा। माता-पिता के देहांत के बाद नाना एकदम अकेला हो गया। कुरता-पाजामा पहने, नाटा सा, भारी कद-काठीवाला नाना गाँव-गाँव के लोगों के बीच एकदम घुल-मिल गया। कभी-कभार आठ-दस दिनों में नाना बांदोड़ा पहुँचता वरना वह जिस गाँव पहुँचता, वही उसका गाँव, जिस घर पहुँचता, वही उसका घर! नाना को 'मास्टर बुवा' के नाम से गोवा भर के लोग जानने लगे।

नाना ने न कभी ट्यूशन फीस ली, न ही कभी भजन सिखाने के पैसे लिये। चमड़ा निकालने से लेकर तबले पर चढ़ाने तक सब काम उसने सीख लिये बल्कि उन कामों का वह मास्टर बन गया। हारमोनियम ट्यूनिंग करनी है? समान नाप के लकड़ी के कलसे बना लेने हों या किसी का गिटार, किसी का तानपूरा या किसी का शमेल, किसी की सितार और किसी का रेबॅक (वायलिन) ठीक कराना हो, तरह-तरह के लोग नाना के घर आने लगे। यहाँ तक कि उसका घर से बाहर निकलना मुश्किल हो गया। धीरे-धीरे बांदोड़ा गाँव में स्थित नाना का घर संगीत का एक केंद्र ही बनकर रह गया। सुबह-शाम नाना तबला, पखवाज सिखाता। न समय का बंधन था, न उम्र का, न ही पैसों का···

समंदर के किनारे पर मूँगफलियाँ बेचनेवाला एक लड़का नाना के पास आकर कहने लगा, "पात्रांव, एक ही है···एक रुपया!"

नाना ने रुपया देकर एक पुड़िया खरीद ली और उठकर उलटे कदम वापस चलने लगा। पता नहीं कितना समय हो गया था? अब तक माणिक की महफिल खत्म हुई होगी। वह चलता रहा। अचानक किसी ने नजदीक लाकर कार खड़ी कर दी।

"मास्टरजी, आइए!" दरवाजा खोलकर वह आदमी झुककर बुला रहा था। नाना अंदर बैठ गया।

"मैंने आपको नहीं पहचाना।" नाना ने कहा।

"आप मुझे पहचानेंगे ही नहीं। मैं आपको जानता हूँ। आपको कौन नहीं जानता? आप अभी कहाँ जा रहे हैं?"

"मुझे अकादमी तक जाना है। अच्छा हुआ आप मिल गए, यूँ तो मुझे देर हुई है।"

महफिल खत्म हुई थी और माणिक होटल में चली गई थी। होटल का नाम पूछकर नाना वहाँ पहुँच गया। रात के नौ बज गए थे।

दरवाजा खोलते ही सामने नाना को देखकर बाईजी एकदम अचंभित हो गईं। कितनी ही देर तक वे एक-दूसरे को देखते रह गए। बाईजी के चेहरे के भाव बदलते चले गए। चंद क्षणों में दोनों का जीवन-पट उनके मन चक्षुओं के सामने से गुजर गया। बाईजी हिल-सी गईं और हृदय की गहराई में से एक इच्छा सभी बंधनों को नकारती हुई ऊपर आकर छा गई। उन्होंने नाना का हाथ थामकर उसे कमरे में खींच लिया और जोरों से अपनी कमजोर बाँहों में उसे भींचते हुए अपना सिर उसकी छाती पर रख दिया। हाथ पीछे करके नाना ने हलके से दरवाजा बंद कर दिया और माणिक की भावनाओं का प्रवाह बह चुकने तक चुपचाप उसके बालों को सहलाता रहा। अभी तक महफिल में पहने हुए कपड़े माणिक के शरीर पर थे। उसकी सेंट की खुशबू वही पुरानी यादें, फिर से ताजा कर गई। उसकी पीठ को हलके से थपथपाते हुए नाना ने कहा—

"माणका, लगता है इस महफिल ने तुम्हारे मन को काफी चोट पहुँचाई है।"

अब और जोर-जोर से रोते हुए माणिक ने अपनी भावनाओं का बहाव मुक्त कर दिया। इस 'माणका' संबोधन से नाना बहुत सा अंतर पार करके एकदम उसके करीब आ पहुँचा था।

"वैसे महफिल एकदम खराब भी नहीं हुई थी।"

"पर तुम उठकर चले गए…"

"तुम्हें कैसे पता?"

"नानू, एक समय ऐसा था, जब तुम्हारे शरीर पर से होकर आई हवा तक को मैं पहचानती थी। लगता है, तुम भूल गए हो।"

"मैं बहुत कुछ भूल ही गया हूँ, पर नसीब ऐसा है कि जो भूलना चाहिए था, वही बार-बार याद आता रहता है।"

"नाऽनू! मत कहो ऐसा! मुझे समझने की कोशिश करो। चलो, बहुत सारी बातें करते हैं। पहले चाय-कॉफी कुछ तो ले लो।"

"नहीं, उसके बजाय हम ऐसा करते हैं।"

"कैसा?" छोटे बच्चे की तरह एकदम खुश होते हुए माणिक ने पूछा।

"हम बाहर चलते हैं। खाना वहीं खाएँगे। समंदर के किनारे एक ऐसी जगह है, जहाँ भीड़-भाड़ नहीं होती और न ही कोई तंग करनेवाला। तुम्हें पसंद आएगी।"

जब वे समंदर किनारे बसे नारियल के बाग में जाकर एक जगह बैठ गए, तब साढ़े नौ बज गए थे और सचमुच वहाँ भीड़ नहीं थी। समंदर की ओर रुख करनेवाली एक टेबल नानू ने पसंद की और कुरसी पीछे लेते हुए माणिक से कहा, "आप यहाँ तशरीफ रखिएगा, बाईजी!"

"बाईजी मैं तुम्हारे लिए थोड़े ही हूँ।" हलके से मुसकराते हुए बाईजी ने कहा, "वाह! पसंद आई तुम्हारी यह जगह। खारी हवा की नमकीन महक के साथ अब कुछ भी खिलाओ तो अच्छा ही लगेगा। बाकी कुछ भी कहो, गोवा की बात ही अलग है।"

"क्या सचमुच तुम अच्छी तरह से समझ गई हो कि गोवा की बात अलग है?"

"हाँ, सवाल ही नहीं न समझने का।"

"तो फिर तुम्हें एक बात बताना चाहूँगा, पर पहले यह बताओ, मैं उठकर चला गया, इसलिए मुझसे नाराज तो नहीं हो न? मेरे जाने की वजह थी, वह निशाद खाँ और बीच में ही चिल्लानेवाला वह आदमी।"

"तुम्हारे सुनने लायक आज कुछ भी गले से निकल न सका। आज की महफिल में मेरे गाने का सत्यानाश हो गया।"

"निशाद खाँ ने भी तम्हें बहुत सताया।"

"हाँ, लेकिन गले ने उससे ज्यादा! मेरा मूड भी ठीक नहीं था। दो घंटों के लिए भी मैं गा न सकी। तुम्हें कैसा लगा? एकदम खराब, है न··· ?"

"बताता हूँ। पहले ड्रिंक्स मँगवाते हैं। आज तुम भी व्हिस्की ही ले लो। चलेगी न?"

"अरे, अब मैं पुरानी माणिक नहीं रही। मैं जब भी लेती हूँ, व्हिस्की ही लेती हूँ।" माणिक ने सहज भाव से कहा। जो सुना, उस पर पल भर के लिए नाना को विश्वास ही नहीं हुआ और वह बड़े अचरज से माणिक की ओर देखता रहा।

"माणिक, तुम सचमुच बदल गई हो।, लेकिन मैं वैसे-का-वैसा हूँ। रहने दो, तुम जिंदगी में सुखी हो न? जो पाना चाहती थी, वो मिल गया न? यूँ तो किसी की नजर लग जाए, इतना सब कुछ तुमने पा लिया है। नाम, पैसा, पद्मश्री तथा अन्य उपाधियाँ, दस-ग्यारह किताबें लिखी हैं, घर है···। वैसे देखा जाए तो इस सब का आधा भी मैं प्राप्त कर न सका। मैं तुमसे जलता हूँ, यही लगा था न तुम्हें उस समय?"

"नानू, फालतू बातें मत करो, प्लीज। तुम और मुझसे जलोगे! एक समय की प्रेमिका हूँ मैं तुम्हारी! हाँ, अगर मैं किसी दूसरे के साथ शादी करती, तो तुम मुझसे जरूर जलते···मेरे पति से जलते।"

"ऐसा कैसे कह सकती हो तुम?"

"पुरुष ऐसे ही होते हैं।"

"सही बात है, लेकिन तुमने किसी और से शादी क्यों नहीं की?"

"तुमने क्यों नहीं की, नानू?" माणिक ने उलटे उसी से पूछा।

"पता नहीं। कभी ऐसा लगा ही नहीं। तुम्हारे सिवाय कोई और जँची ही नहीं। तुम्हें माँगा था, तुमने न कहा···तुम्हारे लिए एक और पैग भरता हूँ।"

"सच!" एक बड़ा घूँट लेते हुए माणिक ने कहा। फिर किसी बात को

याद कर वह हँसने लगी।

"क्यों हँस रही हो?" नाना ने पूछा।

"वह रात याद आ गई।" वह फिर से हँसने लगी।

"कौन सी रात?" नाना को भी वह रात याद आ गई।

"वही रात, मुंबई में मेरे बँगले पर तुम्हें पहली और आखिरी बार मैं लेकर गई थी तब। मैं तुम्हें कुछ लेने के लिए कह रही थी, पर तुमने नहीं लिया। पंद्रह साल की उम्र में तुमने नागेशी के तालाब में नहाते समय जो माँगा था, वह नानू, वह मैं तुम्हें देनेवाली थी।" विषय के तनाव के कारण हो सकता है माणिक की आवाज एकदम खिंची हुई-सी लगी और वह रोने की कगार पर पहुँच गई। अब नाना भी मानो जिद पर उतर आया था।

"वाह माणका, वाह! पंद्रह साल की उम्र में तुमसे कुछ माँगा, यह मेरी भूल ही थी, पर वह बचपन की भूल थी। बाद में तुम्हारे पच्चीसवें साल में जब तुम्हारा हाथ माँगा, तब तुमने लेक्चर झाड़ दिया। तुम्हारे, वो क्या कहते हैं उसे···कॅरियर···उस पर। और फिर बहुत सालों बाद···दस तो हुए ही होंगे, जब सब खत्म-सा हो गया था, तब तुम मुझसे कहती हो कि तुम्हें जो चाहिए था, वह ले लो! उपकार मानकर, दान मानकर या जरूरत मानकर दिए-लिए की?"

"नानू, उस रात मुझे जो लगा, वह मैंने कहा। तुम्हें खुशी-खुशी अपना सर्वस्व सौंपने गई और तुमने सीधे मेरा अपमान किया। एक स्त्री का ऐसा दुःख तुम पुरुष कभी नहीं समझ पाओगे!" अब माणिक ने झट से आधा गिलास खत्म कर दिया और झटके से गरदन पीछे करते हुए दोनों हाथों को माथे तक ले जाते हुए बालों पर फेरा।

"पुरुषों का क्या होता है, यह मैं नहीं जानता हूँ, पर उस रात तुम्हारे सुंदर शरीर का, तुम्हारे कलाकार मन का अपमान हो रहा है, इस बात का खयाल आने की बजाय मुझे लगा, अरे, ये तो मेरे हृदय का माणिक है। ये इस तरह किसी को भी अपना स्त्रीत्व, एक रात के लिए ही, भला दे सकती है?"

"शट अप··· 'एक रात के लिए ही' ये शब्द वापस ले लो?" ऊँची

आवाज में करीब–करीब चिल्लाते हुए माणिक ने दाँत दबाकर कहा।

"सॉरी माणिक, वापस ले लिये शब्द!" दो मिनट के लिए चुप्पी छा गई। रही केवल समंदर की आवाज।

"मैं भी तुम्हें 'सॉरी' कह रही हूँ। अब जल्दी खाना खाते हैं और चलते हैं यहाँ से।"

खाने के दौरान दोनों चुप रहे और खाना खत्म होते ही बाहर निकल पड़े। होटल के दरवाजे पर पहुँचते ही नाना ने कहा—

"ठीक है माणिक, अब मैं जा रहा हूँ, गुड नाइट।"

"ठहरो तो! कहाँ जा रहे हो? आज मुझे तुम्हारे साथ बहुत सारी बातें करनी हैं···यह रात गुजारने के लिए मुझे तुम्हारे साथ की जरूरत है। आज बहुत कुछ हो चुका है। आज की इस एक महफिल ने मेरे जीवन की महफिल को बेरंग कर दिया है। नानू, बताओ, मेरी क्या गलती थी?"

होटल में वापस लौटते ही माणिक ने फिर से विषय शुरू किया।

"नानू, मुझसे कहाँ गलती हुई?"

"कौन कह रहा है कि तुमसे गलती हुई है?"

"आज की महफिल···शायद यह आखिरी महफिल।"

"ऐसा क्यों कहती हो? और मान भी लें कि यह तुम्हारी आखिरी महफिल बनकर रह भी गई तो कौन सी बड़ी बात हो गई?"

"कुछ भी नहीं हुआ? कोई बड़ी बात नहीं हुई?" आश्चर्य और दुःख का मिश्रभाव आँखों में लिये बाईजी ने आहत नजरों से नाना की तरफ देखा।

"डॉ. माणिक नागेशकारजी की दृष्टि से आज कुछ घटा भी होगा, पर संगीत कला की दृष्टि से देखें तो ऐसी बहुत बड़ी बात नहीं हुई है। माणिक, स्पष्ट कह रहा हूँ, नाराज मत होना। तुम्हारा गाना तुम्हें छोड़ बहुत साल पीछे चला गया है। जो बची है, वह है केवल तैयारी। वह भी बढ़ती उम्र के साथ जाती रहेगी। चार कदम चलते ही जिनका दिल ऊपर–नीचे हो जाता है, ऐसे बूढ़े लोग जवानों की तरह दौड़कर पहाड़ नहीं चढ़ सकते, इसलिए उसका शोक मनाने का मतलब है, सच्चाई से भागना। गाने का व्याकरण सीखना, यही

तुमने जीवन भर अपनी नौकरी में रहकर किया। लेक्चर और सेमिनार किए, किताबें लिखीं। यही सब तुमने किया। पगली, गाने के लिए एक जिंदगी काफी नहीं पड़ती। ऐसे में तुम और क्या-क्या कर सकती थी? तुम्हारे गाना बंद कर देने से कोई बहुत बड़ी आफत नहीं आनेवाली। पगली, सच्चाई को स्वीकार करो! क्या तुम, क्या मैं, क्या बाकी महान् कलाकार···आज हैं, कल नहीं। हर एक को कला की इस पालकी को अपनी तरह आगे ले जाना है। कोई अपना कंधा छोड़ भी दे तो पालकी नीचे नहीं गिरेगी। दूसरा कोई कंधा देनेवाला तैयार है। किसी के लिए भी यह पालकी नहीं रुकेगी। जहाँ हम रुकते हैं, वही हमारा अंतिम पड़ाव! पालकी आगे बढ़ती रहती है। यही भाग्य की बात है। इससे बड़ा इनाम दूसरा नहीं है।"

सोफे पर बैठे-बैठे, लेटी हुई माणिक को थपथपाते हुए नाना बोल रहा था। 'हूँ···हूँ' करते हुए माणिक छोटे बच्चे की तरह सुन रही थी। उसके गाल पर सूखे आँसू देखकर नाना का दिल पसीज उठा। जीवन भर यह लड़की किस धुन में जीती रही, पता नहीं। सोने जैसे शरीर को सूखी लकड़ी बनाकर रख दिया। बीच में ही नींद टूटते ही बच्चा जिस तरह माँ का हाथ ढूँढ़ के कसकर पकड़ लेता है, वैसे ही माणिक ने नानू का हाथ अपने हाथ में पकड़ लिया और गहरी नींद में चली गई। नाना सोचने लगा, क्या अब तो यह लड़की सयानी हो जाएगी? कम-से-कम, बाकी बचे-खुचे पाँच-दस साल इस हाथ को ऐसे ही थामे, सिर्फ कला पर ही बात कर पाएँ तो भी सबकुछ पाने के बराबर होगा···।

गजानन जोग : बी.ए. (ऑनर्स), एल.एल.बी. तक पढ़े श्री जोग का जन्म गोवा के साकोर्डे गाँव में हुआ। कहानियों के साथ ये कविता और बाल साहित्य भी लिखते हैं। इनके 'खांद आनी हेर कथा' नामक कथा संग्रह को साहित्य अकादेमी पुरस्कार से सम्मानित किया गया है। ये कला एवं संस्कृति के राज्य पुरस्कारों से भी सम्मानित हो चुके हैं।

□

बदलता समय (टेलिफोनिक कथा)

—जयमाला ना. दणायत

[समय बदलता जा रहा है और उसका रंग आज के समाज पर छा रहा है। दो व्यक्तियों के टेलिफोनिक संभाषण से यानी संवाद रूप से मेरी यह कथा उभर आई है। आप लोगों को जँचेगी या नहीं, मालूम नहीं, यह तो पढ़ने के बाद ही समझ में आ पाएगा। मेरी कथा का नाम है—बदलता समय]

"हैलो मौसी! क्या रश्मि की शादी तय हो गई?"

"हाँ री, किसी तरह ये शादी तय हो गई। भाई अभी चार दिन के बाद सगाई और लगभग एक महीने में शादी। तुलसी विवाह के बाद ही होगी शादी।"

"सच्ची? अरे वाऽऽ, यानी कि चट मँगनी पट ब्याह?"

"हाँ री बावरी (सायबिणी)—शांता दुर्गा देवी माँ की कृपा से हो रहा हे ये सब!"

"ऊँऽऽ, ऐसा क्यूँ बोल रही हो?"

"नहीं तो क्या कहूँ, मेरा सिर? अरी, आजकल की लड़कियों के मुँह को न जायका, जो मन में आया वो बक देती हैं। हमारी रश्मि का तो क्या कहना, ज्यादा ही सयानी समझती है, वह अपने आपको। सामके वाचाविदळ गो बाये। बहुत बकवास करती है।"

“अरी मौसी, इतना क्यों गुस्सा करती हो? ऐसी क्या मुँहफट की तरह बोली वो?”

“वो ही तो बता रही हूँ। मेरी लड़की है, इसलिए नहीं सुनाती मैं, लेकिन बहुत शराती और अनपढ़ है री हमारी रश्मि।”

“मौसी, समझ में नहीं आता। आप अपनी लड़की की चुगली कर रही हो या हिमायत। एक ओर उसे कोस रही हो और दूसरी ओर कहती हो कि चार दिन में उसकी सगाई है।”

“वो ही तो, अरी अब क्या बताऊँ तुम्हें? रश्मि को उनके घरवालों ने देखा, पसंद भी किया। लड़के को तो वह पहली नजर में ही जँच गई।”

“दैया री दैया! बाकी है ही दूसरी रश्मि वैसी। देखने में सुंदर, स्मार्ट, बड़ी ही होशियार है मेरी भानजी।”

“बस, बस, तुम ननिहाल के लोगों के सिर चढ़ाने से ही तो ऐसी आवारागर्दी करती रहती है। तुम्हारी इन बातों ने ही बिगाड़ दिया है इस नटखट को।”

“ऐसा क्यों बोलती हो, मौसीजी? सोने जैसी कड़की, सुस्वभावी, सरल, खुद्दार, सीधी राह चलनेवाला बटोही सी चुपके जाए, ऐसी सर्वगुण-संपन्न, लाखों में एक है हमारी रश्मि!”

“है न, नहीं कौन कहता है, पर उसकी इस होशियारी की वजह से हाथ आया यह विवाह का प्रस्ताव टूटने की बारी आई थी आज। अच्छा हुआ, लड़के के वालिद ने ही सँभाल लिया सब।”

“अरी, लेकिन हुआ क्या? कुछ बताओ तो सही? तुम्हारी ये ‘बिटींग इन दबुश’ बंद करो न, सायबिणी!”

“सुनाती हूँ, सब कुछ सुनाती हूँ। सुनो, तुम्हारी लाड़ली भानजी के प्रताप! ‘लड़की पसंद है’, कहके वे लोग शादी की बातें तय करने के लिए आए हमारे घर अर्थात् हमें भी वो लड़का, लड़केवाले, उनको ये रिश्ता पसंद था। लड़का तो बड़ा होशियार है, सॉफ्टवेयर इंजीनियर। दिखने में भी ऐसा

शानदार कि पूछो मत।"

"तो क्या हुआ? हमारी रश्मि भी तो इंजीनियर ही है न? वो भी तो आय ही वाली है।"

"हाँ, वह सब तो ठीक है, लेकिन इंजीनियर हुई तो क्या हुआ, आखिर लड़की तो है।"

"अरी मौसीजी, आप कौन से जमाने में जी रही हो? अब तो लड़का-लड़की सब एक ही नाप से तोले जाते हैं न? तुम तो ऐसे बोल रही हो—"

"ऐसा नहीं री, लड़का-लड़की समान ये सब तो ठीक है, पर वह सब कहने के लिए। दोनों बराबर, ये कैसे हो सकता है? लड़का तो कुलदीपक-वंशावली का दीया होता है न?"

"हूँऽऽ लड़का वंशावली का दीपक तो लड़की भी वंशावली की दिअली होती है।"

"वो सब तो ठीक है री, लेकिन अपने पुरुष प्रधान संस्कृति ने ऐसा समझना तो चाहिए।"

"अब तो सभी ने ये स्वीकार किया है, सिवा आपके! नहीं तो 'हम दो हमारा या हमारी एक' क्यों करते?"

"तेरे मुँह में तो लगाम ही नहीं, भाई! मैं फोन रखती हूँ।"

"न-न, देखो, गुस्सा मत होना, अब चूँ-चपड़ न करके सब तुम्हारी सुनती हूँ। सच्ची! चलो, अब जल्दी से बक दो अपनी कहानी।"

"हाँ, तो क्या कहनेवाली थी मैं, सुन। हमारी बातें चल रही थीं, कौन सा मुहूर्त ठहराने का, कौन सा हॉल लेने का, नाश्ता, मेन्यू ऐसा ही सब तय कर रहे थे, वैसा दहेज या लेन-देन का ऐसा कुछ नहीं है।"

"हाँ री, मालूम है, अब कौन ऐसा कुछ बोलते हैं, अपनी बच्ची को क्या देना, क्या करना, वह क्यों बोलने का? अपनी-अपनी कूवत से करेंगे ही, ये समझता है सबको और तो और अकेली लड़की, सब कुछ तो वंशानुगत रूप से उसी का होता है, वो अलग तरह से क्यों कहे?"

"हाँ जी हाँ, सुन तो सही, दस्तंदाजी करना मत। सुन, हम सब तय कर रहे थे, एकाएक रश्मि हॉल में आ टपकी और कहने लगी, 'मुझे कुछ कहना है, कुछ पूछना है?'"

"दैया री, ऐसे बोली वो एकाएक आ के सबके सामने? तदुपंरात क्या हुआ?"

"पश्चात् क्या? मेरा तो दम ही सूख गया (म्हाका सामको होळो धाम फुटळो)।"

"अरी, पर क्यों?"

"मैया री, कौन कह सकता है इसकी खोपड़ी में क्या आए? इसका किसी के साथ अफेयर रहा हो तो? पड़ोस की वो रोशन की तरह हुआ तो? मेरा तो जी ही बैठ गया (म्हजेर आयको कळकळ सामको!)।"

"अंऽऽ, रोशन यानी वो प्रभु की छोकरी? उसका क्या-क्या किया भई उसने?"

"हूँऽऽ, वह तो बड़ा रामायण-महाभारत है। कभी-कभार सुनाऊँगी तुम्हें वक्त मिलने पर। उसने तो ऐसा ही किया था, सब शादी-वादी तय होने के बाद ससुरी घर से नौ दो ग्यारह हो गई। दूसरे से ही शादी कर डाली उसने—"

"छी, छी, हमारी रश्मि वैसी नहीं। हाँ, बता देती हूँ और यदि ऐसा कुछ मन में आया तो शादी तय होने से पहले ही वह बता देती हमें, नहीं झिझकती। वैसे तो बड़ी स्पष्टवक्ती है।"

"वो ही तो, जरा ज्यादा ही करारा बोलनेवाली है वह, लेकिन उन लोगों के सामने कुछ कहने को नहीं झिझकी, इसीलिए मेरा कलेजा धकधकाने लगा।"

"सच्ची, तुम तो खरगोश की तरह हो री, ऐसे ही दिल धकधकाए रहता है तुम्हारा। हर बार क्यों घबराती हो? अपनी बेटी पे क्या भरोसा नहीं? अपने बच्चों पर तो यकीन करना ही चाहिए।"

"जानती हूँ, बड़ी आई कठोर कलेजेवाली! तेरे सोना की बारी आएगी

न, तब बात समझ में आएगी तेरे। अरे, बाँझ क्या जाने प्रसव की पीड़ा?"

"बस हो गईं तुम्हारी ये कहावतें। अब सीधे-सीधे बताती हो क्या हुआ है? नहीं तो मैं फोन रख देती हूँ। बाद में मौसाजी आग उगलेंगे मुझ पर, ऐसे ही फोन का बिल बढ़ाया करके—"

"बताती हूँ, बताती हूँ, बाबा! तुम तो ऐसे ही जमीन-आसमान एक कर रही हो। सुन, उसने एकाएक अंदर आकर सुनाया, तो हॉल में पिन ड्रॉप साइलंस! सभी एकदम शांत, गुसलखाने में गिरी हुई छोटी चम्मच की आवाज भी फटे हुए बम जैसे मालूम पड़ती। हम तो अपने-अपने मुँह ताकते रह गए। थोड़ी देर नीरव सन्नाटा-सा छा गया। होनेवाले ससुरजी क्षण मात्र में सँभल गए। बोले, "बोलो बिटिया, क्या कहना है? तुम क्या पूछना चाहती हो?"

वह बोली, "देखोजी, गुस्सा मत करना, मुझे तो बोलना ही पड़ेगा। मैं अपने माँ-बाप की एकलौती औलाद हूँ। मेरे माँ-बाप अब तक स्वस्थ हैं, अपना काम खुद कर सकते हैं, लेकिन आगे वो बूढ़े हो जाएँगे, तो क्या करेंगे? उनकी देखभाल कौन करेगा? मुझे न कोई भाई, न बहन! इसलिए मुझे उनकी फिक्र लगी रहती है। शादी होकर मैं आपकी पुत्रवधू बनकर ससुराल जाऊँगी। बाद में क्या करें? वो दोनों अकेले हो जाएँगे। बुढ़ापे में उनका स्वास्थ्य ढल जाने के बाद क्या उन्हें मैं अपने घर ला सकूँगी? मैं आपकी सेवा करूँगी, उनकी भी कर सकती हूँ क्या? यदि ऐसा होगा तो ही मुझे ये शादी मंजूर है। क्या आप मुझे मेरे माँ-बाप के साथ स्वीकार कर सकते हैं?"

"दैया री दैया, जैसी लवंगी फटाकी फटफटाई, ऐसा हुआ होगा बेचारों को। छोटे मुँह बड़ी बात हुई न यह? सुबेज जाणवाय गो बाये! ओ बेशर्म समझा नहीं जा उन लोगों ने?"

"न-न री, बहुत भले आदमी हैं वो। क्षण मात्र के लिए वे भी झिझक गए, पर एक सेकंड के लिए, निमिष मात्र में ससुर ने अपने आपको सँवारा, होश में आकर हँसते-हँसते बोले, "ऑफकोर्स, ये क्या पूछने की बात हुई? ये घर जितना राजा का उतना ही अब रश्मि का है। यानी जितना हमारा हक तुम

पर होगा, उतना ही तुम्हारे माँ-बाप का, राजा पर यानी हमारे लड़के पर होगा। अरी बेटी, राजा तो अब उनका सन-इन-लॉ यानी कानूनन तुम्हारे माँ-बाप का पुत्र जैसे तुम हमारी पुत्री यानी कानून से बेटी।"

"सचमुच बहुत अच्छे आदमी हैं वो। देवमनीस गो बाये! नहीं तो इन दिनों भी कौन ऐसा मानेगा? दहेज में अपने माँ-बाप को साथ लानेवाली लड़की को कौन स्वीकार करेगा?"

"रहने दो न! मुझे तो नहीं लगता इसमें रश्मि की भी कोई गुस्ताखी है। अब ये प्रश्न समाज के सामने खड़ा रहनेवाला ही है। देखो, हर किसी को एक लड़का या एक लड़की। हमारी कुटुंब-संस्था की तो यही गुजारिश रहती है कि बेटे को जिंदगी भर माँ-बाप का सहारा बनकर रहना चाहिए। ऐसे में केवल एक ही लड़की होने वाले माँ-बाप का क्या? बुढ़ापे में क्या उन्हें वृद्धाश्रम खोजना पड़े?"

"बराबर बोलती हो तुम, पर बेटे का तो यह पुत्रधर्म है। उसका तो यह कर्तव्य ही है न?"

"लड़की का भी तो यही कर्तव्य नहीं क्या? उसे भी माँ-बाप ने ही जन्म दिया है ना?"

"हाँ, लेकिन आज तक यही तो चलता आया है अपने समाज में, रूढ़ि-परंपरा में।"

"वो ही तो तोड़-मोड़कर डालना है। रश्मि एकदम सही है। बेटियों को क्या अपने माँ-बाप की चिंता नहीं सताती? उनकी हालत ठीक होने तक अच्छा है, पर कल उनको कुछ हो गया तो सास-ससुर अपनी बहू को क्या मैके जाने देंगे, उनकी देखभाल करने के लिए?"

"अरी, मैं तो रश्मि को यही समझाना चाहती थी—बेटी, तू हकनाक हमारी चिंता मत कर। क्या होगा, देखा जाएगा। आगे की आगे सोचेंगे, लेकिन ऐसी बातें करके हाथ आया इतना अच्छा रिश्ता तोड़ना मत, पर मेरे कुछ कहने से पहले ही उसके ससुर ने उसका सब कहना मान लिया और सास

और दामाद ने 'हाँ' में 'हाँ' मिला दी।"

"सच्ची, वो सब तो बहुत अच्छा हुआ री, लेकिन हमारे समाज के सामने यह एक बड़ी समस्या आन पड़ी है। लड़के-लड़कियों को ही आगे बढ़कर उसे सुलझाना चाहिए। नहीं तो सिर्फ बेटी होनेवालों की हालत का क्या होगा? उन्हें तो कुत्ते की मौत मरना पड़ेगा।"

"अरी, आगे तो सुन। बीच-बीच में टोकना मत। हाँ, तो ऊपर से रश्मि के ससुर बोले, "बेटी, बुढ़ापे में ही क्यूँ, अभी भी वो चाहें तब हमारे यहाँ आकर रह सकते हैं। जैसे हम, वैसे ही ये दोनों। शादी से दो मन ही नहीं, दो घर भी एक होने चाहिए। उसी से तो यह संसार सुखी हो सकता है।" उन्होंने रश्मि की पीठ थपथपाई, कहने लगे, "आय एम प्राउड ऑफ यू माय चाइल्ड।" इतनी दूर का तो हम बड़े लोग भी सोचते नहीं, लेकन आज की यह युवा पीढ़ी इतने आगे का सोच सकती है और हम इन्हें 'इर्रिस्पॉन्सिबल' समझकर उन पे शक करते हैं। इतना एहसास तो हम लोगों को भी नहीं।"

"मौसी, सुनाने के लिए नहीं कहती हूँ, आजकल के लड़के भी माँ-बाप की परवरिश कहाँ करते हैं? तुम्हारा नसीब समझो, तुम्हारी चिंता करके शादी के लिए 'न' करनेवाली रश्मि जैसी समझदार बेटी ने तुम्हारी कोख से जनम लिया। तुम्हारा सिर गर्व से ऊँचा होना चाहिए। वह एकदम सही है। आजकल लड़कों के बराबर लड़कियाँ भी कमाती हैं। उन्हें भी उतना ही हक तो मिलना ही चाहिए।"

"चलो, तुम्हारा कहना सच समझ लिया, तो भी ये कौन मानेगा? और उसके घरवालों ने मान भी लिया, ऐसा बोले, तो भी हम थोड़े ही बेटी के यहाँ जाकर बसने वाले हैं। अपना जीवन चलाने को हम समर्थ हैं। रहेंगे खुशी-खुशी एक-दूजे के साथ।"

"कब तक मौसी, कब तक? यहाँ कौन बड़ा अमरपट्टा लेकर आया है, सबको एक दिन जाना ही पड़ेगा न?"

"औरत और मर्द यानी प्याली और तश्तरी का जोड़ा। एक तो प्याली

पहले टूटेगी, नहीं तो तश्तरी। कोई एक तो पहले जाएगा। बाद में जीने के लिए दूसरे को किसी का सहारा तो लेना ही पड़ेगा न? आज तुम लोग अच्छे-खासे हो, कल बुढ़ापा आएगा, हाथ-पैर थक जाएँगे, तो अपना कोई चाहिए कि नहीं? आजकल ढूँढ़कर भी कोई नहीं मिलता। जेब में रोकड़ा होने से काम नहीं चलता। अपने आदमी (जान से प्यारे) होने चाहिए। समय आने पर पैसा पानी का गिलास लिये तुम्हारे मुँह को नहीं लगाएगा। उसके लिए तो किसी व्यक्ति का हाथ और हृदय ही चाहिए न?"

"आगे का किसने देखा है, री? लेकिन आज इसके इन जली-कटी सुनाने से या इन अंगार बरसानेवाली बातों से इतने अच्छे-खासे संबंध से हाथ धोने पड़ते तो जनम भर मैं अपने आपको माफ नहीं करती।"

"ऐसा मत बोल, मौसी! मुझे तो इसमें रश्मि की कोई गलती दिखाई नहीं देती। उसने तो उचित ही कह डाला। हाँ, लेकिन उसके ससुर की और घरवालों की जितनी तारीफ करें वो कम है। उन लोगों ने उसे कुछ ऊँचा-नीचा सुनाने के बजाय उसका लफ्ज सिर-आँखों पर ले लिया। टालमटोल नहीं की। और कोई होता तो आपे से बाहर होकर यह तीखी मिर्च हमें नहीं चाहिए, बता के प्रस्ताव तोड़कर चल पड़ता अपने घर।"

"हाँ री हाँ, ये लोग बहुत अच्छे हैं। इसीलिए इसका सब कहना सुन लिया। नहीं तो ये आस्तीन का साँप कौन पालता? उनकी जगह हम होते तो हमारे मन में भी आता न, एक तो चोरी, ऊपर से सीनाजोरी। कौन कह सकता भाई कि आ बैल मुझे मार।"

"हूँऽऽ, ऐसा मत कहना, मौसीजी! उन लोगों को रश्मि जैसी बहू मिलनेवाली है, तो वे अपने आपको नसीबोंवाला समझेंगे। अपना उत्तरदायित्व जाननेवाली अच्छी बहू जो मिल गई उन्हें। आजकल बेटे भी अपने माँ-बाप के मिजाज को सँभाल नहीं सकते। उलटा तुम्हें अपने आपको धन्य मानना चाहिए। ईश्वर का शुक्रिया अदा करना चाहिए कि रश्मि आपकी बेटी है। बेटियों को यह सब समझ है, बेटों को नहीं। मुझे लगता है, इसीलिए हमारे

पुरखों ने आशीष देते समय 'इष्टपुत्री सौभाग्यवती भव' कहने की आदत डाली है अब।"

"सच है री, एकदम सच है तुम्हारा। तुम्हारे मुँह में घी-शक्कर।"

"क्यूँ री, डायबिटीज बढ़ाना है क्या मेरा? अच्छा, रश्मि को मेरा ढेर सारा प्यार देना। मँगनी तक तो आ ही जाऊँगी। रखती हूँ फोन, बाय-बाय!"

(कोंकणी कथा 'बदलतो काळ' पूर्व प्रसिद्ध जैत दीवाली अंक 2007)

कथा सांग्रह सांज-सावष्ठी 2014

जयमाला दणायत : जन्म गोवा के जांबावले गाँव में हुआ। शादी के बाद मुंबई में स्थित हुईं और मुंबई आकाशवाणी में निवेदिका का काम किया। उनके 'राग दरबारी' पुस्तक के अनुवाद को 2016 के साहित्य अकादेमी पुरस्कार से सम्मानित किया गया। कई राज्य पुरस्कारों से सम्मानित हो चुकी हैं।

□

गूँगी गुड़िया

–माया अनिल खरंगटे

केरल के, अडूर गाँव में पी. अय्यंगार के घर धूमधाम चल रही थी। कोई घर की सफाई कर रहे थे, कोई मंडप को रंगीन कागजों से सजा रहे थे, तो कोई गाँव के लोगों को आमंत्रण देने घूम रहे थे। घर के अंदर कुछ औरतें बातें करते-करते मिठाई बना रही थीं। कुछ औरतें आटा पीस रही थीं, तो कोई दुल्हन का सामान इकट्ठा कर रही थीं। सब जगह रेलममेल-ही-रेलमपेल चल रही थी।

पी. अय्यंगार की बड़ी बेटी की शादी थी। पी. अय्यंगार उनके गाँव में पाँच मुख्य गाँववालों में से एक थे। पूरे गाँव में उनकी बेटी की शादी की तैयारियाँ चल रही थीं।

अडूर गाँव तो अभी-अभी सुधर रहा था। वहाँ अब तक पीपल के पेड़ तले इतवार का बाजार लगता था। बाकी जरूरत की चीजें, डॉक्टर, दवा-दारू चाहिए तो पटनरिटा जिले के शहर में जाना पड़ता था। अडूर गाँव में एक ही मलयालम भाषा की पाठशाला थी। वहाँ आठवीं कक्षा तक पढ़ाते थे। आगे की शिक्षा लेने के लिए पटनरिटा शहर में जाना पड़ता था। वहाँ अंग्रेजी स्कूल भी थे। बड़े घर के बच्चे जिले के अंग्रेजी स्कूल में जाकर पढ़ते थे।

पी. अय्यंगार मँझले स्तर के दुकानदार थे। उन्हें तीन बेटियाँ और एक बेटा था। वह चारों बच्चों को गाँव के मलयालम स्कूल में भेजते थे। जयप्रदा

उनकी बड़ी बेटी थी। आठवीं पास होने के बाद उन्होंने उसे घर पर बिठाया था। माँ और दादी के साथ वो खाना पकाना सीखती थी। जयप्रदा के बाद ईश्वर को अंग्रेजी स्कूल में भेजना था, इसलिए उसे अभी से पंडित सर के घर पे ट्यूशन को भेजते थे।

मेला, शादी या और कोई त्योहार होता तभी गाँव के लोग अपने गाँव से बाहर निकलते थे। ज्यादा ही जरूरत हो तो आदमी लोग जिले के गाँव में जाते थे। ऐसे गाँव में रहनेवाली जयप्रदा की सगाई उसके मामा ने गोवा में काम करनेवाले शंकरन के साथ तय की थी। शंकरन ग्रेज्युएट था और फिनोलेक्स कंपनी में काम करता था। जयप्रदा बड़ी खूबसूरत गुड़िया जैसी लगती थी, जिस पर संस्कारों से भरी जयप्रदा शंकरन और उसके घरवालों को देखते ही पसंद आ गई।

दो महीनों के अंदर ही पी. अय्यंगार ने जयप्रदा और शंकरन की शादी की। शादी के बाद पूजा-पाठ, सगे-संबंधियों के घर आना-जाना रहा। इसमें ही शंकरन की छुट्टियाँ खत्म हो गईं।

शंकरन जयप्रदा को लेकर गोवा में आने के लिए ट्रेन में बैठ गया। जयप्रदा पहली बार बड़ा शहर, रेलवे देख रही थी। आश्चर्य से वह शंकरन से सवाल-पर-सवाल पूछ रही थी। शंकरन भी बड़ी खुशी से उसके सवालों के जवाब दे रहा था।

गोवा में वेर्णा गाँव में एक बिल्डिंग में शंकरन रहता था। इस बिल्डिंग में शंकरन के सिवा बाकी सारे गोवावाले ही रहते थे। आस-पड़ोस में भी कोई केरल की फैमिली नहीं रहती थी।

शंकरन ने गोवा में आकर और पंद्रह दिन छुट्टी बढ़ाई। वो जयप्रदा को लेकर बहुत घूमा-फिरा। पूरा गोवा उसे दिखा दिया। जयप्रदा के लिए सब कुछ नया था, बाहर घूमना, होटल में खाना खाना। वो बहुत खुश हो गई। शंकरन उसे गाँववालों के घर भी लेके गया और जयप्रदा की पहचान करवाई। जयप्रदा तो बहुत शर्मीली थी। वो बोलती कम थी, सिर्फ हँसती ही रहती थी।

ऐसे घूमते-फिरते शंकरन की छुट्टी खत्म हो गई। अब जयप्रदा की गृहस्थी शुरू हो गई। शंकरन पत्नी के हाथ से कभी इडली-साँभर, कभी इडिअप्पम तो कभी डोसा खा के काम पर जाता था और शाम को घर लौटता था। अपने लिए खाना बनाना, घर का काम करना, सारा दिन इसी में खत्म हो जाता था। शाम को वो नाश्ता बनाकर शंकरन की प्रतीक्षा में गैलरी में बैठ जाती थी। आने-जानेवाले राहगीर, बस, गाड़ियाँ देखते-देखते उसका समय कट जाता था।

शाम को शंकरन के घर आने के बाद वो दोनों चाय-नाश्ता करके बाजार में या यूँ ही कहीं घूमने जाते थे। उस समय जयप्रदा बोलती रहती थी, बोलती रहती थी। शंकरन बेचारा चुपचाप सुनता जाता था। दुकानदार या बाजार में वो चुप हो जाती। वह मलयालम के सिवा कोई और भाषा नहीं समझती थी।

शादी को एक साल बीत चुका था, पर जयप्रदा को आस-पड़ोस के लोगों की आदत नहीं हुई थी। भाषा न समझने के कारण वह दरवाजा खोलकर बाहर ही नहीं आती थी। उसकी बिल्डिंग में रहनेवाले दिन भर नौकरी के कारण बाहर रहते थे। किसी के घर में काम करनेवाली लड़की या कोई बुढ़िया रहती थी। दरवाजे पर भाजी, फल बेचने आनेवाली औरतों के लिए भी वह दरवाजा नहीं खोलती थी।

एक दिन उसे भाजी चाहिए थी। उसने भाजीवाली की आवाज पर दरवाजा खोला, पर वो औरत जो भाजी लाई थी, उसे जयप्रदा पहचानती नहीं थी। सिर्फ भिंडी को उसने पहचान लिया। उसने उँगलियों के जरिए कीमत पूछी, पर भाजीवाली ने जा कीमत बताई वो जयप्रदा समझ नहीं सकी। जयप्रदा जो पूछती, वो भाजीवाली नहीं समझती थी। उन दोनों को देखकर सामनेवाले फ्लैट की लड़की हँसने लगी। जयप्रदा को बहुत बुरा लगा। उस दिन से उसने दरवाजे पर कोई भी आया तो दरवाजा नहीं खोला।

पति के घर आने तक अकेले रहने पर घर उसे काटने को दौड़ता था, पर वो क्या करती?

उसी में शंकरन की बदली सावंतवाड़ी में हो गई, जहाँ से वो हर रोज आ-जा नहीं सकता था। सोमवार की सुबह शंकरन सावंतवाड़ी जाता और शनिवार शाम लौट आता। अब जयप्रदा पूरी तरह से अकेली हो गई। दिन कैसे भी वो काटती थी, पर रात को उसे बहुत डर लगता था। इसी में उसके सामने सामान लाने का संकट खड़ा हो गया। वैसे शंकरन इतवार को जरूरी चीजें लाकर रखता था। फिर भी कुछ जरूरी सामान छूट ही जाता था।

बिल्डिंग के नीचे ही दुकानें थीं। उस दिन जयप्रदा को साबुन की जरूरत थी। पहली बार वो दुकान पर गई और उँगली से साबुन दिखाकर ले आई। और भी जो सामान चाहिए था वो भी उँगली दिखाकर ले आई। उसका हाथ की उँगली से किया व्यवहार उस दुकान पर बैठते, गपशप करनेवाले बेकार लोगों ने देख लिया। जयप्रदा के जाने के बाद वो सब हँसने लगे। जयप्रदा समझ गई कि वो लोग उस पर हँस रहे हैं। वो चुपचाप घर आई। अब वो जब चाहे दुकान पर जाके सामान खरीदती थी। वो कभी बोलती नहीं थी, इसलिए वहाँ के लोगों ने उसका नाम रखा था 'गूँगी गुड़िया'।

एक दिन उसने शंकरन से 'गूँगी गुड़िया' का मतलब पूछा। शंकरन ने उसे बताया, "वो लोग तुम्हें 'ऊमा पोवा' यानी जो बोल नहीं सकती, ऐसी गुड़िया कहते हैं। तुम इशारों से बात करती हो न, इसलिए वो लोग समझे कि तुम्हें बोलना नहीं आता है। ओह, पर नूँ कहाँ ऊमा (गूँगी), नूँ तो जादा बोलनेवाली गुड़िया है।"

एक दिन जयप्रदा को दूध चाहिए था। वो दुकान पर गई, पर दूध तो फ्रिज में होता है। अब कैसे माँगूँ? जयप्रदा के सामने सवाल खड़ा हो गया। फिर भी उसने कहा, "पाल वेनम क्या?" "फिर से कहो?" दुकानदार ने कहा। "पाल वेनम" जयप्रदा ने जोर से कहा।

जयप्रदा की आवाज सुनकर सब लोग उसे आश्चर्य से देखने लगे। जल्द ही जोर से हँसकर उन्होंने कहा, "अरे, गुड़िया गूँगी नहीं है। उसे बोलना आता है। उन्हें 'पाल' यानी छिपकली चाहिए। क्या तू छिपकलियाँ भी बेचता है?" दुकानदार भी हँसने लगा। जयप्रदा सिमट गई, पर उसे याद

आ गया, 'दूध तो फ्रिज में होगा,' उसने फ्रिज खोलने का इशारा किया और दूध के पैकेट को हाथ दिखाया। तब से सभी लोग उसे 'पाल-पाल' करके चिढ़ाने लगे।

तब से वो जब भी दुकान पर आती थी तो वहाँ बैठे लोग कहते थे, "पाल आई, छिपकली आई।"

उन लोगों की बातें सुनकर जयप्रदा को अब दुकान पर जाने में भी संकोच होने लगा। जब कभी जरूरी काम से उसे दुकान पर जाना पड़ता था और वहाँ बैठे लोग उसे चिढ़ाने लगते तो वो गुस्से में अपने आप में बड़बड़ाकर घर लौटती थी। घर आकर उन्हें जोर-जोर से कोसती थी और थोड़ी देर बाद शांत हो जाती थी।

आहिस्ता-आहिस्ता उसे आदत-सी हो गई। एकांत होता तो जोर-जोर से हँसती थी, बातें करती थी या बीच-बीच में रोती भी थी।

एक शनिवार को शंकरन के आने के बाद वो पाँच मिनट तक हँसती रही, हँसती रही। शंकरन ने हँसकर पूछा, "क्या बातूनी गुड़िया, आज क्या खुशखबरी सुनाने जा रही हो?"

उसे जवाब देने से बदले वह शंकरन को बाँहों में जकड़कर जोर-जोर से रोने लगी। शंकरन डर गया। थोड़ी देर बाद वो शांत हो गई। तब जाकर उसने शंकरन को बताया, "मैं क्या करूँ? अब मैं कभी जोर-जोर से हँसती हूँ, बोलती रहती हूँ या जोर-जोर से रोना मुझे अच्छा लगता है। कुछ तो करो जी, पर अब मुझे यहाँ अकेले मत रहने देना। मुझे डर लगता है।" इतना कहकर वो दोबारा रोने लगी।

दूसरे दिन शंकरन ने उसे दिन भर घुमाया। जयप्रदा बहुत खुश थी। पर शाम को घर आने पर वो फिर उदास हो गई।

दूसरे सप्ताह में नवरात्रि आनेवाली थी। शंकरन ने तब छुट्टी लेकर आने का वचन दिया। जयप्रदा की चिंता मन में लेकर शंकरन चला गया।

नवरात्र में केरकियनों के घर नौ दिन तक पूजा रहती है। हर शाम भगवान् की पूजा करने के बाद दो या ज्यादा सुहागनों को बुलाकर उनकी

पूजा करते हैं। चुंडल यानी चने की भाजी, बिड़ा, हलदी, फूल और साथ में कपड़ा या नारियल या कोई बरतन देते हैं। बाद में सुहागन को खिला-पिलाकर भेजते हैं।

शंकरन ने दशहरे तक छुट्टी ले रखी थी। उसकी माँ केरल में नवरात्रि की पूजा करती थी, इसलिए जयप्रदा को यह पूजा करने की जरूरत नहीं थी। बाकी केरकियनों के घर से जयप्रदा को पूजा के लिए बुलाया जाता था। शंकरन उसे हर शाम एक-एक के घर ले के जाता था। बड़ी खुशी से जयप्रदा उनके घर जाती थी। यूँ ही किसी की मसखरी करके खुद ही जोर से हँसती थी। इन घर के लोगों को ये सब अजीब सा लगता था, पर कोई उसे मुँह के सामने कुछ नहीं कहता था।

शंकरन को भी यह सब अजीब लगता था, पर क्या करूँ यह उसकी समझ में नहीं आता था। उसने अपने दोस्तों से पूछा। उन्होंने जयप्रदा को मनोरोग चिकित्सक को दिखाने को कहा। पर शंकरन को यह भी पसंद नहीं आया। वो मन-ही-मन सोचने लगा, '...मनोरोग चिकित्सक को क्यूँ ?...मेरी पत्नी क्या पागल है...उसे बात करने को कोई नहीं मिलता है...इसलिए यहाँ जरा ज्यादा बोलती है।...उसमें क्या ? मेरी ही गलती हो गई।...मुझे उनसे नहीं पूछना चाहिए था,' वो मन-ही-मन झुँझलाया।

इस तरह सोच-सोचकर उसने अपने ही मन को समझाया, 'चलो, ये दस दिन तो मैं यहाँ हूँ और वो बहुत खुश है। अब तीन महीने बाद पोंगल आएगा। शादी के बाद यहाँ आकर बहुत दिन हो गए। गाँव गए ही नहीं। पोंगल के समय मैं छुट्टी लेकर जयप्रदा को गाँव में ले के जाऊँगा। वो वहाँ अपने लोगों के साथ बहुत खुश रहेगी।"

दस दिन जल्दी ही खत्म हो गए। दशहरे के दिन जयप्रदा दुःखी हो गई। वो छोटे बच्चों की तरह जिद करने लगी, "आप सर्विस पर मत जाइए। मुझे डर लगता है। 'ऊर वोनामा' गाँव चलेंगे।" ऐसे कहते-कहते रोने लगी।

दस दिन छुट्टी लेने के बाद उसे और छुट्टी तो नहीं मिल सकती थी। उसे तो जाना ही था। 'अब आगे अपने ही लोगों के साथ फ्लैट ले के रहूँगा।'

ऐसा मन-ही-मन सोचकर जयप्रदा को समझा-बुझाकर शंकरन चला गया।

अब फिर से जयप्रदा अकेली हो गई। अब उसे अपने अकेलेपन से ही डर लगता था। दुकान पर तो उसने जाना ही छोड़ दिया था। दूधवाला घर पर दूध लाकर देता था।

जयप्रदा कभी-कभी सुबह से ही दरवाजे के पास कुरसी लेकर बैठ जाती थी या कभी गैलरी में बैठी रहती थी। जयप्रदा की यह अवस्था बिल्डिंग वाले समझ गए थे, पर भाषा अलग होने के कारण कुछ नहीं कर सकते थे। दुकानवाले और आस-पड़ोस के लोग उसे घंटों गैलरी में बैठी देखकर जोर-जोर से हँसकर कुछ-न-कुछ कहते रहते थे।

एक दिन उसने घर के मंदिर से भगवान् की मूर्तियाँ नीचे फेंक दी। लोगों ने चुपके से भगवान् ऊपर लाकर रख दिए। दूसरे दिन कपड़े बाहर फेंके। वो भी किसी ने ऊपर लाकर रख दिए। उनसे जयप्रदा अनाप-शनाप बोलने लगी। एक दिन उसने शक्कर के डिब्बे से पूरी शक्कर नीचे उड़ाई। अब नीचेवाले लोग उसे चुपचाप देखते थे।

शनिवार के दिन शंकरन आएगा, इसी खुशी में उसने सुबह से पूरा घर धोया। दोपहर से वो धूप में गैलरी में बैठकर उसकी राह देखने लगी। शाम को उसने शंकरन को बस से उतरता देखा तो जोर-जोर से हँसने लगी और हँसते-हँसते गैलरी से नीचे कूद गई।

शंकरन पड़ोसियों की मदद से एंबुलेंस बुलवाकर जयप्रदा को मडगाँव के हॉस्पिटल लेकर आया। वहीं उसने डॉक्टर को जयप्रदा की उन दिनों में बिगड़ी हुई स्थिति बताई। हॉस्पिटल के डॉक्टर ने मनोरोग के डॉक्टर को बुलाकर जयप्रदा की स्थिति बताई।

जयप्रदा घर में अकेली रहती थी और उसके साथ बातें करने को भी कोई नहीं था, इसी कारण वो डिप्रेशन में चली गई थी। डॉक्टर ने कहा था, उसे गाँव अपने लोगों के साथ थोड़े दिन रहने दीजिए। वो अपने आप ठीक हो जाएगी।

डॉक्टर क्या कहते हैं, वो अपनी भाषा में शंकरन ने जयप्रदा को

बताया। तब वो जोर-जोर से हँसने लगी। हँसते-हँसते रोने लगी। भर्राए हुए स्वर में उसने डॉक्टर से कहा, "नन्नी···डॉक्टर···नन्नी···" (थैंक्यू··· डॉक्टर···थैंक्यू···)।

माया अनिल खरंगटे : इनका जन्म गोवा के आसोळडे गाँव में हुआ। इनकी कुल मिलाकर 42 पुस्तकें प्रकाशित हुई हैं। 'रानाच्या मनांत' नामक पुस्तक को वर्ष 2012 में साहित्य अकादेमी के बाल साहित्य पुरस्कार से सम्मानित किया गया। ये कला और संस्कृति के राज्य पुरस्कार से सम्मानित हो चुकी हैं।

□

विद्रोह

—वसंत भगवंत सावंत, अनु. : रूपा च्यारी

गाँव के बड़े-बूढ़े लोगों ने अपनी भुजाओं पर लादे, खाल निकालकर रपटाए हुए, साँवर (कपास का पेड़) के ठूँठ को खास बनाए गड्ढे में खड़ा दिया। प्रारंभिक देवकृत्य संपन्न कर बुजुर्ग बेल का सहारा लेकर साँवर पर चढ़ गया। साथ में लिये घड़े का पानी उसने साँवर पर उँडेलकर उसे लिजलिजा बनाया। फिर साँवर के ऊपरी हिस्से पर रखी फूल माला प्राप्त करने के लिए 'गडे' (शिगमो उत्सव में सहभागी स्थानीय युवा) कोशिश करने लगे। बीच में गाँवकार पानी फेंक रहा था, इसलिए पेट के बल पर एक-दूसरे का सहारा पाकर साँवर पर चढ़नेवाले गडे एकदम सबको साथ में लेकर साँवर के तले रखे भातयण (धान की बालियों) की राशि पर गिर जाते थे। चाँदनी में साँवर चमक रही थी। सालाना दुरीग (गोवा का प्रसिद्ध शिशिरकालीन लोक उत्सव) के निमित्त इकट्ठे हुए गाँव के पुरुष, औरतें, बच्चे हँसी से लोट-पोट हो रहे थे।

शिगाँव का होली—दुरीग देखने के लिए कुळें पुलिस चौकी पर हाल ही में भरती हुए गोरे फिरंगी भी थे, जिन्हें रेजिदोर ने न्योता दिया था। वे भी इस दृश्य का आनंद उठा रहे थे, लेकिन गमती की बात अलग थी। जल्द ही किसी गडे के हाथों फूलमाला हासिल हो और दुरीग का तुरंत समापन हो, ऐसा उसे लग रहा था। दुरीग का देवकृत्य एकदम पवित्र था, इसलिए दुरीग के सम्मुख प्रार्थना कर संतति प्राप्ति के लिए मन्नत माँगने काकाभट ने गमती की माँ से

कहकर उसको कुळे से शिगाँव बुलवाया था। महादेव मंदिर के बरामदे में अपने पति के साथ बैठकर वह दुरीग देख रही थी। आखिर एक गडे ने अपने पेट के नीचे धान की बालियाँ रखकर महाप्रयास से साँवर के ऊपरी छोर तक पहुँचकर बुजुर्ग गाँवकार से फूलों की माला ली। इस पर सबने खुशी प्रकट की। बेल के सहारे गाँवकार नीचे उतरा और गाँव के लोगों के द्वारा भेंटस्वरूप लाए गए नारियलों को साँवर तले एक के बाद उसने फोड़ डाला। क्षण भर के बाद दुरीग के आसपास की भीड़ छँट गई। सब मंदिर के प्रवेशद्वार की ओर दौड़ पड़े। मोचेमाडकारों का प्रसिद्ध नाटक देखने के लिए सबको जगह आरक्षित करनी पड़ी थी। काकाभट ने गमती और रामा को दुरीग के तले बुलवाया और गाँवकार को मनौती की प्रार्थना करने के लिए कहा। दोनों को लेकर वह मंदिर में आया और भगवान् के चरणों के पास रखे नारियल को उठाकर उसने गमती के आँचल में डाला और कहा, "डरने की कोई बात नहीं। महादेव पर भरोसा रख। भगवान् की कृपा का अनुभव तुझे मिल जाएगा। अपने पति से रोज इस नारियल की गंधफूल से पूजा करने के लिए कहो। फिर देखना, साल के भीतर तुम्हारी गोद भर जाएगी। भगवान् की कृपा से तुम्हें लड़का होगा, गोरा-चिट्टा बिल्कुल तुम्हारे जैसा।"

गमती ने क्षण भर के लिए आँखें मूँद लीं। सचमुच उसकी आँखों के सामने गोल-मटोल, गोरा-चिट्टा, कंजी आँखों का, लंबे सुनहरे बालोंवाला बच्चा खड़ा हुआ, दुरीग देखने के लिए आए हुए फिरंगियों की तरह…! भगवान् को मन-ही-मन प्रणाम करते हुए उसने कहा, "हे ईश्वर, मेरे जैसा गोरा ही हो, ऐसा जरूरी नहीं है। मेरे पति जैसा काला-साँवला भी चलेगा… लेकिन मेरी गोद भर जाए।"

पुरोहित के आँचल में रखे नारियल को लेकर, नाटक के लिए रुके बिना गमती पति के साथ मायके आई। कपड़े की थैली में वह नारियल उसने सँभालकर रखा और पति के पास खटिया पर लेटते वक्त दोनों हाथ जोड़कर कहा, "हे भगवान्, अब सबकुछ तेरे हवाले है। हमारी रक्षा करना।"

रामा से शादी हुए सात बरस बीत चुके थे, लेकिन अब तक गमती माँ

नहीं बन पाई थी। शुरुआत के एक-दो साल में उन दोनों ने इस बात को गंभीरता से नहीं लिया, लेकिन तत्पश्चात् घरवाले और पड़ोसियों के ताने सुनकर दोनों के मन में पीड़ा होने लगी। गमती की सास उसे पल-पल कटु वचन सुनाती थी।

"ऐसी सुंदरियों को क्या केवल प्रदर्शन की खातिर घर में रखें?"

"वंश वृद्धि की खातिर बच्चा तो चाहिए···।"

"बाँझ कहीं की···।"

"जब कुँआरी थी, तब न जाने क्या-क्या चक्कर चलाकर आई है।"

ऐसी बातें सुनकर रामा को भी बहुत बुरा लगता था, लेकिन माँ के सामने कुछ कहने की उसगें हिम्मत न थी। बीवी की मायूसी को देखकर वह दुःखी हो जाता।

शिगाँव में बस्ती की सब लड़कियों में से एक अकेली गमती गोरी-चिट्टी थी। सुगठित बदन के कारण हर किसी की नजर उस पर टिकी रहती थी। काम-धंधे के वक्त किए जानेवाले हँसी-मजाक की बातों में मुहल्ले की औरतों तथा लड़कियों में गमती के गोरेपन का जिक्र जरूर रहता।

"एक बार गमती की शादी होने दो। फिर तुम देखना गमती का बच्चा गमती से ज्यादा उजला रहेगा—एकदम गोरा।" गमती ऐसी बातों को अनसुना कर देती थी, लेकिन अपने गोरेपन के कारण मजाकिया ढंग से ही सही, पर आशाएँ व्यक्त हो रही हैं, यह अनुभव कर उसके हृदय में गुदगुदी होती थी। फिर कुछ साल पश्चात् हमउम्र साथिनों की शादियाँ हुईं। उन्हें पाँच-पाँच, छह-छह बच्चे हुए; लेकिन गमती के हाथ में पालने की डोर नहीं आई। मायके में माँ मायूस होकर कहती, "बेटी के नसीब में संतान ही नहीं है, तो बेचारी क्या करेगी?" गमती के पति को देखकर पड़ोसन कह उठती, "बेचारी गमती, दूसरे की संतानों को इतना लाड़-प्यार करती है। भगवान् उसे भी बच्चा दे दें।" बच्चे की चाहत के कारण दोनों की मानसिक स्थिति तनावपूर्ण बन चुकी थी।

इन दिनों रामा का ध्यान काम-धंधे पर नहीं लगता था। बाप की इकलौती

संतान होने के कारण घर की दोनों बैलगाड़ियों की जिम्मेदारी उस पर थी। कुळें, मोलें, बींबल परिसर के सभी सवारियों के अलावा हर तरह का माल भी वही ठिकाने पहुँचा देता। सूखी घास, पत्थर, लकड़ी, मेले का सामान आदि चीजें ठीक जगह पर पहुँचाने के लिए सबको रामा की आवश्यकता पड़ती। फिरंगियों की पुलिस चौकी पर भी उसकी पहचान थी। पकड़ा हुआ चोरी का माल लाने के लिए काब (हवलदार) अपनी गाड़ी उपलब्ध न होने पर रामा की बैलगाड़ी किराए पर लेता।

आठ बरस पहले ऐसे ही सवारी लेकर रामा शिगाँव गया था। वहाँ गमती को देखकर उसका दीवाना हो चुका था। गाँव के बड़े-बूढ़ों की मदद से उसने गमती के लिए शादी का प्रस्ताव भेजा था। उसी गाँव में महादेव के मंदिर के नजदीक वधू के घर के सामने सजे मंडप में उनकी शादी बड़ी धूमधाम से हुई थी। चैफ (पुलिस अफसर), काब, रेजिदोर उसकी शादी में शामिल हुए थे। वरपक्षवालों को देखकर शिगाँववालों को लगा था कि गमती का नसीब खुल गया।

संतान प्राप्ति के लिए रामा ने सब तरह के पूजा-पाठ किए। जब उसे ज्ञात हुआ कि मुंजो, खेत्री आदि भूत-पिशाच वंशबेल बढ़ने नहीं देते हैं तो उसने पानी की तरह पैसा बहाकर राक्षस मलिक के मंदिर में पूजा करवाई। दशहरे के अवसर पर दैवी पुरुष के वचन का कृपाप्रसाद लिया। प्रसाद, घाड़ी, भगत, जो-जो जिसने कहा, वह सब किया, लेकिन फिर भी भगवान् की कृपा से वंचित रहा।

अब होली दुरीग के उत्सव में संतान प्राप्ति की प्रार्थना करने के लिए पुरोहित ने बुलवाया है, यह बात गमती की माँ ने उन्हें बताई थी। उसे सुनकर रामा के मन में कोई उम्मीद नहीं जगी थी, लेकिन गमती का उदास चेहरा उससे देखा न गया, इसलिए बैलगाड़ी लेकर केवल गमती के लिए वह ससुराल आया था।

रातभर दोनों को नींद नहीं आई। मोचेमाडकार के नाटक के जोर-जोर से कहे गए संवाद कुछ स्पष्ट, कुछ अस्पष्ट अंदाज में सुनाई दे रहे थे। भोर

में नाटक समाप्त हो जाने के बाद जब लोग घर गए, तब रामा भी उठा और बैलों को लेकर नदी किनारे चल पड़ा।

चाय के साथ पोस्टे (दोसे) खाकर दोनों कुळें जाने के लिए तैयार हुए। जिस थैले में पुरोहित का दिया हुआ नारियल रखा था, उसे बड़ी सावधानी से बैलगाड़ी की खूँटी से लटकाया। गाड़ी कुळें की ओर निकल पड़ी और दोनों ने मुड़कर भगवान् को नमस्कार किया। पूरा गाँव देर रात तक जागने से अब सोया पड़ा था। रास्ते पर या अड़ोस-पड़ोस में कोई दिखाई नहीं दे रहा था। रामा ने ग्वालों के मांगर (सूखा गोइंठा या, लकड़ी रखने की जगह) के नजदीक जो सूखा नाला था, वहाँ से बैलगाड़ी ऊपरी दिशा में घुमाई और भरिपा पर्वत की तलहटी से वह मुख्य मार्ग पर सीधा आ पहुँचा। इतने में धूल उठाते हुए मोंतेर (एक पुर्तगाली कुविख्यात पुलिस अधिकारी) के काले सोजिरों की टोली को देखकर वह काँप उठा।

पिछले दिनों में मोंतेर ने पड़ोस के गाँव में हुड़दंग मचाया था। भात के बीज लाने के लिए सुपें गाँव को गए खेतिहरों को उसने 'जयहिंद' वाले कहकर पिस्तौल से उड़ा दिया था। स्वतंत्रता सेनानियों को पकड़ने के लिए वह हर जगह घूमता रहता था। किसी औरत को देखकर वह शैतान बन जाता था। शिगमो उत्सव में स्वतंत्रता सेनानी घर आए हैं, ऐसा अंदेशा होने पर संशयित घरों की उसने खुद जाँच-पड़ताल की थी। खुफिया पुलिसवालों की टोली को नजदीक आते देखकर रामा एकदम घबराया। उसने गमती को मोंतेर की नजरों से छिपाने के लिए गाड़ी में लेटने को कहा। लेकिन मोंतेर की हवस भरी निगाहों से वह नहीं छुटी। उसने जीप रोक दी और फिरंगी भाषा में कुछ कहते हुए दो बाशिंदों को बैलगाड़ी की ओर भेज दिया। "जगह से जरा भी हिला तो पिस्तौल की गोली से उड़ाया जाएगा," इन शब्दों से एक बाशिंदे ने रामा को धमकाया और दूसरे ने गमती को खींचने के लिए हाथ बढ़ाया। गमती जोर से चिल्लाने लगी। उसने उस आदमी के हाथ में काट लिया, लेकिन मोंतेर खुद गाड़ी से उतरा और गमती को खींचकर झाड़ी में ले गया। गमती की चीखें रामा से सुनी न गईं, लेकिन डर का मारा वह कर भी क्या सकता था?

गमती पर अत्याचार करने के पश्चात् मोंतेर वाहन में सवार होकर वापस शिगाँव की ओर चला गया। रामा दौड़कर गमती के पास गया। गमती की हालत बहुत बुरी थी। उसके वस्त्र फटे हुए थे और वह खून से लथपथ थी। उसी दशा में रामा ने उसे उठाकर गाड़ी में बिठाया। भरिपा से कुळें पहुँचने तक दोनों के दरम्यान सन्नाटा छाया रहा।

रामा ने अगिन में गाड़ी खड़ी कर दी। घर में और आजू-बाजू में कोई जगा हुआ नहीं है, इसका अंदाजा लेकर उसने गमती को जल्दी-जल्दी गाड़ी से नीचे उतारा और उसे सहारा देते हुए घर में ले आया। कमरे में प्रवेश करते ही गमती रामा की बाँहों में बिलख-बिलखकर रोने लगी।

"मत रोना, नसीब में जो लिखा है वह भुगतना ही पड़ता है। जो हो चुका है, उस पर और विचार नहीं करना है। भूल जाओ वह सब।" गमती को मनाते हुए उसने कहा। गमती और विचार न करे, इसलिए वह नदी पर जाकर नहाकर आया। पुरोहित के दिए हुए नारियल को भगवान् के सामने रखकर उसने पूजा की। नित्य-नियम से वह उसकी पूजा करने लगा। इसी में दो मास बीत गए और गरमियों में एक दिन साँझ के समय कुछ खाने के बाद गमती को उबकाई आई। वह गुसलखाने की ओर दौड़ पड़ी। यह देखकर उसकी सास खुशी से फूली न समाई। उसने जल्दी-जल्दी सौंफ का पानी गमती को पीने के लिए दिया तथा प्रार्थना की 'देवी माँ, रक्षा करना। वंश का निर्वाह करना।'

कल तक नाक-भौंह चढ़ाकर बातें करनेवाली सास में ऐसा बदलाव देखकर गमती को आश्चर्य हुआ। शाम को घर लौटे रामा को भी उसने यह खबर सुनाई। दोनों बहुत खुश हुए।

उस रात भोजन के उपरांत गमती की सास ने उसे गर्भावस्था में सावधानी बरतनेवाली सारी बातें समझा दीं। लालटेन लेकर गमती अपने कमरे में आई तो उसने देखा कि रामा पलंग पर निश्चिंत सोया था। उसके पास वह भी लेट गई, लेकिन उसे नींद नहीं आई। कोख में अंकुर उगने की संभावना से उसे बेहद आनंद हुआ था। अब सास ताने नहीं देगी, माँ व्यथित नहीं होगी, दुरीग

की प्रार्थना सफल हुई, पुरोहित के शब्द एकदम सच साबित हुए, अब मुझे लड़का होगा, गोरा-चिट्टा···मेरे जैसा···

सोचते-सोचते वह क्षण भर रुक गई। उसकी आँखों के सामने मोंतेर की गोरी त्वचा गोलाकार घूमने लगी। मोंतेर का दीर्घाकार पेट, थुलथुलाता बदन, आँखों में हवस··· । फिरंगी भाषा में गालियाँ देते हुए उसने जबरन उसे गाड़ी से नीचे खींचा था। उसकी गिड़गिड़ाहट को निष्ठुरता से अनसुना कर जबरदस्ती उसके वस्त्रों को फाड़कर उसके साथ जानवरों जैसा सलूक किया था। वहशी की तरह उसे भोगा था।

गमती के बदन में अजीब-सी सिहरन पैदा हो गई। उसे लगा कि उसके बदन में अनगिनत छेद पड़े हैं। अपनी कोख में कहीं उस राक्षस का पाप तो नहीं पल रहा?···उसका सिर चक्कर खाने लगा। जोर-जोर से हिलाकर गहरी नींद में सोए हुए पति को उसने एकदम जगाया।

"कल भोर होते ही राधा के यहाँ जाकर दवाई ले आना!" उसके स्वर में अजीब कठोरता थी। "कैसी दवा?" नींद भरी आवाज में रामा ने पूछा। "और कैसी?···गर्भपात की।" गमती ने निर्ममता से कहा। अन्यमनस्क होकर रामा गमती की ओर देखता ही रहा···

वसंत भगवंत सावंत : श्री सावंत का जन्म गोवा के सावर्डे गाँव में हुआ। ये कहानियों के साथ बाल साहित्य भी लिखते हैं। ग्रामीण विषय उनकी कहानियों में बहुत प्रभावशाली तरीके से आए हैं। ये कई राज्य पुरस्कारों से सम्मानित हो चुके हैं।

□

चंद्रकला

–प्रकाश पर्येकार, अनु. : वृषाली मांद्रेकर

पहाड़ी की तलहटी में झर में गाँव बसा हुआ है। पहाड़ ऊँचाई तक सीधा खड़ा होने के कारण उस जगह को 'उबो तेम' नाम से संबोधित किया जाता है। इसी उबो तेम के कारण पहाड़ों की पंक्तियाँ दूर तक फैली हुई हैं। दोपहर का सूरज पश्चिम की ओर झुकने पर उबो तेम की परछाईं सबसे पहले गाँव को छूती है।

बरसात में उबो तेम पर से गिरनेवाला झरना गाँव को दो भागों में विभाजित करता है। झरने के इस पार और उस पार, दोनों तरफ लगभग चालीस-पचास मकान हैं। मई में पानी की कमी होने पर छोटे-छोटे कुएँ खोदे जाते हैं। झरने के उस पार ऊँचाई पर सांतेरी का मंदिर है, जिसके सामने एक बहुत बड़ा खेत दूर तक फैला है। सूरज की किरणों को उबो तेम को छूते देखकर यमुना ने जल्दी की, "दिन ऊपर तक चढ़ आया है और मेरे घर के काम अभी तक नहीं हुए हैं।" ऐसा कहते हुए उसने ओलती से गँड़ासी निकाली और बाँस की डंडी पर रखा हुआ तौलिया कंधे पर डालते हुए वह चंद्री के घर के सामने आकर खड़ी हुई। सुपारी के टुकड़े दाढ़ के बीच रखते हुए उसने चंद्री को पुकारा—

"चंद्रीऽऽ आती है कि नहीं? दिन कितना चढ़ आया, देखो!"

"चलती रहो, वायु को पालने में सुलाकर आती हूँ।" चंद्री ने कहा।

छोटी लड़की को गोदी में सुलाकर चंद्री यमुना की राह देख रही थी।

उसको सोया हुआ देखकर उसे हलके से उठाया और पालने में सुलाया। वह बाहर आई। आँगन में अन्य बच्चों के साथ खेल रहे राघू को पुकारा और कहा, "राघू, छोटी पालने में सो रही है, जागने पर उसे ले लेना। मैं लकड़ी काटने जा रही हूँ।" चुबल लेकर वह बाहर निकल गई।

सात-आठ दिन से चंद्री और यमुना दोपहर में खाना खाने के बाद लकड़ियाँ काटने जाती थीं। वैसे देखा जाए तो इन दिनों में गाँव की सभी औरतें लकड़ियाँ लेने जाती थीं। काजू के पेड़ में मंजरी निकलकर काजू फल बनने शुरू हो गए थे। काजू पकने के मौसम में बाकी कामों के लिए फुरसत नहीं मिलती थी। तब तक मौसम खत्म हो जाता था और बरसात शुरू हो जाती थी। इस वर्ष इन दिनों उन्होंने आधे से ज्यादा लकड़ियाँ जमा कर ली थीं। इस साल लकड़ियाँ अच्छी मिलने के कारण अन्य औरतों को ईर्ष्या हो रही थी।

"इनको इतनी साफ-सुथरी लकड़ियाँ कहाँ से मिलती हैं?" यह प्रश्न अन्य स्त्रियों को सता रहा था। एक दिन यह सवाल आबोले ने किया था—

"अरी चंद्री! तुम लकड़ियाँ कहाँ से लाती हो?"

"कहाँ से मतलब? जंगल में क्या लकड़ियाँ लेने नहीं जाती? सिर पर लकड़ियों का गट्ठा लादे, चट्टान उतरते समय पैर काँपने लगते थे कि यदि पैर फिसल जाए तो सीधे नदी में गिर जाने का डर। चंद्री और यमुना तो एक मजदूर की तरह सिर पर बोझ लेकर झर-झर नीचे उतर जाती थीं। उबो तेम पर जाने के लिए काजू के पेड़ों के बीच से राह थी। यमुना चंद्री की राह देखती मंदिर के सामने आम के नीचे पान-सुपारी चबाती हुई बैठी थी। चंद्री के पास पहुँचने के बाद यमुना पीक थूकते हुए बोली—

"इतने वक्त तक क्या कर रही थी? पति को पालने में सुला रही थी क्या?"

"तुम्हें तो बस मजाक सूझता है। दूसरों को कोसने की आदत कब जाएगी, मालूम नहीं। सुपारी दे दो थोड़ी।"

काजू के पेड़ पीछे रह गए थे और घना जंगल शुरू हो चुका था। दोनों रोज की तरह जंगल में घुसीं। इस जंगल में शीशम के बड़े-बड़े पेड़

थे। गाँव के लोग इन पेड़ों को फर्नीचर बनाने के लिए काटकर ले जाते थे। इस कारण कटे हुए पेड़ों की टहनियाँ जंगल में मिलती थीं। यमुना का पति लकड़ियाँ चीरने का काम करता था। वह उसको बता देता था कि किस जगह लकड़ियाँ मिल सकती हैं। आज भी वे दोनों काटे हुए पेड़ों की तलाश में थीं। पिछले सात-आठ दिनों में नजदीक की लकड़ियों को वे घर ले जा चुकी थीं। लकड़ियाँ ढूँढ़ते-ढूँढ़ते दोनों बहुत घने जंगल में चली गई थीं। जंगल घना होने के कारण सूरज की किरणें जमीन को नहीं छू पा रही थीं। सभी ओर शीतल और ठंडा वातावरण था। कुछ देर के बाद दोनों अलग-अलग दिशा में बढ़ गईं। यमुना की लकड़ियाँ काटने की आवाज चंद्री सुन रही थी। चंद्री को अभी तक अनुकूल लकड़ियाँ नहीं मिली थीं। वह बहुत दूर तक गई। वहाँ सूखी लकड़ियों की टहनियाँ देखकर उसे बहुत खुशी हुई। वह जल्दी-जल्दी टहनियाँ तोड़ने लगी।

"यमुनाऽऽ, यमुनाऽऽ" चंद्री ने यमुना को जोर से पुकारा। लकड़ियाँ वहीं छोड़कर वह यमुना की ओर भागी।

"क्या हुआ री चंद्री?"

चंद्री की पुकार सुनकर यमुना सचेत हो गई।

'कहीं कुछ अघटित तो नहीं हुआ।' यह सोचकर यमुना असमंजस में पड़ गई। चंद्री को मधुमक्खी ने तो नहीं काट लिया। देखा तो चंद्री डर के मारे उसी की ओर दौड़ी आ रही थी।

"ऐसे क्यों भाग रही हो? क्या हुआ है, बताओ तो?" चंद्री गिरते-उठते यमुना के पास आई। चंद्री को जोर से हाँफते देखकर यमुना उसके नजदीक गई।

"अरी, क्या हुआ? बताओ तो?" यमुना ने पुनः प्रश्न किया।

"वहाँ एक आदमी है।"

"तो क्या हुआ?"

"उसके बदन पर ठीक तरह से कपड़े भी नहीं हैं। काला-कलूटा है, माथे व सिर पर बालों का जंजाल है। मुझे वह झुककर देख रहा था।" हाँफते

हुए चंद्री ने एक साथ सारी बात बता दी।

बदन पर कपड़े न होने से यमुना का कलेजा बैठ गया।

"चलो, हम घर चलें। अपनी लकड़ियाँ हम कल ले जा सकती हैं।" दोनों वहाँ एक क्षण भी नहीं रुकीं। राह जिस ओर निकली, उसी दिशा में चल पड़ीं। पहाड़ उतरते समय उनके पैर फिसल रहे थे, लेकिन उन्हें इसकी परवाह नहीं थी। कपड़े काँटों में फँसकर फट रहे थे। गाँव में मंदिर के पास पहुँचने पर ही कलेजे में ठंडक पड़ेगी, ऐसा उन्हें महसूस होने लगा। जंगल को पार कर काजू के पेड़ों के पास पहुँचने पर उनको तसल्ली मिली। गोविंद आपा काजू के वन को साफ-सुथरा कर रहे थे। उनकी आवाज सुनकर तथा देखने पर उन दोनों के कलेजे की धक-धक भी कम हो गई।

"आपा आपा! जरा इधर आओ।" यमुना ने गोविंद आपा को दूर से पुकारा। दोनों उनकी दिशा में दौड़ रही हैं, यह देखकर उनका मन घबरा गया।

"अरे, क्या हुआ?" उनकी घबराई हुई मुख-मुद्राएँ देखकर उन्होंने प्रश्न किया।

"आपा, ऊपर चट्टान पर चंद्री को एक काला कलूटा आदमी दिखाई पड़ा। उसके बदन पर कपड़े नहीं थे। चंद्री को देखकर वह उसके पास आया।" चंद्री अपना मुँह खोले, उससे पहले ही यमुना ने घटा हुआ सारा प्रसंग बताया।

"ऊपरी चट्टान पर! और काला-कलूटा मनुष्य? वह भी नंगा! चंद्री ने किसको देखा, क्या मालूम!"

"सांतेरी देवी की कसम, मैंने उसको अपनी आँखों से देखा है। उसके माथे पर बहुत सारे बाल हैं।"

"चलो, मुझे दिखाओ।"

"हम नहीं जा सकतीं। हमें तो डर लग रहा है।"

"अगर ऐसा है तो तुम दोनों इधर ही रुको। मैं उसको देखकर आता हूँ।" हाथ की हँसिया काँटे में लगाते हुए गोविंद आपा ने चट्टान पर जाने की इच्छा व्यक्त की।

"नहीं, आप अकेले मत जाइए।" यमुना ने गोविंद आपा को रोका।

गाँव पहुँचकर उसने लोगों को पूरा विवरण बताते हुए कहा, "यदि यमुना साथ न होती तो चंद्री की इज्जत लुट जाती।"

चंद्री ने उसका सारा बखान कर दिया। कुछ सोचकर गोविंद रुक गया। "तो फिर हम गाँव में चलते हैं," कहकर उसने दोनों को साथ लिया। जल्दी ही वे पहाड़ी उतर गए।

"चंद्री की इज्जत पर हाथ डाला?" जमा लोग आश्चर्यचकित होते हुए बोले।

सभी की नजरें चंद्री पर केंद्रित हुईं। चंद्री के बाल अस्त-व्यस्त थे, काँटों में कपड़े फँसने के कारण फटे हुए थे। डर के मारे उसका चेहरा पीला पड़ गया था। धीरे-धीरे पूरा गाँव चंद्री के इर्द-गिर्द जमा हो गया। चंद्री का पति भी भीड़ में से निकलकर उसके पास आया और चंद्री को किसी परपुरुष ने छुआ, यह सुनकर वह बेहाल हो गया और होंठ चबाते हुए चंद्री की कनपटी पर दो झापड़ कसे।

चंद्री जोर से चिल्लाई।

"लेकिन यह कौन आदमी है? और इस जंगल में कैसे पहुँचा?" पांडु ने प्रश्न किया।

"पागल नहीं, चांडाल होगा कोई। चंद्री को अकेला पाकर उसकी इज्जत पर हाथ डालना चाहता होगा।" कहते हुए बीड़ी का धुआँ नाक से बाहर छोड़ते हुए पांडु ने अपना मंतव्य व्यक्त किया।

"पुर्तगीज काल में भी ऐसे ही औरतों को उठाकर ले जाते थे और उनका धर्म-परिवर्तन करते थे।" इतनी देर से सभी की बातों को ध्यान से सुननेवाले वृद्ध झिपरो दादा ने कहा।

"ऐसा है तो उसे जाकर देखना ही है, आज चंद्री की इज्जत लूटी, कल किसी और की। इसको ऐसे नहीं छोड़ना चाहिए।" पांडु ने उस मनुष्य के प्रति अपना क्रोध प्रकट किया।

"पांडु का कहना बिल्कुल ठीक है। हम लोगों ने आज उसे नहीं ढूँढ़ा तो

कल गाय-गोरू की रखवाली करनेवाले नहीं तो लकड़ी इकट्ठा करनेवालों के दिल में हमेशा डर बना रहेगा।" विट्ठल ने अपने मन की पीड़ा व्यक्त की।

"अब बातें ही करते रहोगे या कुछ करोगे भी। दिन तो बहुत चढ़ आया है। उसको ढूँढ़ना है तो जल्दी से बाहर निकलना होगा।" बोंबडो ने जमा लोगों पर गुस्सा किया। उसके ऊँचे स्वर को सुनते ही सबमें स्फूर्ति आई, युवा सबसे आगे कूदने लगे।

"खाली हाथ कहाँ जा रहे हो? उबो तेम पर घुमक्कड़ी करनी है?" गुरु ने सावधान किया। सबको यह सूचना अच्छी लगी। सात-आठ घरों से बंदूकें लेकर बीस-पच्चीस लोगों का गुट घुमक्कड़ी लगाने हेतु बाहर निकला। बूढ़े, बच्चों के मन में उत्सुकता जगी कि चंद्री की इज्जत पर हाथ डालनेवाला वह मनुष्य अब पकड़ में आएगा। इस दृष्टि से सभी सुख अनुभव करने लगे। यह तय किया गया कि उबो तेम के मूल में पहुँचकर कौन किस दिशा में जाएगा। बिना आवाज किए उबो तेम को घेरा डालकर सीटी बजाने के बाद सबको जाग्रत् करते हुए ऊपर चढ़ना होगा। इसमें से ज्यादातर लोगों को घुमक्कड़ी का अनुभव था। शिकार करने का सबको अच्छा अनुभव था। 'शिकार करने के लिए जानवर को चारों तरफ से घेरना, उसको मारना', इसका अभ्यास था। संपूर्ण पहाड़ पर घेरा डालने के बाद सबने आवाज करते हुए जंगल को जगाना शुरू किया। पहाड़ के मूल से थोड़ा-थोड़ा ऊपर चढ़ने लगे। उनके शोर से पूरा जंगल जाग्रत् हो गया। पशु-पक्षी अनमना गए। वह मनुष्य अब कहाँ जा सकता है? बाहर जाने का कोई भी रास्ता उसके लिए खुला नहीं होगा, इस कल्पना से ही सभी लोग खुश हो गए; लेकिन आधे से ज्यादा ऊपर आने पर भी उस मनुष्य का पता नहीं चला। पहाड़ चढ़ते-चढ़ते पांडु को जमा की गई लकड़ियों का ढेर दिखाई पड़ा।

'उसने यहीं चंद्री को आगोश में लिया होगा।' यह सोचकर पांडु बंदूक को सँभालकर इधर-उधर नजर डालने लगा, लेकिन यहाँ कोई दिखाई नहीं दिया।

"वह अब तक क्या बैठा होगा इस जंगल में? भाग गया होगा, इस

घटना को घटे इतना समय गुजर गया है।" पांडु के साथ विट्ठल ने अपना मत प्रकट किया। इतने में, "आओ रे आओ, जल्दी आओ," ऐसी किसी की पुकार और सीटी पर सीटियाँ सुनाई पड़ीं। वह पुकार सुनकर सभी साथी आवाज देते हुए उस दिशा में दौड़ पड़े। सब लोग काजरों वृक्ष के नीचे आ गए। वह देखो, खापरी ऊपर बैठा है। सभी की नजरें क्षण भर में ऊपर गईं। काला-काला एक मनुष्य उस पेड़ के तने से सटकर बैठा था। बाएँ कंधे पर कमान तो दाएँ हाथ में तीर था। पेड़ के नीचे जमा लोगों को देखकर वह थर-थर काँपने लगा। चोरी-छुपे वह नीचे के लोगों को निहारने लगा।

"यह तो बंदर मारनेवाला है, येऽऽऽ खाप...नीचे उतर जाओ।" बोबडो ने जोर से कहा।

"अरे, उसके पास तीर-कमान हैं, यह निस्संदेह बंदर मारनेवाला है।" गोविंदा ने उसको गौर से देखते हुए कहा।

सबकी नजर उस बंदर मारनेवाले को घूरने लगीं। यदि कोई और समय होता तो अचूक शर-संधान से बंदर को नीचे गिरा देता, लेकिन आज बंदर मारनेवाले की हालत बंदर जैसी हो गई थी। गुस्से और घृणा से भरी नजरें शेर की गति से उसकी ओर बढ़ रही हैं, ऐसा उसे महसूस हुआ और उसका बदन थर-थर काँपने लगा।

"हेदा के खुले मैदान पर बंदर मारनेवाले रुके हुए हैं। यह उनमें से ही होगा।" बंदर मारनेवाले को घूरते हुए विट्ठल ने अपना मत व्यक्त किया।

"ऐ बंदर मारनेवाले, नीचे उतरो।" पांडु ने जोर से कहा। उससे सबको जोश आ गया। सभी लोग उच्च स्वर से उसे पुकारने लगे। इसी ऊँची आवाज से भय के मारे उसकी बुरी हालत हो गई। उसने अपने बदन की पोटली बना दी और काजरे के पेड़ से चिपक गया।

गरमी के दिनों में हर वर्ष बंदर मारनेवालों का समूह हेदी के मैदान में आता है। वहाँ वे छोटी-छोटी टहनियों से झोंपड़ियाँ बनाकर डेढ़-दो माह तक रहते हैं। सुबह वे बंदर का शिकार करने जाते हैं। शिकार पर एक-दो बंदर मिले तो उनकी टाँगें भूनकर खाते हैं। आज भी उनका समूह बंदर मारने बाहर

निकला। बंदरों को ढूँढ़ते-ढूँढ़ते वे उबो तेम पर पहुँचे। यहाँ पर उनको बंदरों का झुंड दिखाई पड़ा। वे उछलते-कूदते उनका पीछा करने लगे, लेकिन घनी झाड़ी होने के कारण बंदर कूदते-कूदते इधर-उधर फैल गए। यह बंदर मारनेवाला भी बाण लेकर उनके पीछे-पीछे जाने लगा। वे सभी बिछुड़ गए तथा एक-दूसरे को ढूँढ़ने लगे। यह बंदर मारनेवाला भी अकेला रह गया। ढूँढ़ने और पुकारने पर भी इस घने जंगल में किसी ने उसकी न आवाज सुनी, न उसे किसी का पता चला। इतने में उसे लकड़ियाँ तोड़ने की आवाज सुनाई दी। उसे थोड़ी राहत मिली कि कोई तो है, जिससे वह राह पूछ सकता है। वह ऐसा सोचकर चंद्री के सामने खड़ा हुआ था।

"अरे, नीचे उतरो, नहीं तो गोली मार दूँगा।" कहकर पांडु ने बंदूक आकाश की ओर करके गोली छोड़ी। बंदूक की गोली से जंगल में हलचल मची। सबके कान ठप हो गए। पंछी पख फड़फड़ाते हुए आकाश की ओर उड़ने लगे। बंदर मारनेवाला तो लाई की तरह काँपने लगा। एक हाथ में धनुष-बाण सँभालते हुए थर-थर काँपते हुए वह नीचे उतरने लगा। कुछ ही क्षणों में वह नीचे उतर गया। गरदन नीचे किए हुए सबके सामने खड़ा हो गया। सबने एक साथ उसको घेरा मानो कि आकाश ही उनकी मुट्ठी में आ गया हो।

काका-कलुआ, माथे पर बालों का जंजाल, गले तथा बाहु पर तावीज, कमर में लुंगी का टुकड़ा बाँधे हुए बंदर मारनेवाले को सब अजीब आश्चर्य से देखने लगे। कुछ तो उसके धनुष-बाण की प्रशंसा करने लगे।

"इसके हाथों को कसकर बाँधो।" बोंबडो ने आदेश दिया तो किसी ने झाड़ी से बेल निकालकर उसके हाथों को पीछे की तरफ बाँधा। "साब-साब, मैंने कुछ नहीं किया। साब, हम गलती से राह भूलने के कारण इस पहाड़ पर पहुँचे।" वह दीन भावना से उनकी कृपा माँगने लगा, लेकिन वे कुछ भी सुनने की मन:स्थिति में नहीं थे।

"कुछ नहीं किया, लोगों की पत्नियों को पकड़ना अच्छा लगता है।" गोविंद ने उसे जोर से थप्पड़ जड़कर अपना क्रोध उद्घाटित किया। गोविंद के

ऐसा करते ही तीन-चार जनों ने उस पर कसकर झापड़ लगाए।

"उसे यहाँ मत मारो, हम इसे नीचे लेकर जाएँगे।" गुरु ने सबको रोका। गुरु का मत सबको पसंद आया। बंदर मारनेवाले को हुश-हुश कहते हुए वे उसे खींचते हुए मंदिर तक ले आए।

बिना पुकार समूचा गाँव मंदिर के पास इकट्ठा हो गया। अपने इर्द-गिर्द जमा भीड़ से बंदर मारनेवाला पसीना-पसीना हो गया। 'ये लोग मेरा क्या करेंगे?' इस सोच से उसका दिल धक-धक करने लगा। उस भीड़ की ओर देखने का साहस वह नहीं कर सका। बीच-बीच में अपनी नजर ऊपर उठाकर अपने धनुष-बाण को देखने की कोशिश कर रहा था, लेकिन उसे वह कहीं भी दिखाई नहीं दिए। कुछ बच्चे उसके साथ खेल रहे थे। भीड़ उसको ढकेल-ढकेलकर आम के पेड़ के नीचे ले गई। फिर उसको पेड़ के तने से कसकर बाँध दिया।

इसी भीड़ में चंद्री भी थी। उसने उस बंदर मारनेवाले को ध्यान से नहीं देखा था। लकड़ी काटते हुए अकस्मात् आकर खड़े हुए काले-कलूटे मनुष्य को वह देख रही थी। वे दोनों समान हैं क्या? उसके मन में प्रश्न था। जंगल में देखा हुआ मनुष्य विचित्र था। तब उसको देखकर चंद्री के मन में डर की लहरें उठीं तो अब मजबूत चमकनेवाली उसकी कांति देखकर दया जाग्रत् हुई। यमुना ने भी उस बंदर मारनेवाले को परखा। इतने में शराब पीकर धुत्त चंद्री का पति उस भीड़ में से सामने आया। आगे-पीछे न देखते हुए पैर से चप्पल निकालकर उसको मारता रहा। इतनी देर से खड़े युवकों के हाथों में भी खुजली होने लगी। बोंबडो, पांडु, गोविंद एक-एक करके उसको मारने लगे। उसने चूँ तक नहीं की। वह मौन रहकर मार सहता रहा, उस चौराहे पर। इससे चंद्री का कलेजा धक-धक करने लगा। वहाँ के दृश्य से उसका सिर चकराने लगा। उसी मानसिकता में वह कब घर पहुँच गई, यह उसकी समझ में नहीं आया।

"अरे, उस मृतप्राय व्यक्ति को क्यों मार रहे हो? अगर वह मर गया तो गाँव पर दोष लग जाएगा।" झिपरो दादा ने आगे आते हुए कहा। उस बंदर

मारनेवाले की गरदन झुक गई थी। उसके काले मुँह पर अब सूजन नजर आ रही थी। होंठ फटकर उसमें से खून बह रहा था। इतनी देर तक तमाशा देखनेवाले लोगों को उस पर दया आने लगी। किसी ने उसके मुँह पर पानी के छींटे मारे तो वह आँखें खोलकर देखने लगा। झिपरो दादा ने कलसी में से शेष भरा हुआ पानी उसके सिर पर उँडेल दिया, अब उसे थोड़ा आराम महसूस हुआ।

"चलो-चलो, अपने-अपने घर जाओ।" झिपरो दादा ने एकत्र लोगों को जोर से डपटा। उसकी डपट पर किसी ने ध्यान नहीं दिया, दो-चार कदम पीछे हटे और फिर जमा हो गए।

"छुड़ाओ उसको और चंद्री से माफी माँगने को कहो। चंद्री कहाँ है, उसे यहाँ आगे ले आओ। चंद्री से माफी माँगने दो।" गुरु की दृष्टि चंद्री को ढूँढ़ रही थी।

"अभी-अभी यहाँ थी, कहाँ गई?" यमुना उस भीड़ में चंद्री को ढूँढ़ने लगी।

"शायद घर गई होगी।" किसी ने भीड़ में से कहा।

"कोई जाकर बुला लाओ उसको।" झिपरो दादा के ऐसा कहते ही एक लड़का दौड़ता हुआ चंद्री के घर गया और थोड़ी देर बाद वापस लौट आया।

"दादा, चंद्री मौसी घर पर नहीं है।" कहते हुए वह भीड़ में खड़ा हो गया।

"रहने दो उसे ऐसे ही। कल इसके साथी बंदर मारनेवाले आ जाएँगे, इसे ढूँढ़ते-ढूँढ़ते।" बोंबडो ने अपना मत जाहिर किया।

"अगर इस स्थिति में पूरी रात यहीं बँधा रहा तो ठंड से सिकुड़ जाएगा और भूख से मर नहीं जाएगा?" गुरु ने उस बंदर मारनेवाले के प्रति सहानुभूति दिखाते हुए प्रश्न किया।

"ठंड, सर्दी-वर्दी कुछ नहीं लगती इन लोगों को। ऐसे ही खुले आसमान के नीचे सोते हैं और पेट भरने के लिए खाते ही क्या हैं। बंदर मिला तो खा लिया, नहीं तो पेट पर हाथ रखकर सो जाते हैं।"

"चलो, घर चलें, यहीं रहने दो इसे।" गोरुओं को हाँकते हुए जैसे ले जाते हैं, वैसे बोंबडो लोगों को गाँव की तरफ ले जा रहा था। झिपरो दादा और गुरु भी इस स्थिति में कुछ बोल न सके। वे भी बोंबडो और पांडु के विचार से सहमत हुए। अँधेरा छा रहा था। पूरब की ओर से चंद्रकोर ऊपर आ रही थी। उस बंदर मारनेवाले को वहाँ छोड़कर सभी अपने-अपने घर जाने लगे।

मध्य रात्रि हो चुकी थी, बाहर कुहरा छाया हुआ था। पेड़ पर से ओस की बूँदें टपक रही थीं। पूरा गाँव ठंड के कारण सिकुड़ रहा था। सभी हाथ-पाँव सिकोड़ सो रहे थे। चंद्री की आँखों से नींद गायब थी। वह बार-बार करवटें बदल रही थी। उसकी आँखों के सामने उस बंदर मारनेवाले की आकृति बार-बार आ रही थी। वह सोचने लगी, 'मेरे कारण उसको मार पड़ी, उसने क्या गुनाह किया था? सच्ची में मुझे उसने बाँहों में भर लिया था?' यमुना और गोविंद ने एक बात की चार बातें बनाकर लोगों को भड़काया। उन दोनों ने मुझे बोलने ही नहीं दिया और मैंने भी पागलों की तरह उनके झूठ को नकारा नहीं, यह बड़ी भूल हो गई! लेकिन इतना सबकुछ हो जाएगा, यह किसने सोचा था? मंदिर के पास जब उसे सब मार रहे थे, तो मैं चुपचाप खड़ी उसे देख रही थी। सच क्या है, यह उसी वक्त मुझे गाँव के सामने बता देना था।' चंद्री ने अपने आपको गुनहगार ठहराया। उसे अपने आप पर गुस्सा आया। 'मैंने आज बहुत बड़ा अपराध किया है,' यह भावना उसे सताने लगी। उसकी आँखों में आँसू भर आए। उसका मन अंदर-ही-अंदर छटपटाने लगा। चंद्री का पति कंबल ओढ़कर बरामदे में सो रहा था। आज वह बहुत पीकर आया था। उससे तो चला भी नहीं जा रहा था।

"तुझे बंदर मारनेवाले ने छूकर पवित्रता नष्ट की है। जाओ तुम उसके पीछे।" घर आते ही चंद्री के पति ने गालियों की बौछार की थी। गलत-गलत आरोप लगाए थे। इससे मन बहुत घायल हो गया था। उस गलितमात्र अवस्था में भी दूसरे ही क्षण उसे अपने पति पर गुस्सा आया था। इस अधमरे पति की सब बातों को मुझे सहना पड़ता है। इसे इसी क्षण खत्म कर सकती हूँ। हर दिन की यह बड़बड़ खत्म। यह सोचकर चंद्री होंठ चबाकर चुपचाप

बैठ गई। बंदर मारनेवाले की काली पत्थर-सी प्रतिमा चंद्री की आँखों के सामने फिर से उभरकर आई। हवा की ठंडी लहर अंदर आते ही चंद्री के बदन में सिहरन पैदा हुई। चंद्री बिछौने पर उठकर बैठ गई। ठंड बहुत थी। उसने महसूस किया कि बंदर मारनेवाला तो ठंड से सिकुड़ गया होगा। वह तुरंत उठी और चादर अपने बदन पर ओढ़कर किवाड़ खोलते हुए बरामदे में आई। उसने देखा कि पति कंबल के नीचे पाँवों को छाती से सटाकर सोया हुआ है। बरामदे से पति को धीरे से देखते हुए वह आँगन में आई। बेलाओं के मंडप के नीचे कुछ देर रुकी।

चंद्रकोर उबो तेम तक पहुँची थी। धूमिल चाँदनी में पहाड़ की बाजुओं में घना कोहरा छाया हुआ था। चंद्री आँगन पार करके जल्दी-जल्दी मंदिर की ओर जाने लगी। झरना पार करके मंदिर तक आने में पैरों की गति मंद हो गई। अमिया के पेड़ के पास आकर वह बंदर मारनेवाले को देखती रह गई। किसी के पैरों की आहट सुनकर वह घबराया हुआ था। दोनों ने एक-दूसरे को पहचानने का प्रयत्न किया। 'अँधेरे में एक औरत है,' यह जानकर उसे आश्चर्य हुआ। अपनी आँखों पर उसे विश्वास ही नहीं रहा। चंद्री हौले-हौले अमिया के पेड़ के पास गई। रस्सी से बँधे उसके हाथों को मुक्त करते हुए उसे बहुत कष्ट झेलने पड़े। ओढ़ी हुई चादर उसके बदन पर डालने के लिए उसे नजदीक आना पड़ा। चादर उसपर डालते वक्त उसके कंधों को छूते ही उसके हाथ में सिहरन हुई। उस पर चादर डालते समय ठंडी हवा का एक झोंका चंद्री के बदन को सिहरा गया। उसे शीत हवा से ठंड लगने लगी तथा उसका पूरा बदन ठंड के मारे काँपने लगा। उसने अपने आपको सँभालते हुए बंदर मारनेवाले के कंधे अपने हाथों से कसकर पकड़कर रखे और उसके बाद चंद्री बंदर मारनेवाले की बाँहों में समा गई। चंद्री ने उसे अपनी छाती से कसकर पकड़ा। दोनों के कलेजे की धड़कन बढ़ने लगी। अब बंदर मारनेवाले के हाथों का पाश उसे जकड़ने लगा। दोनों एक-दूसरे के आगोश की गरमी में कुछ देर के लिए अपने आपको भूल गए।

गलियों के कुत्ते एक साथ भौंकने लगे। उनकी आवाज सुनकर चंद्री

वापस अपनी दुनिया में लौट आई और उसे लज्जा महसूस हुई। उसने उसके आगोश से अपने आपको मुक्त किया और दूर हट गई।

"जाओ, जाओ, तुम यहाँ से। अगर कल यहाँ रहे तो ये लोग तुम्हें जान से मार डालेंगे।" ऐसा कहते हुए चंद्री अमिया के पेड़ के नीचे से बाहर आई। चाँदनी में खड़ी चंद्री उसे स्वप्न सुंदरी जैसी दिखाई देने लगी। वह चंद्री के पास आने लगा, यह देखकर चंद्री और पीछे हो गई। यह औरत मुझसे और दूर जा रही है, यह देखकर वह उसी जगह खड़ा रहा। चंद्री को नीचे से ऊपर तक देखकर उसने अपने हाथ सामने किए।

"नहीं, अब जाओ तुम। वक्त बरबाद मत करो।" चंद्री उससे विनती करने लगी। बंदर मारनेवाले ने मुँह से शब्द भी नहीं निकाला। वह किसी ठूँठ की भाँति वहीं खड़ा रहा और चंद्री को निहारता रहा। कंधे पर से चादर निकालकर पूरे बदन पर ओढ़ते हुए वह पीछे हटा और खेतों की ओर बढ़ने लगा। जाते-जाते उसने चंद्री को दो-चार बार पीछे मुड़कर देखा। चंद्री भी अपलक उसे देखती रही। वह बहुत दूर चला गया और अँधेरे में गुम हो गया।

चंद्रकोर उबो तेम से नीचे आ गई थी। पूरा गाँव काला-नीला दृष्टिगोचर हो रहा था। बंदर मारनेवाले के उस पार होते ही चंद्री ने मुक्ति की साँस ली; लेकिन कल बंदर मारनेवाले को किसने बंधन-मुक्त किया, इस बात पर शोर मचेगा। यह सोचकर चंद्री भयभीत पैरों से घर की ओर लौटने लगी।

डॉ. प्रकाश पर्येकार : डॉ. पर्येकार का जन्म गोवा के सत्तरी गाँव में हुआ। वर्ष 1999 से गोवा यूनिवर्सिटी के कोंकणी विभाग में अध्ययन का काम करते हैं। इनकी अभी तक छह पुस्तकें प्रकाशित हो चुकी हैं। ये कथा लेखन के साथ कविताएँ भी लिखते हैं। गोवा की म्हादय नदी पर लिखी 'म्हादय : काळजांतल्यान कागदार' नामक पुस्तक बहुचर्चित रही। वर्ष 2003 में राष्ट्रीय कथा पुरस्कार और डॉ. टी.एम.ए. पै. फाउंडेशन और कई राज्य पुरस्कारों से सम्मानित हो चुके हैं।

तू जीती, मैं हारी

—अनु. : ज्योती कुंकळकार

गैलरी में एक कुरसी पर बैठी मैं अपने खयालों में खोई हुई थी। मेरी बेटी धीरे से आकर मेरे कंधे पर शॉल लपेटकर चली गई। बाहर का मौसम खुशनुमा था। घर में भी एक प्रसन्नता भरी हुई थी, लेकिन मुझपर इसका कुछ असर नहीं हो रहा था। मन में अजीब-सी बेचैनी हो रही थी। यह बेचैनी आशु की चिंता के कारण थी। गाँव जाकर उसे लगभग एक महीना हुआ था, लेकिन उसकी तरफ से कोई खत नहीं आया था। कई सालों से हफ्ते में एक बार खत लिखनेवाली आशु की ये हरकत चौंकानेवाली थी। यहाँ से चली तो गई, लेकिन पहुँचने के बाद खुशहाली का एक खत भी नहीं भेजा।

वो मुझसे नाराज तो नहीं?

यह बात सच है कि मैं बीमारी की वजह से बिस्तर पर जकड़े रहने के कारण उसकी ओर ध्यान नहीं दे पाई थी। उसे कोई असुविधा का सामना तो नहीं करना पड़ा होगा या शायद मेरी गैर-मौजूदगी में किसी ने उससे कुछ कहा हो, लेकिन यह संभव भी तो नहीं था। मेरे पति और घर के अन्य सदस्य भी उसका बहुत आदर और सम्मान करते हैं। उसकी बुद्धि, स्वतंत्र विचार, सख्त रवैए के तो घर में सब दीवाने हैं। उसका अपमान संभव नहीं लगता, लेकिन फिर उसने खत क्यों नहीं भेजा, यह चिंता मुझे खाए जा रही है। वो हमेशा ही साहित्यिक और सामाजिक कार्यों में उलझी रहती है, वहाँ जाते ही ऐसी कोई जिम्मेदारी ली होगी शायद, लेकिन यह सब तो

वह सालों से करती आ रही है। पर वह हफ्ते में एक बार खत लिखने का अपना व्रत कभी नहीं भूली है। फिर इस बार ही क्यों?

यहाँ से जाते वक्त मुझे बीमारी के हालात में देखकर गई है, ऐसे में मेरी खबर लेनेवाली चिट्ठी न आए, यह तो संभव नहीं लगता। मेरे बारे में खैर ठीक है, लेकिन अपने बारे में भी क्यों नहीं लिखा? उसकी तबीयत तो नहीं बिगड़ गई! इसी सोच ने मुझे बेहाल कर दिया है। उसकी तबीयत खराब रहेगी तो कौन उसकी देखभाल करेगा? मेरे पति ने तो दो महीनों की छुट्टी ले ली है। बच्चों के इम्तिहान भी सिर पर हैं, लेकिन किसी ने भी परवाह नहीं की। कहने लगे, जीवन भर हमारे लिए तुमने इतना क्यों किया? अब हमें भी तो थोड़ा सेवा का मौका दो।

जेठानी के कप लेकर आने से मेरी विचार श्रृंखला टूट गई। मैंने कप लेने के लिए हाथ आगे किया, तो बोलने लगी, "रहने दीजिए। तुमसे नहीं होगा। मैं पिला देती हूँ।"

मेरे पति, अजीतजी बाहर जा रहे थे। मेरे सिर पर सूरज की किरणों को देखकर उन्होंने मेरी कुरसी दूसरी ओर घुमा दी और बोले, "पाँव के नीचे स्टूल रखने के लिए प्राजू से बोला था, उसने रखा नहीं क्या? ऐसे पाँव में दर्द होगा।"

"नहीं जी!"

"और हुआ तो भी आप हमें पता लगने देती क्या? चुपचाप सहन करने की आदत जो पड़ी है।"

"लेकिन बिन बोले ही सेवा में कुछ कमी भी तो नहीं है।"

मेरी कंधों पर लिपटी शॉल ठीक करते हुए बोले, "मालूम नहीं कैसे कर पा रहा हूँ? बस, कोशिश कर रहा हूँ।"

"नहीं, बहुत अच्छे से हो रहा है। मुझे तो रोना आता है यह देखकर।"

"और तुम जो हमारे लिए हमेशा कर रही थी, वो याद करके हमें क्या करना चाहिए?" हम तीनों खुलकर मुसकराने लगे।

कॉफी पीते हुए बीच में मैंने पूछा, "आपने कॉफी ली?"

"नहीं चाहिए।"

"थोड़ी सी ले लीजिए।" तिपाई पर रखा कप उठाकर उन्होंने कॉफी पी ली। जेठानी कप लेकर अंदर चली गई।

वे बोले, "वह कॉफी भी तुमसे पी नहीं जाती। तुम्हें नहीं चाहिए थी, इसलिए मुझे पिला दी।"

मेरी आँखों में देखकर मुसकरा रहे थे। बाद में दोनों कंधे हलके से दबाकर मेरे माथे को चूम लिया। उस सुख-समाधि से जागकर मैंने पूछा—

"बाहर जा रहे हो?"

"तुम्हारी दवाइयाँ खत्म हुई हैं। ले आता हूँ।"

"प्राजू से कहा होता।"

"उससे नहीं होगा। वो दवाइयाँ आसानी से नहीं मिलनेवाली। ब्लैक में खरीदनी पड़ेंगी।"

"स्कूटर से जा रहे हो?"

"हाँ, स्कूटर से ही जा रहा हूँ?"

"स्कूटर धीरे से चलाइएगा। मुझे चिंता रहती है।"

"तुम्हें हमेशा दूसरों की कई चिंता रहती है। इस बीमारी में तो इस चिंता को आराम दो।" उनके जाने के बाद फिर से आशु के खयालों में डूब गई। वह सच में बीमार होगी तो उसका खयाल कौन रखेगा? वैसे तो उसकी बहनें हैं, फिर भी मुझे चिंता रहती है।

थोड़ी सी थकान महसूस हुई, इसलिए मैंने बड़ी बेटी को मुझे बिस्तर पर लिटाने के लिए आवाज दी। और उसी समय डाकिये ने एक खत मेरे हाथ में थमा दिया। खत की लिखावट देखकर मैं तुरंत समझ गई कि यह आशु का ही खत होगा। वह खत हाथ में लेकर बाकी लिफाफे मैंने टेबल पर रखने के लिए कहा। खत बहुत ही भारी था। पिछले महीने में न भेजे खतों की कमी शायद इस खत के साथ पूरी कर दी।

मैंने बड़ी उत्सुकता से लिफाफा खोला।

प्रिय मीता,

बहुत इंतजार किया होगा न मेरे खत का? पिछले पच्चीस सालों में जो नहीं हुआ, वह इस महीने भर में हुआ है। आठ दिन में भेजा जानेवाला खत आज एक महीने के बाद भेज रही हूँ। मीता, सच कहूँ तो इस दुनिया में मेरा अगर कोई है तो वो हो तुम, सिर्फ तुम, लेकिन यह बात भी सच है कि तुम मेरी नहीं हो। तुम्हारे घर के हर सदस्य की ही हो। कैसे लिखती खत तुमको? तुम्हारे घर से निकली और स्टेशन पर पहुँचते ही मुझे ठंड लगने लगी। उसी हाल में मैं सुबह भोपाल पहुँची तो मुझे तेज बुखार था। स्टेशन पर उतरते ही ठंड से मेरे हाथ-पाँव काँपने लगे। मैं किसी तरह से घर पहुँची। मुझे मलेरिया हुआ था।

बीस-पच्चीस दिन मैं बिस्तर से जकड़ी रही, लेकिन तुम चिंता में रहोगी, इसलिए यह खत लिख रही हूँ। खत लिखे बिना मुझे भी चैन कहाँ है?

मीता, बिस्तर पर लेटी मैं पूरी जिंदगी के बारे में सोच रही थी। क्या मिला मुझे इस जिंदगी से? पैसा? हाँ, बहुत पैसा है मेरे पास। रिटायरमेंट के बाद पेंशन भी काफी अच्छी मिल जाती है, लेकिन क्या पैसा ही मेरी जिंदगी में सब कुछ था? ऐसा होता तो मैं किसी अमीर आदमी से शादी करके सुखी हो जाती। रूप और गुणों की मुझमें कमी नहीं थी। इसके बल पर मैंने कई मर्दों को अपनी उँगलियों पर नचाया था। मेरे चर्चे तो हर तरफ थे। हर जुबाँ पर मेरा नाम था, लेकिन इसके बावजूद मैंने जिंदगी से कुछ नहीं पाया। इसका दुःख मुझे भी है। इससे पहले भी मैं बहुत बार तुम्हारे घर आई थी। हर बार तुम्हारे घर पर मैं मेहमान की तरह रही हूँ और मेरी मेहमाननवाजी में कुछ कमी नहीं रहती थी।

लेकिन इस बार तुम्हारी बीमारी के कारण ज्यादा दिन रुकना पड़ा। घर के लोगों के स्वभाव से परिचित हुई। हाँ, मीता, आज तक तुम्हारे बारे में जो सोच थी, वह बदल गई। तुम घर में एक गुलाम की तरह हो, यही मेरी तुम्हारे बारे में धारणा थी। घर के लोगों के लिए सबकुछ करना और उसके बदले रोटी, कपड़ा और मकान। इसी दृष्टि से मैं तुम्हें देखती रही।

हमारा बचपन याद है तुम्हें? मीता, बिन ब्याही रहकर समाजसेवा करने का अपना संकल्प याद है? एम.ए. की पढ़ाई के बाद माता-पिता के पसंदीदा आदमी से शादी करके उसकी तुम गुलाम हो गई। तुम्हारा मन बदलने की मैंने बहुत कोशिश की। हमारी दोस्ती का वास्ता दिया, पर तुम पर कोई असर नहीं हुआ। शादी करनी ही थी तो अपनी पसंद के व्यक्ति से करती। खुद के मन से, जिसके बिना तू जी नहीं सकती, ऐसे आदमी से शादी करनी चाहिए, यह आग्रह भी करती रही, लेकिन तुम मूक-सी हो गई। मुझे तुम पर बड़ी दया आती थी।

शादी से पहले से ही नफरत थी, लेकिन तुम्हारी शादी ध्यान से देख रही थी। शादी में हुई एक-एक विधि तुम्हारे बलिदान का उत्सव लगा। हवन में समिधा के साथ अपने मन का भी हवन करते तुम्हें देखा। इसके आगे की तुम्हारी जिंदगी दूसरों पर निर्भर और दूसरों के लिए होगी।

तुम्हारी शादी के कुछ दिनों बाद मैं तुम्हारे घर आई थी। तुम्हारी दिनचर्या देखी। सुबह घर के सब लोगों को चाय पिलाने के बाद, ठंडी चाय पीते हुए तुम्हें देखा। सास-ससुर के लिए नहाने का गरम पानी देना, साबुन, तौलिया, कपड़े देने की कमरतोड़ मेहनत देखी। सबका खाना हो जाने के बाद बचा-खुचा खाना खुद खा लेना। जब खाना खाने के बाद सब लोग आराम कर रहे होते, तब तुम दूसरे घरेलू कामों में जुट जाती, जैसे कि चावल साफ करना, मसाला बनाना, दोपहर की चाय, उसके बाद फिर शाम का खाना। एक के बाद एक कामों में तुम व्यस्त रहती।

तुम्हारी गुलामी की यह जिंदगी देखकर बुरा लगता था। क्या इसीलिए तुमने इतनी पढ़ाई-लिखाई की? क्या यही सबकुछ पाना तुम्हारा लक्ष्य था? मैं तुम्हें टोकती रहती, लेकिन यह सब तुम हँसी-मजाक में ले लेती। दिन भर के कामों से हुई थकावट तुम्हारे चेहरे पर साफ झलकती। तुम यह सब क्यों सहन करती हो, यह मेरी समझ में नहीं आता था। मुझे यह भी समझ नहीं आता, तुम्हें यह सब सहने की ताकत कहाँ से मिलती थी?

मैंने जिद पकड़ ली। शादी करके तुमने अपनी जिंदगी कैसे बरबाद की है, यह मैं तुम्हें समझाना चाहती थी। और यह समझाने के लिए मेरा उदाहरण सामने रखती। शादी के बाद तुम्हारा जीवन कैसे रसहीन हुआ है और शादी न करके मैं कैसे खुशी की जिंदगी जी रही हूँ, यह तुम्हें बताना चाहती थी।

बचपन से मुझे पुरुषप्रधान मानसिकता से नफरत थी। हम महिलाएँ उनसे किसी चीज में कम नहीं हैं, फिर भी उनका हमारे प्रति रवैया, खुद को श्रेष्ठ समझने की भावना, इससे मुझे घृणा आती थी, इसलिए मैंने उनके साथ रहकर उनको मात देने की बहुत सी बातें सीखीं। बहुत पढ़ी, नौकरी के अच्छे अधिकार का पद मिला, बड़े साहित्य, संगोष्ठी, सेमिनार में मेरे भाषण एवं विचारों की चर्चा होने लगी। हम महिलाएँ पुरुषों से किसी चीज में कम नहीं, यह बात सिद्ध करती और उसी समय तुम्हें भी टोकती रहती। शादी न की होती तो तुम्हें भी ये सब सुख मिल सकते थे। तुम्हें क्या मिला? मेरे इस प्रश्न पर तुम्हारा जवाब रहता, "शादी करके देखो, फिर खुद समझ जाओगी।"

शादी! स्त्री के जीवन में सबसे चिंताजनक बात। इस चिंता को मैं कैसे अपनाती? तुम्हें देखकर मेरी यह धारणा और मजबूत हो गई। तुम्हारी बढ़ती जिम्मेदारियाँ, उसके तले दबी तुम्हारी नन्ही सी जान। मुझे रोना आता था। तुम्हें बच्चे होने लगे और उनकी जिम्मेदारियों का एक और पहाड़ तुम पर टूट पड़ा। तुम्हारी यही बढ़ती परेशानियाँ देखकर मुझे गुस्सा आता था। लगता था, उनके मुँह पर जोरदार थप्पड़ लगाऊँ और पूछूँ, 'क्या ये संसार सब उसका है? दफ्तर के अलावा बाकी समय में तुम उसकी परेशानियाँ कम क्यों नहीं करते?'

लेकिन करती भी क्या? तुम्हें खुद उससे कोई परेशानी नहीं थी। तुम्हें उससे छोटी सी भी शिकायत नहीं थी, तो मैं झगड़ती किससे?

तुम्हारा वैवाहिक जीवन देखकर मुझे दया आती थी। शादी के बिना स्त्री का कुछ नहीं बिगड़ता, मैं यह सिद्ध करने में लगी रहती। पति की

कमाई से मनचाही जिंदगी जीने की मुझे आदत नहीं थी। मैं खुद ही बहुत ज्यादा पैसा कमा लेती थी। उन पैसों से सारे सुख खरीदती थी। मन की कोई इच्छा मैंने अधूरी नहीं छोड़ी। अमीर लोगों के बीच रहकर उन औरतों जैसा रहन-सहन और गहने देखकर उससे भी बढ़िया रहन-सहन दिखाकर और गहने पहनकर मैंने उन्हें अचंभित किया। मैंने अपनी प्राकृतिक सुंदरता को आधुनिक प्रसाधनों से सजाकर अनेक पुरुषों के दिल पर राज किया। मैंने पुरुष जाति से बदला लेने के लिए उनकी शादीशुदा जिंदगी में हलचल मचा दी। नीति, अनीति की मनगढ़ंत कल्पनाओं को ठुकराकर मेरे शरीर की सब इच्छाएँ पूरी कीं। मेरे इस बर्ताव की बातें जब तुम्हारे कानों तक पहुँचतीं, तब तुम खत भेजकर मेरी खबर लेती थी। कितनी बार मुझे समझाया? याद है न, पर मैं तुम्हारी आलोचना करती रही। अपने मनपसंद आदमी से शादी न कर जिंदगी भर अत्याचार सहनेवाली पतिव्रताओं से अच्छा है कि अपने पसंदीदा व्यक्ति से संबंध रखूँ, यह समझाने की कोशिश करती रही।

जिंदगी रफ्तार से चलती रही। तुम्हारी जिंदगी में कोई बदलाव दिखाई नहीं दे रहा था। सबकुछ वैसा ही था, लेकिन मेरे ढलते यौवन से मेरे चाहनेवालों की संख्या कम होने लगी। उनकी मेरे बारे में होनेवाली चर्चा मैं सुनती।

'आशा की उम्र अब दिखने लगी है। उम्र से ज्यादा बड़ी दिखती है। उसके यौवन में वो वाली बात अब नहीं रही।'

और इस चर्चा के साथ मुझ पर जान छिड़कनेवाले लोग अब धीरे-धीरे कम होने लगे हैं। जिन्हें मैं अपना समझती थी, उन्होंने भी मुँह फेर लिया। घर में होनेवाली पार्टियों का महत्त्व नहीं रहा। मुझसे बातें करके उपकार की भावना जतानेवाले लोगों की बहुत भीड़ रहती, लेकिन जिन्हें मैं चाहती थी, वो लोग पार्टियों में दिखना बंद हो गए।

'कल रिटायर हो जाएगी तो कुत्ता भी हाल नहीं पूछेगा।' ऐसे बदनामी के बोल मेरी पीठ पीछे सुनाई देते थे।

ऐसा लगता, एक बार तुमसे बात करके अपना मन हलका कर लूँ। तुम्हारे यहाँ आनेवाली थी, तभी तुम्हारी बीमारी की खबर मिली। तुरंत मैं तुम्हारे घर आ गई। तुम्हारी तबीयत ठीक होने तक तुम्हारे घर पर रही। तुम्हारी बीमारी काफी गंभीर थी। वो दिन मुझे आज भी याद है जब तुम बेहोश हो गई थी, चार-पाँच डॉक्टर तुम्हारे बिस्तर के पास जमा हो गए। घर के हर सदस्य ने उम्मीद छोड़ दी थी। उस समय का दृश्य मैं कभी नहीं भूल सकती। तुम्हारी सास ममता भरा हाथ तुम्हारे सिर पर रखकर बैठी थी। ससुर जाप कर रहे थे। देवर, देवरानी आसपास खड़े थे। तुम्हारा हाथ दिल पर रखकर तुम्हारे पति आँसू भरी निगाहों से देख रहे थे। तुम्हारे तीनों बच्चे पैरों के पास बैठे थे। उस समय भी वह देखकर मेरा मन शंका से भर उठा। मैंने सोचा, यह अगर मर गई तो हमारा क्या होगा? इसी आशंका से ये सब लोग दुःखी हैं, लेकिन कुछ ही पल, क्योंकि उन लोगों की आँखों में तुम्हारे प्रति अपनापन झलक रहा था।

इसी प्यार की वजह से तुम मौत के मुँह से वापस आ गई थी। बहुत कष्टपूर्वक जब तुमने आँखें खोलीं, तब सबको सुकून मिला और मुझे समझ आया कि तुम्हारी देने की भूमिका खत्म हो गई है। तुमने उनके लिए जो किया, उससे दुगना प्यार तुम पर लुटाते देखा। तुम्हारा कमरा साफ-सुथरा रखने के बाद भी बदबू आती थी। तुम्हारे बदन से भी बदूब आती थी, लेकिन तुम्हारे पति को वो कभी महसूस नहीं होता था। बेडपैन रखते-उठाते समय किसी के चेहरे पर नाराजगी नहीं दिखती थी। हर एक सदस्य दूसरे से कहता, तुम सो जाओ, मैं बैठता हूँ, इसके पास। तुम्हारे मुँह में पानी, रस डालने के मौके की तलाश हर एक को रहती। कोई तुम्हारा सिर दबाता, हाथ-पाँव दबाता, यह देखकर सोचा कि मीता ने शादी और संसार से बहुत कुछ कमाया है। फिर दूसरा खयाल आता कि यह पाने के लिए स्त्री को शादी करने की क्या आवश्यकता है? स्त्री आत्मनिर्भर रहेगी तो धन-दौलत के बल पर सबकुछ पा सकती है। कुछ दिनों के उपकार के लिए स्त्री को

जिंदगी भर सहते रहने की क्या आवश्यकता है?

ऐसी ही मन:स्थिति में मैंने तुम्हारा घर छोड़ा और रास्ते में ही तबीयत बिगड़ गई। मेरे घर पहुँचते ही खलबली मच गई। पैसों के बल पर जमा किए लोगों ने चिंता का नाटक शुरू किया। अच्छे डॉक्टर लाए गए। हर एक सदस्य उसे मेरी कितनी चिंता है, फिक्र है, यह दिखाने में जुट गया। दवाइयाँ समझ में नहीं आतीं, यह कहकर नर्स को बुलाया गया। 'इससे अच्छा अस्पताल में ही दाखिल कर देते हैं, सब समस्या हल हो जाएगी।' यह भी सुना, किसी चीज में ध्यान नहीं लगता। बीच-बीच में बेहोश हो जाती। घंटों तक मैं आँखें बंद करके सोई रहती। उस वक्त भी किसी की बातें सुनाई देती थीं। भाभी कहती, 'इसी समय इसे बीमार पड़ना था। एक बार मेरी बेटी की शादी हो जाती तो चिंता नहीं रहती।'

उसकी ये मतलबी सोच बहन को बरदाश्त नहीं होती। कहती, 'तुम्हारी बेटी की शादी तो होनी ही है। मेरे बच्चों के इत्मिहान सिर पर हैं। पढ़ाई अधूरी रह गई तो? मैं इसको कहती रही, शादी करो, लेकिन नहीं। उस पर समाजसेवा का भूत सवार था न। अब कौन आएगा?"

मुझे जिंदा रखने की वो सब कोशिश थी। उन्हें मेरी जरूरत थी। मुझसे होनेवाले फायदे के लिए वो तरस रहे थे। दवाइयों के कारण मैं बच गई, लेकिन मुझे इसकी खुशी नहीं थी। इस बीमारी में मर जाती तो अच्छा था, ऐसा लगने लगा। अगर मेरे पास जो है, वो मैंने किसी संस्था को दान कर दिया होता तो मेरे इस जीवन का कुछ महत्त्व नहीं था। उस स्थिति में मेरी मृत्यु पर कोई रोता नहीं। क्यों रोए? किसलिए रोए? मैंने किस का अच्छा किया था, जो मेरे लिए कोई रोएगा? तुम इसके बाद कुछ कर न सकी, बिस्तर पर सोई रही तो भी तुम बहुत साल जिओ, यही कामना तुम्हारे पति और बच्चे करेंगे। तुम और परिवार इसमें मुझे कोई फर्क नहीं दिखता। मेरी बीमारी में यह स्पष्ट हुआ कि केवल धन-दौलत और शरीर से सबकुछ खरीदा नहीं जा सकता।

आज तक तुमने जो किया, वो अपनेपन से किया, इसलिए तुम्हें वो सारा अपनापन मिल रहा है। मैंने किसी को प्यार नहीं दिया, तो मुझे वापस कैसे मिलेगा?

मीता, तू जीत गई और मैं हार गई। सबकुछ खोने के बाद मेरी हार मुझे महसूस हुई, यह मेरा दुर्भाग्य है। अब मैं ठीक हूँ, चिंता मत करना। मेरे पास आने की जिद मत करना। तेरी बीमारी की वजह से तुझसे यह नहीं होगा। इसकी आवश्यकता भी नहीं। अजितजी को भी परेशान मत करना। अब मैं ठीक हूँ।

तुम्हारी,

आशू

ज्योती कुंकळकार : इनका जन्म गोवा के काणकोण जिले में हुआ। इनकी कुल मिलाकर 32 पुस्तकें प्रकाशित हो चुकी हैं। कथा, कविता, कादंबरी और अनुवाद कर चुकी हैं। चार राष्ट्रीय और सात राज्य पुरस्कारों से सम्मानित हो चुकी हैं। लेखन के साथ नाट्य-सिने अभिनेत्री और फिल्म निर्मात्री भी हैं। 20 माहिती पट की निर्मिति की है।

□□□